文學研究叢書・華文文學叢刊

一粒地球，少用水草：

新馬華語研究與文學評析

郭詩玲　著

目次

第一輯　華語研究

（一）量詞探研

（二）社會與語言

馬來西亞華語口語中「兒」〔ɚ〕音的演變實證研究：以PRAAT語音軟件評測──語言習得與語言教學視角下的社會語言學意義 …………………………… 165

誤打誤撞的存古：淺談新馬的「吸管」名稱──「水草」、「吸草」、「吸水草」 ……………………… 203

第二輯　文學評析

（一）詩與小說淺論

（二）散文賞讀

總論

新加坡與馬來西亞的華語環境
概貌：歷史與現狀[*]

　　在華人研究領域，東南亞地區的新加坡與馬來西亞（合稱「新馬」）一直是重要的場域，若不論中國大陸、香港、澳門與臺灣，前者是華人人口比例最高的國家，後者則是華文教育體系最完善的國家。儘管早在一九九○年代已出現初步零星的新馬華語本體研究成果，但就整體發展而言，迄今仍是緩慢且稀缺的，未見有微觀的「新加坡華語史」或「馬來西亞華語史」等重要著作，以先進宏觀的全球語言學眼光研究新馬華語的著作也不多見。隨著社會語言學、類型學等適用於研究新馬華語學科的發展，這方面的研究應可更上一層樓。然而，新馬華語的研究材料十分龐雜，整理與研究起來恐不容易，因此，本文主要介紹新馬兩地的華語環境，大致梳理了相關重要材料，透過以下「新馬華語來源」、「新馬漢語方言」、「新馬華語環境」三節，試圖呈現兩地華語環境的歷史與現狀概貌，釐清「新馬華語」之概念背景與涵蓋內容。基於兩地的華人共同語「華語」與中國普通話存有差異，也配合當地使用習慣，本文將採用「華語」一詞指代這些華人以普通話為基礎的語言，而不使用「漢語」。而文中的「漢語」，

* 本文為作者與高虹（第二作者）合著，原刊於：《臺灣東南亞學刊》第11卷第2期（2016年10月），頁45-82。本文承蒙兩位該刊匿名評審惠賜寶貴意見，很是受益，謹此致謝。因完稿時無法獲得某些晚近的數據資料，所以本文在使用跨度明顯、年代相距頗大的資料時，可能會對分析結果產生影響，特此說明。

既包括這些華人的華語，也包括他們的漢語方言。[1]

一　新馬華語來源

　　據二〇一三年新加坡統計局的數據，在3,844,800名新加坡公民與永久居民當中，華人占百分之七十四，共2,853,800人，是中國大陸、香港、澳門、臺灣以外華人人口比例最高的國家（Department of Statistics Singapore 2014）。馬來西亞則是中國大陸、香港、澳門、臺灣以外華人人口數量第二多的國家。據二〇一四年馬來西亞統計局的數據，在27,736,600名馬來西亞公民當中，華人占百分之二十四，共6,599,000人（Department of Statistics Malaysia 2014），數量僅次於印度尼西亞。自一九八七年英語成為所有國立學校的教學媒介語後，新加坡已不存在任何國立的華文學府。而據二〇一四年馬來西亞教育部的統計，馬來西亞有1,294所國立華文小學（簡稱「華小」）（Educational Planning and Research Division, Ministry of Education Malaysia 2014）、[2] 六十所私立的華文獨立中學（簡稱「獨中」），[3] 以及三所由華人社會創辦的大專院校。

1　關於「華語」一詞在中國以外的使用與定義問題，可參見郭熙：〈論「華語」〉，見譚慧敏主編：《漢語文走向世界》（新加坡：南洋理工大學中華語言文化中心、八方文化創作室，2006年），頁37-56。

2　一般馬來西亞國立的華文小學稱為「國民型華文小學」（Sekolah Jenis Kebangsaan Cina）。

3　倘若將於2005年成立的寬柔中學古來分校另計一所，則為六十一所獨中。關於馬來西亞獨中介紹與研究，可參閱鄭良樹：《馬來西亞華文教育發展史》（吉隆坡：馬來西亞華校教師會總會，1998年）、古鴻廷：〈馬來西亞華文獨立中學之研究〉，《馬來西亞華人研究學刊》第3集（2000年），頁57-86、古鴻廷：〈馬來亞地區華文獨立中學發展之研究〉，《國史館學術集刊》第1期（2001年），頁257-286、古鴻廷：《教育與認同：馬來亞地區華文中學教育之研究（1945-2000）》（廈門：廈門大學出版社，2003年）、李恩涵：《東南亞華人史》（臺北：五南圖書出版公司，2003年）等。

　　欲探討新馬地區的華語，追本溯源，也許我們可以看一看中國人何時開始移民至新馬一帶。至少早在漢代時期，中國人就已踏足馬來亞半島。據東南亞史學家許雲樵[4]的考證，中國與南海交通最古之紀錄，應為《漢書・地理志》（卷二十八下）所載的王莽派遣譯使，往返黃支（印度），途中經過包括馬來亞半島在內的東南亞地區（括號內的「許」表示許雲樵，許雲樵和其他學者的看法均取自許雲樵）：

　　　　自日南障塞徐聞合浦（許：雷州半島），船行可五月，有都元國（許：**馬來亞 Dungun。筆者按：今馬來西亞登嘉樓州龍運市**），又船行可四月，有邑盧沒國（藤田豐八：緬甸沿岸），又船行可二十餘日有諶離國（許：暹羅灣東岸），步行可十餘日，有夫甘都盧國（許：下緬甸）……平帝元始中（公元一至五年），王莽輔政，欲耀威德，厚遺黃支王，令遣使獻生犀牛。自黃支船行可八月，到皮宗（許：**馬來西亞柔佛**；費瑯〔Gabriel Ferrand〕、藤田豐八：**馬來半島西南沿海的香蕉島**〔Pulau Pisang〕。**筆者按：此島現屬馬來西亞柔佛州島嶼**），船行可二月，到日南、象林界云。[5]

　　從以上引文可知，在西元一至五年期間，中國人曾踏上現今馬來西亞土地。至於中國與新加坡的關係，目前最早的文字紀錄出自於元代民間商人兼航海家汪大淵的《島夷志略》。此書是一部重要的中外交通史文獻，裡面記錄了汪大淵於一三三〇年和一三三七年兩度到南洋與西洋，航行至兩百多個地方的經歷。書中「龍牙門」一條提及中

4　許雲樵：《南洋史》（上卷）（新加坡：星洲世界書局，1961年），頁44-46。

5　同前註，頁46。

國男女住在「單馬錫」（新加坡的舊名），由此可見至少早在十四世紀就已有中國人定居新加坡：

> 門以**單馬錫**番兩山，相交若龍牙狀，中有水道以間之。田瘠稻少。天氣候熱，四五月多淫雨。俗好劫掠。昔酋長掘地而得玉冠。歲之始，以見月為正初，酋長戴冠披服受賀，今亦遞相傳授。**男女兼中國人居之**。多椎髻，穿短布衫，繫青布捎。

　　自漢至宋，中國和馬來群島之間存在頻繁密集的商業活動與文化交流，元代時則有如上中國人定居的明確記載。到了明代，十五世紀鄭和下西洋時，曾多次停駐馬六甲，一些中國人因和當地人通婚，開始在馬六甲定居，繁衍的後代形成「娘惹峇峇」（Nyonya Baba）此一新民族。由於受到當地語言的影響，娘惹峇峇的母語漸由方言（主要是福建話）變成方言與馬來語夾雜的娘惹峇峇語（Peranakan Hokkien）。清初，即一六八三年，鄭成功在中國東南沿海及其在臺灣的據點發動的「反清復明」鬥爭失敗，其部下逃亡海外，三千名將士分乘九艘船往東南亞各地，其中三艘到了馬六甲。據史書所載，到了一七六○年，馬六甲華人約有一千三百九十人。[6]

　　無論如何，以上所述都還只是小規模的移民，人數並不多。中國人大批移民至馬來亞與新加坡大約是在十九世紀中葉至二十世紀初，或強制，或契約制，這些中國南方的勞工移民（以福建、廣東為主），漂洋過海到此當苦力，從事採礦、種植等勞力工作。此時的中國移民數量遠超過明代開始在馬來亞半島定居的娘惹峇峇。為了區分，這些新移民被早期定居的人稱為「新客」。目前絕大多數的馬來

6　Purcell, Victor. *The Chinese in Malaya* (London: Oxford University Press, 1948), p.36.

西亞華人與新加坡華人的先輩都是這段時期「過番」來的「新客」。
一九二九年的世界經濟大蕭條嚴重打擊馬來亞經濟，英國殖民地當局
限制中國男性移民，但不限制中國婦女和兒童移民，故中國婦女在此
時開始大量移民馬來亞，華僑男女人口比例結構趨近平衡[7]。之後，
英屬馬來亞政府因馬共叛亂而收緊移民政策，中國移民潮於是停止。
當地華僑熱心參與爭取馬來亞獨立的運動，在單一國籍政策下，獲得
馬來亞公民權的華僑在此落地生根。一九六五年，新加坡退出馬來西
亞，宣告獨立成國。這些移民本身與後代便成為如今我們說的「馬來
西亞華人」或「新加坡華人」。

　　從以上新馬華人史的論述可見，目前新馬華人所說的「華語」可
說是近乎硬生移植過來的語言，無論是從明代小小規模的移居現象來
看，還是從晚清至二十世紀初的大規模移民來看，這些曾踏在新馬土
地的中國移民口操的不外是古代和現代的中國南方語言，鮮有中國北
方語言的存在。早期十九世紀新馬的華文學校（私塾）的教學媒介語
即以方言為主，一九一九年五四運動後，新馬地區改用白話文教科
書，始由方言改以華語（中國北方話）為教學媒介語[8]。由此可見，
所謂的「華語」是到了二十世紀才在新馬慢慢出現的。新馬先輩懷著
濃重的方言背景來學習一九一九年的北方話，他們所習得的這種「方
言式華語」兼「1919年華語」一代一代地傳了下去，因而讓新馬的華
語既帶有「方言味」，也帶有一九一九年北方話（尤其是書面語）的
「古早味」，再加上是多語環境，於是形成有異於中國現代普通話的
「新馬華語」。當然，由於新加坡已於一九六五年脫離馬來西亞而獨

7　范若蘭：〈1929-1933年經濟危機與中國人移民馬來亞：一個性別視角的分析〉，《海
　　交史研究》第2期（2003年），頁107-119。

8　王秀南：〈星馬汉教育發展史綱〉，見宋哲美編：《星馬教育研究集》（香港：香港東
　　南亞研究所，1974年），頁15。

立，且教育政策已與馬來西亞大不相同（詳見下文第三章），因此
「新加坡華語」和「馬來西亞華語」之間，既因「華語」移植的背景
相同而擁有共同的特色，但同時也存有差異。

二　新馬漢語方言

　　如上節所述，由於新馬華人的祖先多來自中國福建和廣東一帶，
因此目前新加坡華人與馬來西亞華人能掌握的漢語南方方言，主要有
閩語（閩東話：福州話；閩南語：福建話、[9]潮州話；蒲仙區：興化
話；瓊文區：海南話）、粵語、客語等。此外，新馬祖先尚有為數不
多的三江人（江西、江蘇、浙江）、湖北人、河北人等，主要聚居於
東馬來西亞沙巴州的西海岸省（Bahagian Pantai Barat）亞庇（Kota
Kinabalu）郊區的兵南邦（Penampang），在當地被泛稱「山東人」[10]。
以下表一、表二、表三是筆者根據幾種文獻資料所整理的新加坡和馬
來西亞華人的漢語方言種類比例。

9　新馬閩南籍華人大部分是十九世紀下半葉至二十世紀初先後來自福建閩南的泉州、
　　漳州和廈門三地各縣市的移民，他們以「福建話」（Hokkien）統稱泉漳片閩南語與
　　廈門閩南語。為行文之便，本書也採用「福建話」進行敘述。在語音上，新馬的福
　　建話乃基於泉州、漳州兩系的閩南語語音（因泉州籍移民較多，尤以泉州音為
　　重），並融入少許潮州話；詞彙上，一些馬來語與英語詞彙融入其中；語法上，則
　　相去不遠。基本上，新馬閩南籍華人所說的福建話與今天福建閩南地區的閩南語差
　　別不大，參見周長楫、周清海：《新加坡閩南話概說》（廈門：廈門大學出版社，
　　2000年），頁5。在新加坡，廈門話最為通用，參見雲惟利編：《新加坡社會和語言》
　　（新加坡：南洋理工大學中華語言文化中心，1996年），頁4。
10　甘於恩、冼偉國：〈馬來西亞漢語方言概況及語言接觸的初步研究〉，見陳曉錦、張
　　雙慶主編：《首屆海外漢語方言國際研討會論文集》（廣州：暨南大學出版社，2009
　　年），頁57-68。

表一　一九五七至一九八〇年新加坡華人的漢語方言

漢語方言	1891	1901	1911	1921	1931	1947	1957		1970		1980
	%	%	%	%	%	%	人數	%	人數	%	%
福建	37	36	44	44	43	42	442,707	40.6	666,944	44	43.1
潮州	18	17	18	17	20	23	245,190	22.5	352,971	22	22
廣東	21	19	23	25	22	23	205,773	18.9	268,548	17	16.5
海南	7	6	5	5	5	7	78,081	7.2	115,460	7.3	7.1
客家	6	5	1	5	5	6	73,072	6.7	110,746	7	7.4
福州	--	--	--	--	--	--	16,828	1.5	27,075	1.7	--
上海	--	--	--	--	--	--	11,034	1.0	13,427	0.8	--
興化	--	--	--	--	--	--	8,757	0.8	13,026	0.8	--
福清	--	--	--	--	--	--	7,614	0.7	--	--	--
廣西	--	--	--	--	--	--	292	0.0003	--	--	--
其他	僑生：11	僑生：9	--	--	--	--	1,248	0.1	11,669	0.7	3.9
小計							1,090,596		1,579,866		

資料來源：麥留芳：《方言群認同：早期星馬華人的分類法則》（臺北：中央研究院民族學研究所，1985年），頁71；Chua, Seng Chew. *State of Singapore: Report on the Census of Population, 1957* (Singapore: Government Press, 1964); Arumainathan, P. *Singapore: Report on the Census of Population 1970.* (Singapore: Department of Statistics, 1973), pp.32-33; Khoo, Chian Kim. *Singapore: Census of Population 1980* (Singapore: Department of Statistics, 1980).

表二 一九八〇年與一九九一年馬來西亞華人各方言群的人口比例

方言群	人口總數		占華人人口的比例（%）	
	1980	1991	1980	1991
福建人	333,936	1,597,463	36.7	34.66
客家人	789,686	1,081,862	21.7	23.47
廣東人	692,520	842,105	19.1	18.27
潮州人	447,370	521,218	12.3	11.31
海南人	140,429	--	3.9	3.65
福州人	68,736	--	1.9	4.93
江西人	81,815	--	2.3	1.5
興化人	11,982	--	0.3	0.57
福清人	6,515	--	0.2	--
其他	57,543	--	1.6	--

資料來源：Department of Statistcis Malaysia. *1980 Population and Housing Census of Malaysia, General Report of the Population Census*, Volume 2 (Kuala Lumpur: Author, 1983); Lee, Kam Hing and Chee-Beng Tan, *The Chinese in Malaysia* (Oxford: Oxford University Press, 2000), p.39.

表三 二〇〇〇年馬來西亞半島華人的漢語方言

馬來西亞華人說的漢語方言種類	人口（調查年份）
閩南方言： 　福建 　潮州 　海南	2,660,000（2000） 2,020,868 497,280 141,045
客家方言	1,090,000（2000）

（續下頁）

（續前頁）

馬來西亞華人說的 漢語方言種類	人口 （調查年份）
粵方言	1,070,000（2000）
閩東方言（福州話）	252,000（2004）
蒲仙方言（興化話）	24,700（2000）

資料來源：Lewis, M. Paul (ed.). *Ethnologue: Languages of the World*, 16th ed. (Dallas, Tex.: SIL International, 2009).

　　由以上三表可見，在新加坡最普及的漢語方言為福建話，接下來是潮州話，然後是廣東話、客家話，以及海南話；而在馬來西亞，最為普及的漢語方言亦為福建話，接著是客家話、廣東話，然後是潮州話，之後是福州話、海南話等。不過，由於馬來西亞首都吉隆坡通行的是廣東話，再加上香港的影視娛樂在馬來西亞極受歡迎，因此廣東話和福建話的勢力是相近的，[11] 一般馬來西亞華人至少都會說上幾句廣東話或福建話。隨著漢語普通話的普及，方言勢力在新馬一帶（尤其是新加坡）正逐漸減弱，人們的方言能力不斷退步，方言的使用已不及二十世紀初葉、中葉那般普及。由於方言歷史背景濃重，因此新馬華人的華語在語音、詞彙、語法等方面或多或少受到方言的影響。[12]

---

11 郭熙指出：「廣東話在吉隆坡和怡保比較通用，而福建話在新山、檳城和巴生等地區有自己的天地」，參見郭熙：〈馬來西亞：多語言多文化背景下官方語言的推行與華語的拼爭〉，見郭熙編：《華語研究錄》（北京：商務印書館，2012年），頁183。

12 具體實例可詳見周清海編著：《新加坡華語詞彙與語法》（新加坡：玲子傳媒，2002年）、羅福騰主編：《新加坡華語應用研究新進展》（新加坡：新躍大學新躍中華學術中心、八方文化創作室，2012年）等書內的各篇新加坡華語研究文章。方言影響論顯然已不足以深入解釋眾多的新加坡華語特點，近年有學者如朱元關注到更細緻的問題，即當新加坡的南方方言各有不同的表達方法時，新加坡華語究竟是如何「選擇」某種表達方式進入其系統。她以三種新加坡特色語法為例，借用類型學方法，提出新加坡華語乃是依循跨語言或跨方言的演變規律來選擇表達方式的假設，參見

三　新馬華語環境

（一）新馬語言政策與華語教育

　　某種語言在某個地區的發展，與該地區的教育息息相關，而教育又受制於政府的語言政策。透過這一小節，可以明顯看到新加坡政府對華語教育的大力干預政策，以及馬來西亞政府對華語教育的中庸多元政策，對兩地華語發展的影響。

1　新加坡的語言政策與華語教育

　　一八一九年，英國不列顛東印度公司（British East India Company）托馬斯・史丹福・萊佛士爵士（Sir Thomas Stamford Bingley Raffles）登陸新加坡，並開始管轄。到了一八二四年，新加坡正式成為英國殖民地。一九四二至一九四五年，日本占領新加坡，將之更名為「昭南島」。日軍投降後，英國重新管轄新加坡。一九五九年，新加坡取得自治地位。一九六三年，新加坡連同當時的馬來西亞聯合邦（含玻璃市、吉打、檳城、霹靂、雪蘭莪、森美蘭、馬六甲、柔佛、彭亨、登

朱元：〈觸因變異與語言共性——以新加坡華語為個案〉，《臺大華語文教學研究》第2期（2014年），頁1-42。郭詩玲則在其馬來西亞量詞實證研究中，試圖以認知語言學理論補充方言影響論的不足，提出除了語法書標準、方言接觸、量詞的語義理解偏誤外，人們對事物迥異的「認知出發點」也是造成人們以多種量詞搭配一個名詞的主因，強調語言本身除了具有客觀義，也具有主觀義，並非一個自足的認知系統，參見郭詩玲：〈馬來西亞華語名類量詞實證研究：以檳城、吉隆坡、新山為例〉（新加坡：南洋理工大學人文與社會科學學院中文系碩士論文，2012年）。另外，郭詩玲在探討馬來西亞「兒」系列字音與兒化音一文時，也嘗試以省力原理、詞義獨立、社會變量影響等補充方言影響論難以解釋之處，參見〈馬來西亞「兒」〔ɚ〕音的變化及其社會意義：以新山為例〉（新加坡：南洋理工大學人文與社會科學學院中文系榮譽學士論文，2009年）。

嘉樓、吉蘭丹）、砂勞越以及北婆羅洲（現在的沙巴），共組馬來西亞，脫離英國的統治。一九六五年，新加坡因種族政治課題而被迫退出馬來西亞，成為獨立的國家。最初萊佛士統治新加坡時，新加坡以馬來人居多，後來新加坡的華人人口逐年增加，從一八二四至二〇一三年，華人所占的比例從百分之三十一升至百分之七十四，從三千多人增至兩百八十五萬多人（見表四）。

表四　新加坡華人人口

年份	華人人口	比例（%）	年份	華人人口	比例（%）
1819	30	──	1901	164,041	72
1824	3,317	31	1911	219,577	72
1830	6,555	39	1921	315,151	75
1834	10,767	──	1931	418,640	75
1836	13,749	46	1947	729,473	78
1840	17,704	──	1957	1,090,596	75
1849	27,988	53	1970	1579,866	76
1860	50,043	──	1980	1,856,237	77
1871	54,572	58	1990	2,252,700	75
1881	86,766	63	2000	2,505,379	77
1891	121,906	67	2013	2,853,800	74

資料來源：麥留芳：《方言群認同：早期星馬華人的分類法則》，頁45; Sam, Swee-Hock, *The Population of Singapore* (2nd ed.). (Singapore: Institute of Southeast Asian Studies, 2007), p.29.; Department of Statistics Singapore, "Yearbook of Statistics Singapore, 2014." Website: http://www.singstat.gov.sg/docs/default-source/default-document-library/publications/publications_and_papers/reference/yearbook_2014/excel/topic3.xls.(2015/5/23), 2014.

　　在英國殖民時期，新加坡殖民政府的語言政策是以英語為基幹，凡是與政府施政有關的立法、行政、公告、文書無不是以英文為本。不過，殖民政府對其他語言，卻是抱著開放與容忍的態度，因此當時新加坡有多種語文源流的學校並存。各種族之中，少數兼通英語和其他種族語言的知識份子，成為與殖民統治階級及其他民族人士相溝通的「中間人」（social brokers）。當時，整個社會的語言狀況，接近於費許曼（Joshua A. Fishman）所稱的「沒有雙語現象的雙言制」（diglossia without bilingualism）的形態[13]。

　　一九六五年新加坡脫離馬來西亞獨立後，語言政策開始與馬來西亞漸行漸遠。雖然獨立後的新加坡仍標榜馬來語為其國語，官方語言為英語、華語、馬來語及淡米爾語等四種語言，但以英語為其行政語言。一九八〇年，新加坡政府將東南亞第一所華文大學「南洋大學」與新加坡大學合併為一所以英語為教學媒介語的新加坡國立大學，並於一九八七年統一所有公立學校的教學媒介語為英語。自此，所謂的「華校」、「馬來校」、「淡校」等在新加坡均化為歷史名詞，華語、馬來語、淡米爾語僅作為母語課的教學媒介語。在新加坡的公立學校，除了母語課，所有科目均以英語教授。而所謂的「母語課」，實為該種族的重要共同語課，包括華語、馬來語及淡米爾語，並非指孩童在家庭中習得的第一語言。[14]

---

13 郭振羽：〈語言政策和語言計劃〉，見雲惟利編：《新加坡社會和語言》，頁57；Fishman, Joshua A. *Language in Sociocultural Change: Essays by Joshua A. Fishman.* (Stanford: Stanford University Press, 1972).

14 吳元華認為，新加坡教育當局所謂的「母語」，不一定是學生童年時在家庭裡所學得的第一語言，而是指代表他的種族的語言（ethnic language），吳元華：《母語：打開文化寶庫的鑰匙》（新加坡：SNP，1999年），頁1。不論一個兒童是否會說代表他的種族的語言，只要他屬於某一個種族，那麼代表那種族的語言就是他的「母語」。意即，即使某個華族兒童從小最熟悉的是福建話，在新加坡的語境下，其母語為「華語」（即普通話），而不是福建話。如此的「母語」概念，與語言學中的「母語」

　　目前新加坡華語的生命可說是仰賴公立學校的華語課及中國新移民的支撐與傳承，那麼漢語方言的情況是如何呢？自「講華語運動」的政策雷厲風行後，目前新加坡漢語方言的使用已式微。據語言調查報告顯示，新加坡從一九八〇至二〇一〇年這三十年內，五歲以上的華人在家最常說的漢語方言的比例已從百分之七十三降至百分之十九[15]，按如此形勢，不消幾十年，也許就再也沒有新加坡華人的常用語言是漢語方言了。

　　「講華語運動」（Speak Mandarin Campaign），是新加坡前總理李光耀於　九七九年發起的語言推廣運動，目的是扭轉新加坡華人因各自籍貫而使用不同方言的習慣，改以華語作為共同的溝通語言，由推廣華語委員會負責（1998年易名為推廣華語理事會）。[16]其最為重要

（mother language）所指的「母語是一個人自幼最先習得的語言」，參見Pei, Mario A. and Frank Gaynor, *A Dictionary of Linguistics.* (London: Peter Owen, 1968）並不相同。關於華人受英文教育的課題，德國著名漢學家傅吾康（Wolfang Franke）曾於1965年〈星馬華文教育的問題〉一文中指出，倘若華人不在家裡或其他地方獲得相當全面的華文教育，那麼華人受英文教育的最嚴重後果是完全喪失華人的人文傳統。即使華人受過長達十三年的英文教育，但通常還是膚淺的，只有極少數名校培養的優秀學生能深入西方文化的基本價值觀，吸取西方人文教育的精華以取代喪失的華人文化。他們的外形與情緒雖是華人，但是在文化與精神層面上卻不是華人：他們不明白自己是什麼人。從現在2015年的情況來看以上觀點，「自己是什麼人」似乎並沒有成為許多新加坡華人的困擾，因為「新加坡人」的國家意識已漸統攝了族群觀點，「新加坡華人」成為一種擁有新加坡式華語、新加坡式英語、新加坡價值觀（東西混合的價值觀）的特定族群。

15 Lau, Kak En, *Singapore Census of Population 1990: Literacy, Languages Spoken, and Education* (Singapore: Department of Statistics, 1993).

16 新加坡前總理李光耀在推廣華語運動開幕禮中致詞道：「這是一項無可避免的選擇——英語和華語，或是英語和方言？在邏輯上，這項決定是明顯的；在感情上，這項選擇確是痛苦的」，參見李成業策劃與編輯：《推廣華語運動開幕演講專集（1979-1989）》（新加坡：新加坡交通及新聞部、推廣華語運動委員會，1989年），頁9。關於「講華語運動」的論述，可參見張楚浩：〈華語運動：前因後果〉，見雲惟利編：《新加坡社會和語言》，頁125-137、謝世涯：〈華語運動：成就與問題〉，見雲

的政策是不允許媒體播放漢語方言節目與歌曲，相關節目只能在非官方或非公開場合看到（新加坡農曆七月中元節的戶外「歌臺」節目除外）。不過，隨著網絡的發達，人們可透過網絡平臺欣賞方言歌曲或節目，因為新加坡政府並無這方面的網絡管制。「講華語運動」的初衷是撇棄方言，這點可謂非常成功，但是這當中有許多華人從方言改用英語，新加坡在一九八〇至二〇一〇年這三十年內，五歲以上的華人在家最常說的語言是英語的人數比例已從百分之十五上升至百分之三十三，因此近期這項運動已轉型為一種在英語普及的情況下推廣華語的運動，要求人民「多講華語，少講方言」的功能反而減弱了：

> 雖然講華語運動使華人不講方言，改用華語的目標已經達到了，但調查顯示，華語在受英文教育的華族新加坡人當中卻有「失去陣地」的趨勢。因此，從一九九一年起，講華語運動的重點轉至受英文教育的華族新加坡人身上，鼓勵他們多用華語。（推廣華語理事會）[17]

關於這樣的變化，可從表五羅列的一九七九至二〇一四年的「講華語運動」的主題明顯看出。例如：對比一九八四年的「請講華語，兒女的前途，操在你手裡」與二十年後二〇〇四年的「華語 COOL」標語，前者以兒女的前途敦促（或類似恐嚇）家長少用方言，後者則以英語的 "cool" 向年輕人灌輸講華語是時髦有型的意識，差別昭然可見。

惟利編：《新加坡社會和語言》，頁139-157、Koh, Ernest, *Singapore Stories: Language, Class, and the Chinese of Singapore, 1945-2000* (Amherst, New York: Cambria Press, 2010), pp.127-135.

17 推廣華語理事會：〈歷史與發展〉，《講華語運動》，參見網址：http://www.mandarin. org.sg/?p=959&lang=zh-hans，發表日期：2012年，瀏覽日期：2015年。

表五　一九七九至二〇一四年新加坡「講華語運動」的主題

年份	主題	年份	主題
1979	多講華語，少說方言	1991	學習華語認識文化
1981	學華語，講華語	1992	用華語表心意
1982	在工作場所講華語	1993	講華語‧受益多
1983	華人講華語，合情又合理	1994-1995	華語多講流利
1984	請講華語，兒女的前途，操在你手裡	1996-1997	講華語開創新天地
1985	華人‧華語	1998-1999	講華語‧好處多
1986	先開口講華語，皆大歡喜	2000-2003	講華語？沒問題！
1987	會講華語，先講常講	2004-2006	華語COOL
1988	多講華語，親切便利	2007-2008	講華語，你肯嗎？
1989	常講華語，自然流利	2009-2010	華文？誰怕誰！
1990	華人‧華語	2011-2014	華文華語，多用就可以

資料來源：推廣華語理事會（2015）。

　　關於語言規劃與語言政策的課題，一直以來都存在於人類社會之中。[18]不過，「語言規劃」（language planning）此一術語最先由挪威裔美國語言學家豪根（Einar Haugen）於一九五九年提出。[19]德國語言學家克洛斯（Heinz Kloss 則進一步注意到語言規劃的社會特性，認為語言規劃可分為兩種：語言類型規劃（corpus planning）與語言地位規劃（status planning）[20]。前者的目的為「限制語言本身的性質」

---

18 Oakes, Leigh, "Language Planning and Policy in Quebec." in D. Ayoun (ed.), *Studies in French Applied Linguistics* (Amsterdam/Philadelphia: John Benjamins, 2008), p. 346.

19 Haugen, Einar, "Language Planning in Modern Norway." in Joshua A. Fishman (ed.) *Readings in the Sociology of Language*. (The Hague: Mouton, 1968), p. 673.

20 Kloss, Heinz, *Research Possibilities on Group Bilingualism: A Report* (Quebec: International Centre for Research on Bilingualism, 1969), p.81.

（modify the nature of the language itself），後者的目的則與特定語言的社會定位或地位有關，關注「是否滿意該語言目前的地位，或者是需要提高或降低其地位」（is satisfactory as is or whether it should be lowered or raised）這方面的語言與社會的問題。綜上所述，新加坡政府在「語言地位規劃」方面付出的諸多心力顯著可見，例如提高英語的地位、規定「華語」為華人的「母語」、降低方言的地位等。正如許小穎所言，多語劇烈變動是新加坡華人二十年來社會語言狀況的基本特徵[21]。甚至有的三代家庭的語言情況幾乎是「一代有一代的語言」（generation language，老年人以方言溝通，中年人以華語溝通，青年人以英語溝通），這對世上許多國家而言，尤其是熱衷捍衛民族語言的國家，是不可思議的。

2　馬來西亞的語言政策與華語教育

馬來西亞在語言政策與語言教育方面，其變動則遠不如新加坡劇烈。馬來西亞的國語和官方語言為馬來語，英語則作為第二語言或通用語言被泛用於行政、工商業、科技教育、服務業、媒體等領域，兩種語言可作為跨種族之間的溝通語言。除了未受過正規教育的老年人之外，大部分的馬來西亞人皆能口操馬來語和英語，華語或漢語方言和淡米爾語則分別在華人和印度人族群社會中被廣泛使用[22]。

與其他東南亞國家不同，在華文教育捍衛者的努力以及該國政府無用強硬手段關閉華文小學的情況下，馬來西亞是目前唯一仍保留英殖民時期就存在的華文小學教育的東南亞國家。這些公立華文小學

---

21 許小穎：《語言政策和社群語言——新加坡福建社群社會語言學研究》（北京：中華書局，2007年），頁3。

22 郭熙編：〈馬來西亞：多語言多文化背景下官方語言的推行與華語的拼爭〉，《華語研究錄》（北京：商務印書館，2012年），頁183。

（官方簡稱為 SJKC：<u>S</u>ekolah〔學校〕、<u>J</u>enis〔類型〕、<u>K</u>ebangsaan〔國家〕、<u>C</u>ina〔華文〕）共有一千兩百九十四所，分布在全馬各地，除了英語課與馬來語課分別以英語與馬來語教授外，所有科目均以華語為教學媒介語。超過九成的馬來西亞華人兒童接受六年的華文小學教育[23]。

　　華文中學方面，原在英殖民時期就已存在的華文中學於一九六〇年代面對巨大考驗。馬來西亞政府接受《達立報告書》的建議，頒布《1961年教育法令》，自一九六一年起，不再舉辦以華文為媒介的中學公共考試，只以馬來文或英文作為考試媒介，並將中學分為兩種：全津貼中學（國民中學〔即馬來文中學〕與國民型中學〔由華文中學改制而來，學生以華人為主，以馬來文或英文為教學媒介語，必修與必考中文〕），以及不受津貼的中學。在當時，共有六十所華文中學不接受改制，遂轉為不受津貼的華文獨立中學，由華人民間支撐運作。至今當地華人社會攜著這股對華文中學教育的執著，已支撐了五十多年。當地華人民間流傳著這樣一種說法，即他們一生需要繳納「兩種稅」：一種是交給政府的所得稅（法律義務），另一種是資助華文學校的捐款（出於自願）。就讀華文獨立中學的學生約占馬來西亞華人之中的一成。意即，百分之九十以上的馬來西亞華人曾受六年華文小學教育，百分之九的馬來西亞華人曾受十二年的華文中小學教育。由於華文教育體系相對完整，因此大部分的馬來西亞華人具有一定的華語語文能力。[24]表六是摘自郭詩玲（2012）針對現今馬來西亞華人的中小學教育背景類型和語言掌握情況所做的研究。

---

23 林友順：〈大馬華文獨中新生爆滿現象〉，《亞洲週刊》第24卷第5期（2010年1月31日），參見網址：http://www.yzzk.com/cfm/Content_Archive.cfm?Channel=aw&Path=3188942351/05aw1.cfm，瀏覽日期：2010年6月22日。

24 一般不熟悉馬來西亞華文教育制度的外國人常為馬來西亞華人的華語能力所「震驚」，以為馬來西亞華人最擅長馬來語而不曉得華語。

表六　現今馬來西亞華人的中小學教育背景類型和語言掌握情況

小學教育[25]（6年）	中學教育（5年／6年）	能掌握的語言（按在校接觸時間長短排序）	占華人人口比例
國民型華文小學（教學媒介語：華語；必修馬來語和英語）	國民中學（教學媒介語：馬來語；必修英語，選修華語）	1. 馬來語（5年長時間接觸＋6年課程接觸）、華語（6年長時間接觸±5年課程接觸） 2. 英語（11年課程接觸）	50%以上
國民型華文小學（教學媒介語：華語；必修馬來語和英語）	國民型中學（教學媒介語：馬來語；必修華語與英語）	1. 華語（6年長時間接觸＋5年課程接觸）、馬來語（5年長時間接觸＋6年課程接觸） 2. 英語（11年課程接觸）	22%（僅有78所國民型中學）
國民型華文小學（教學媒介語：華語；必修馬來語和英語）	私立華文獨立中學（非營利）（教學媒介語：華語；必修馬來語和英語）	1. 華語（12年長時間接觸） 2. 馬來語（12年課程接觸）、英語（12年課程接觸）	9%（僅有60所私立華文獨立中學）
國民型華文小學（教學媒介語：華語；必修馬來語和英語）	私立中學（營利）（教學媒介語：英語；必修馬來語，選修華語，具體要求視該校政策而定）	1. 英語（5年長時間接觸＋6年課程接觸）、華語（6年長時間接觸±5年課程接觸） 2. 馬來語（12年課程接觸）	——（相對少，營利型私立中學學費較為昂貴，在大

25 現在馬來西亞華人社會中也有家長將孩子送去私立英文小學就讀以打好英文基礎，因無法取得相關數據，故不列入表中。

小學教育[25] （6年）	中學教育 （5年／6年）	能掌握的語言 （按在校接觸時間長短排序）	占華人 人口比例
			都市比較 普遍）
國民馬來文小學 （教學媒介語：馬 來語；必修英語）	國民中學 （教學媒介語：馬來 語；必修英語，選修 華語）	1. 馬來語 （11年長時間接觸） 2. 英語 （11年課程接觸） 3. 華語 （±5年課程接觸）	——（極 少，因逾 九成的華 人家長送 子女到華 文小學） [26]

資料來源：（「占華人人口比例」一欄）：筆者根據2007年馬來西亞教育部數據自行
計算，引自歐宗敏：〈國中生撐起華教一片天〉，《光華日報》（2008年6
月25日）。

　　除了華文小學與華文中學，在高等教育方面，馬來西亞華人社會
也分別在檳城、雪蘭莪、新山創辦大專學院，分別為韓江學院
（1999-）、新紀元學院（1998-）、南方大學學院（1990-）。[27]隨著中
國經濟的崛起，馬來西亞的華文教育在政府面前更有生存的理由，政
府也正加強馬來文小學的華文教育。只要沒有種族極端主義政客的滋
擾，預計華文教育前景會在現實的加持下，比過往數十年更加光明。

---

26 林友順：〈大馬華文獨中新生爆滿現象〉。

27 2012年6月18日，馬來西亞高等教育部正式批准由華人民間興辦的南方學院升格為
大學學院，一圓該學院二十二年的夢。這則消息對捍衛華文教育的人士而言，是極
大的安慰和鼓勵，幾十年來，新馬華人出錢出力合辦的華文大學——南洋大學的關
閉與改制，馬來西亞獨立大學申請的失敗，他們面對上述挫折，屢戰屢敗，但仍屢
敗屢戰。另兩所學院也正努力申請升格為大學。參見〈等了22年‧高教部捎佳音‧
南院升格大學學院〉，《星洲日報》第1版（2012年6月19日）。

（二）新馬華語的使用情況

1　新加坡華語使用情況

　　新加坡目前的華語使用情況如何？或許我們可以從華語電視節目觀眾量、華語廣播聽眾量、華語作為家庭用語的人數、華文報章與華文雜誌的讀者量，來窺探新加坡聽華語、說華語及讀華文的情況。根據二〇一一年尼爾森媒體指數報告（Nielsen's Media Index Report），在二〇一〇年七月至二〇一一年六月這段期間，十五歲以上的四千六百九十六名新加坡人的媒體消費方面，數碼媒體（包括網上內容與數碼報紙）的使用人數增加，電影院、電臺廣播與家外媒體（out-of-home, OOH）維持穩定，[28]　看電視節目、紙版報章與雜誌的人數則稍微減少。無論如何，媒體還可算是了解華語在新加坡的普及程度的重要依據。下面我們借用新加坡統計局、尼爾森媒體調查報告的數據進行分析。

（1）聽華語

　　聽華語的大眾媒體管道有電視、電臺等。雖然現在網絡娛樂平臺大行其道，不過，華語電視節目與華語電臺的收視率也將有助於觀察新加坡華語大致的普及情況。根據新加坡媒體發展局（Media Development Authority）的數據，表七羅列二〇一三年至二〇一四年新加坡各語言電視節目的收視率與到達率。

---

28 根據博仕達國際股份有限公司網頁（網頁無顯示文章發表日期），家外媒體泛指消費者在離家途中可能接觸到的傳播平臺，包括戶外看板、地鐵與巴士車體、LED螢幕等。數位世代的浪潮，讓消費者不僅可以閱覽、互動、提供內容，還能即時分享，簡稱為「OOH 3.0」，形成一股新的媒體勢力。

表七　二〇一三年四月至二〇一四年三月
新加坡各頻道公共服務廣播[29]節目平均觀眾簡要

電視頻道	目標觀眾（Target Demographic）	主要時段[30] 的本地各類公共服務廣播節目的平均收視率（Average Prime Time Ratings of Local PSB Programmes Across Genres）	本地公共服務廣播節目的總到達率[31]（按頻道分類）（Total Reach of Local PSB Programmes -By channel）
英語電視臺： (1)5頻道 （Channel 5） (2)亞洲新聞臺	(1)5頻道：四歲以上人士 (2)亞洲新聞臺：（一週累積收視	(1)5頻道：112,000（2.2%） (2)亞洲新聞臺：8,700（2%）（專	(1)5頻道：3,384,000（66.9%） (2)亞洲新聞臺：171,000（41.5%）

29 公共服務廣播（Public Service Broadcast, PSB）節目指的是推廣社會目標與國家和諧而又能滿足電視觀眾興趣的節目。所有在新加坡的廣播機構必須依特定執照維持這類節目。由於商業性質較少、可行性減弱，因此有必要透過公共服務廣播基金支持這類節目，參見：新加坡媒體發展局〈執照〉（網頁無顯示日期），網址：http://www.mda.gov.sg/Licences/Pages/PSB.aspx（瀏覽日期：2012年6月28日）。

30 此處的主要時段為晚上7時至11時（5頻道、8頻道、U頻道、亞洲新聞臺、朝陽頻道、春天頻道）；週一到週五早上9時至晚上9時與周末早上7時至晚上9時（歐克多兒童頻道）；每日晚上10時至半夜12時（歐克多資訊與文化頻道）。這包括公共服務廣播節目與非公共服務廣播節目。

31 此到達率乃基於全天觀看情況。所謂到達率（reach）是在一定時間（四週）內至少接觸一次廣告訊息的無重複視聽眾，占總人口之百分比（the unduplicated percentage of a population），是用來檢查有多少「不同」的潛在對象接觸到廣告訊息，目的是強調「廣度」，參見Barban, Arnold M., Steven M. Cristol, and Frank J. Kopec, *Essentials of Media Planning: A Marketing Viewpoint* (Columbus: McGraw-Hill, 1993)。柳婷：《廣告與行銷》（臺北：五南圖書出版公司，1999年），頁191。收視率（ratings）是指在調查樣本中，收看某個或某些節目的人，占全部可能收看那些節目的人的百分比，例如抽樣一千人，其中有二十人收看A節目，則A節目的收視率為2.0%。參見毛榮富、陳國明：《媒介素養概論》（臺北：五南圖書出版公司，2005年），頁76。

（Channel NewsAsia） (3)歐克多頻道（okto）	率）月入5,000元以上的專業人士／經理／執行員／商人、十五歲以上人士 (3)okto：四到十二歲、十五歲以上人士	業人士／經理／執行員／商人）；71,500（1.6%）（15歲以上人士） (3)歐克多頻道：14,500（2.7%，四歲至十二歲孩童）；13,190（0.3%，十五歲以上人士） 總數：219,890	（專業人士／經理／執行員／商人；1,501,000（34.1%，十五歲以上人士） (3)歐克多頻道：241,000（44.6%，四歲至十二歲孩童）；397,000（9%，十五歲以上人士） 總數：5,694,000
華語電視臺： (1)8頻道（Channel 8） (2)U頻道（Channel U）	(1)8頻道：四歲以上人士 (2)U頻道：（一週累積收視率）十五歲以上人士	(1)8頻道：486,000（9.6%） (2)U頻道：130,000（2.9%） 總數：616,000	(1)8頻道：3,486,000（68.9%） (2)U頻道：2,152,000（48.9%） 總數：5,638,000
馬來語電視臺：朝陽頻道（Suria）	四歲以上的馬來人	**78,667**（10.7%）	**699,000**（92.6%）
淡米爾語電視臺：春天頻道（Vasantham）	四歲以上的印度人	**49,900**（8.2%）	**403,000**（78.1%）

資料來源：新加坡媒體發展局《新加坡媒體發展局2013／2014年報告》（網頁無顯示日期），網址：https://www.imda.gov.sg/~/media/imda/files/about/resources/ida-download.pdf?la=en（瀏覽日期：2015年2月4日）。

　　從表七可知，新加坡還是有相當多的觀眾收看華語電視臺，如8頻道主要時段的當地各類公共廣播節目的平均收視率就達到百分之九點六（觀眾目標是四歲以上的新加坡人），比例只稍低於馬來語頻道的百分之十點七。主要英語電視臺5頻道與8頻道的目標觀眾雖同為四歲以上人士，不過，其平均收視率就比較低，只有百分之二點二。另一個華語電視臺 U 頻道的平均收視率則為百分之二點九。就到達人數而言，華語電視臺的兩個頻道與英語電視臺的三個頻道各均有五百多萬，相去不遠。關於這個現象，正如郭振羽所言：

> 新加坡的電視雖然以英語節目居多，但是多年來收視率最高的卻都是華語節目。華語節目大受歡迎，對華語的推廣貢獻很大，甚具社會語言學上的特殊意義。新加坡的電視節目既以外來節目占多數，且甚受歡迎，因此，外來節目帶來的語言影響不可忽視。[32]

　　在廣播電臺情況方面，表八是尼爾森公司統計的二〇一一年各語言廣播電臺收聽率。

---

32 郭振羽：〈大眾傳播和語言〉，見雲惟利編：《新加坡社會和語言》，頁85。

表八　二○一一年新加坡廣播電臺收聽率

電臺廣播頻道	收聽率
英語電臺 (1)Class 95FM (2)Kiss 92FM (3)Gold 90.5FM (4)987 FM (5)HOT FM 91.3	(1)16% (2)14% (3)12% (4)11% (5)8%
華語電臺 (1)醉心頻道（Y.E.S 93.3FM） (2)最愛頻道（Love 97.2FM） (3)城市頻道（Capital 95.8FM） (4)883家 FM (4)Radio 100.3資訊娛樂臺	(1)20% (2)19% (3)17% (4)6% (4)6%
馬來語電臺 (1)Warna 94.2FM (2)Ria 89.7FM	(1)10% (2)5%
淡米爾語電臺 Oli 96.8FM	7%
多語電臺 Expat Radio 96.3XFM （法語、德語、日語、淡米爾語、韓語）	3%

資料來源：尼爾森2011年尼爾森第1波每日電臺收聽率調查（Nielsen's Radio Diary Survey 2011 Wave 1），參見網址：http://www.sg.nielsen.com/site/News ReleaseNov062011.shtml，瀏覽日期：2012年7月1日。

　　據二○一三年尼爾森第一波每日電臺收聽率調查報告顯示，共有百分之九十三的成人每天收聽電臺節目，由此可見新加坡收聽電臺習慣的普及。根據表八，華語電臺的收聽率是所有語言的電臺中最高

的，收聽率總和為百分之六十八，英語電臺的收聽率總和為百分之六
十一，馬來語為百分之百分之十五，淡米爾語為百分之七，多語電臺
為百分之三，可見收聽華語廣播的人數是頗多的。二〇一六年的尼爾
森調查報告也顯示收聽率最高的前三甲電臺均為華語電臺[33]，三者收
聽率總和超過百分之五十。

（2）說華語

根據新加坡統計局數據，表九是新加坡一九八〇至二〇一〇年三
十年來五歲以上的華人在家最常說的語言。

表九 一九八〇至二〇一〇年新加坡五歲以上的華人
在家最常說的語言

語言／年份	1980	1990	2000	2010
	%	%	%	%
華語	12.4	34	45.1	47.7
英語	14.8	22.4	23.9	32.6
漢語方言	72.5 (1)福建話　35.8 (2)潮州話　16.5 (3)廣東話　12.8 (4)其他方言　7.4	43.3 (1)福建話　22.4 (2)潮州話　9.2 (3)廣東話　8.3 (4)其他方言　3.4	30.7	19.2
其他	0.3	0.3	0.4	0.4

資料來源：Lau, Kak En, *Singapore Census of Population 1990: Literacy, Languages Spoken, and Education* (Singapore: Department of Statistics, 1993).

---

[33] Channel News Asia (2016). "Eight out of Top 10 Radio Stations Are from Mediacorp: Nielsen." Website: http://www.channelnewsasia.com/news/singapore/eight-out-of-top-10-radio-stations-are-from-mediacorp-nielsen/3333776.html. (2017/1/22).

從表九可見，在二○一○年約有一半的新加坡華人在家最常說的語言是華語，比一九八○年的12.4%高出許多，這是新加坡政府「多講華語，少說方言」政策的顯著成果，因為與此同時，方言比例從72.5%狂跌至19.2%。英語的使用比例也增加了不少，從一九八○年的14.8%增加至32.6%，這是新加坡政府統一英語為全國公立學校的教學媒介語的顯著成果。此外，另一個原因是推廣華語運動的影響，那些來自英文源流而在家中只講方言的，或講方言兼英語的，便捨方言而只講英語，這是促成講英語的家庭劇增的原因之一[34]。由於新加坡的行政語言與教育媒介語皆為英語，因此32.6%以外的人數實為華語與方言的壁壘。當然，若有愈來愈多的中國移民加入新加坡國籍，也將能增加華（漢）語／普通話使用的人數。

（3）讀華文

以上探討的是語言層面，即聽、說華語的數據呈現。華語電視節目與廣播電臺相當受歡迎，從華語與英語的比例來看，聽華語較說華語普遍，那麼如果進入文字層面——讀華文，會是怎樣的情況？如欲觀察一個國家的文字通行程度，有著「秀才不出門，能知天下事」美譽的報章，其每日發行量無疑是一個重要標誌；每週或每月出版的雜誌發行量則可作為輔助觀察的數據。報章閱讀方面，根據新加坡統計局的數據，表十為新加坡一九八二至二○一三年三十多年來各語文報章的發行量。

---

34 謝世涯：〈華語運動：成就與問題〉，見雲惟利編：《新加坡社會和語言》，頁149。

表十　一九八二至二○一三年新加坡各語言日報的發行量[35]

年份／語言	英文	華文	馬來文	淡米爾文	總數
1982	289,537	326,583	34,025	7,195	657,340
1983	301,205	351,392	35,267	6,847	694,711
1984	307,376	357,778	37,444	6,785	709,383
1985	308,221	359,303	39,915	6,427	713,866
1986	282,192	354,892	41,760	5,454	684,298
1987	292,721	360,691	42,041	5,474	700,927
1988	340,401	354,840	42,458	5,635	743,334
1989	362,634	366,211	42,849	5,358	777,052
1990	**385,902**	**378,381**	44,361	4,480	813,484
1991	422,869	401,116	47,988	5,550	877,523
1992	447,600	410,424	53,059	5,019	916,102
1993	481,392	433,871	57,676	4,907	977,846
1999	545,523	528,219	64,289	10,106	1,148,137
2000	831,462	476,686	65,109	10,005	1,383,262
2005	777,190	438,696	57,061	9,985	1,282,932
2006	791,207	575,230	61,363	11,590	1,439,390
2007	776,733	586,550	61,942	12,552	1,437,777

---

35 這些數據為以下每日報章在1月到12月的平均銷售量：
英文報：*The Straits Times/Sunday Times, Business Times, New Paper/New Paper Sunday/Little Red Dot/IN.*
2000年數據包括*Streats*、2001年以後的數據包括*TODAY*、2008年以後的數據包括*Tabla*、華文報：《聯合早報》、《聯合晚報》、《新明日報》、《大拇指》、《小拇指》（創於2011年）、《小小拇指》（創於2013年）、《我報》（創於2006年）、《星期五周報》（1991-2008年）、《逗號》（創於2009年）；馬來報：*Berita Harian / Berita Minggu*；淡米爾報：*Tamil Murasu / Tamil Murasu Sunday*。

年份／語言	英文	華文	馬來文	淡米爾文	總數
2008	822,304	683,382	61,234	14,167	1,581,087
2009	799,310	666,735	60,114	14,786	1,540,945
2010	782,295	668,781	59,530	14,825	1,525,430
2011	763,149	660,409	57,350	17,170	1,498,078
2012	747,419	649,127	53,299	16,305	1,466,150
2013	738,760	635,115	49,986	15,702	1,439,563

資料來源：Department of Statistics Singapore (2014)。

　　從表十可見，一九九〇至二〇一三年間，英文報的發行量超越了華文報，這與新加坡政府將教學媒介語改為英語有關。郭振羽指出：「絕大多數的華文學生，以華文為第二教育語言，最高只到中四程度，將來是否可以培養並維持閱讀華文報的習慣，很成問題……將來是否可以在新生代中培養夠水準的華文報記者與編輯，可能成大問題」。所以我們可以看到在二〇〇〇年時，兩者差距甚至達到三十五萬，英文報的發行量幾近華文報的一倍。

　　不過，由於近年新加坡大量引進不少中國移民與其他以華語為母語的移民，華文報的發行量有所增加，從二〇〇五至二〇一三年，華文報發行量激增了近二十萬，而英文報發行量卻減少了近四萬。因此，即使因改變教學媒介語而流失了不少年輕的華文報讀者，華文報的讀者量亦能保持一定的穩定性，甚至保有逐年增加的可能性。截至二〇一三年，華文報的讀者有635,115人，占總數的百分之四十四。除了紙版報章，近年上網閱報的人數也與日俱增，根據尼爾森公司的調查，有百分之十二點四的新加坡成人每天閱讀至少一份本地電子版報章。表十一是二〇一〇年七月至二〇一一年六月新加坡本地線上報章的閱讀率。[36]

36　參見2011年尼爾森第1波每日電臺收聽率調查。

表十一　二○一○年七月至二○一一年六月
新加坡本地線上報章閱讀率

報章名稱	閱讀率
英文報： (1)*The Straits Times*（海峽時報） (2)*Today*（今日報） (3)*The Business Times*（商業時報）	7.9% 2.3% 1.5%
華文報：《聯合早報》	2.2%

資料來源：Nielson (2011). "Nielson Radio Audience Measurement (RAM)." Website: http://www.marketing-interactive.com/news/26436. (2012/7/1).

從表十一可見，網上英文報的閱讀率遠比華文報高。對於華文報前景，新加坡前總理李光耀曾表示：「不論結果如何，基於國家利益，我們都應該保留至少一份高素質的華文報紙」，並將之稱為「全國性的事業」，因此基本情況還是樂觀的[37]。雜誌發行方面，根據尼爾森針對新加坡娛樂週刊與女性月刊的調查，以下雜誌的到達率如表十二。

表十二　二○一○年七月至二○一一年六月新加坡
娛樂週刊與女性月刊的讀者率

雜誌名稱	每週讀者率 （占成人人口）
華文雜誌： (1)I週刊 (2)優1週	(1)4.7% (2)4.2% 總比例：8.9%

---

37 參見：〈李光耀在2003年9月6日《聯合早報》慶祝80週年晚宴上致詞〉。

雜誌名稱	每週讀者率 （占成人人口）
英文雜誌： (1)*8 Days*（8天） (2)*Her World*（她的世界） (3)*Female*（女性） (4)*Singapore Women's Weekly*（新加坡女性週刊） (5)*Cleo*（寇麗） (6)*Simply Her*（簡單她）	(1)3.4% (2)5.2% (3)3.1% (4)2.9% (5)2.3% (6)1.8% 總比例：18.7%

資料來源：Nielson（2011）。

　　就娛樂雜誌而言，華文娛樂雜誌《I 週刊》每週讀者最多，在成人人口中，達到百分之四點七；排在第二位的雜誌為《優1週》，達百分之四點二；英文娛樂雜誌*8 Days* 則為百分之三點四。女性雜誌方面，雖然其調查沒有顯示華文女性雜誌《女友》的讀者率，不過我們從表中可見英文女性雜誌非常受歡迎，總比例達百分之十五點三，單*Her World* 這份雜誌，就已經超過任何一本華文雜誌。一般而言，購買娛樂雜誌與女性雜誌的消費者以年輕人居多，以上數據可說在相當程度上反映了新加坡年輕人的閱讀趨勢——以閱讀英文雜誌為主。吳元華表示，「在閱讀方面，年輕人還是比較喜歡讀英文報紙。這是因為他們的華文水平不高，而閱讀英文比較方便，吸收也比較快」[38]。

　　綜上「聽華語」、「說華語」及「看華文」的人數可見，在新加坡華語相當普及，但華文閱讀就不那麼普及，聽華語的人數多於說華語的人數（華語電視與電臺節目的收看與收聽指數均超過在家說華語的人數），而說華語的人數又多於讀華文的人數（在家說華語的人數超過閱讀華文報章與雜誌的人數），呈現以下的態勢：

38　吳元華：《華語文在新加坡的現狀與前景》（新加坡：創意圈，2004年），頁119。

聽＞說＞讀

　　與新加坡語言政策密切相關的新加坡前總理李光耀曾言：「我國的雙語政策出現了微妙而又令人意想不到的現象。華語臺的電視新聞和節目，收視率竟然比英語臺的來得高。很顯然的，新加坡人用華語，在講和聽方面，覺得很自在」[39]。下面以雲惟利的話作為新加坡華語文未來前景的總結[40]：

> 華語和英語的相對地位，今後不會一成不變，彼此必然**互相消長**。而促使兩者互相消長的主要原因，將是東亞的政治和經濟新局面。如東亞經濟繼續發展，而新加坡又必須依賴東亞以求生存，便不能自外於此地區，則華語、華文在新加坡的用途必定更大，地位也必定提高。倘無此種新變化，則華語、華文在新加坡的地位將繼續低落，乃至於有語無文。只需講華語而不必寫華文，終而至於銷聲匿跡。另一種可能影響華語和英語互相消長的因素是新加坡華人對自身民族文化的自覺。倘此種自覺意識增強，則華語、華文的地位將提高，反之則繼續低落。在五、六十年代，民族主義思想盛行的時候，此種意識在新加坡也十分強烈，後來漸漸消退了。目前還沒有復甦的跡象。或許此種自覺也有待東亞地區的發展了。

2　馬來西亞華語使用情況

（1）聽華語

　　「聽華語」方面，馬來西亞的華語電視臺有「八度空間」（8TV，

39　參見：〈李光耀在2003年9月6日《聯合早報》慶祝80週年晚宴上致詞〉。

40　雲惟利編：《新加坡社會和語言》，頁38-39。

華語使用80%，英語20%）、「ntv7」（英語、華語、馬來語）、「Astro AEC」、「Astro 雙星」、「Astro 小太陽」；漢語方言電視臺則有「Astro 華麗臺」（粵語）、「Astro On Demand 劇集首映」（粵語）、「Astro 至尊 HD」（粵語、華語）、「Astro 歡喜臺」（閩南語）、「家娛頻道」（粵語、馬來語）。根據二〇〇七年的數據，馬來西亞廣播電視（Radio Televisyen Malaysia, RTM，屬下有「TV1」、「TV2」、「TVi」、「Muzik Aktif」）的收視率為百分之十七，次於首要媒體（Media Prima，屬下有「TV3」、「ntv7」、「8TV」、「TV9」）的百分之五十四和「Astro」的百分之二十九[41]。「Astro」機構屬下的節目多為粵語與華語，其百分之二十九的高收視率足以說明粵語電視臺與華語電視臺均受到馬來西亞華人的歡迎。

廣播電臺方面，馬來語電臺主要有「SINAR FM」、「Hot FM」、「Klasik Nasional FM」、「Muzik FM」；英語電臺主要有「Hitz FM」、「Traxx FM」、「Fly FM」、「Red FM」；華語電臺則有「One FM」、「Ai FM」、「FM988」、「MY FM」（華語與粵語）；淡米爾語電臺有「Minnal FM」；土著語言電臺有「Asyik FM」。表十三是根據尼爾森的調查報告，所呈現的二〇一一年第一波馬來西亞各電臺的每週平均到達率。

---

41 Anil Netto (2007). "Malaysian Media Giant Grasps for Internet." Asia Times Online. 29 November. Website: http://www.atimes.com/atimes/Southeast_Asia/IK29Ae02.html. (2012/7/1).

表十三　馬來西亞二〇一一年第一波廣播電臺每周平均到達率

排名	參與頻道	人數	百分比（%）
1	SINAR	4,195,000	24.2
2	ERA	3,958,000	22.8
3	Hot FM	3,452,000	19.9
4	THR	3,402,000	19.6
5	**MY FM**	**2,070,000**	**11.9**
6	Suria fm	2,001,000	11.5
7	Hitz fm	1,575,000	9.1
8	**FM988**	**1,540,000**	**8.9**
9	Muzikfm	1,170,000	6.7
10	Klasik Nasional	1,140,000	6.6
11	IKIM	852,000	4.9
12	Minnal FM	739,000	4.3
13	KELANTANfm	727,000	4.2
14	**One FM**	**692,000**	**4.0**
15	KEDAHfm	675,000	3.9
16	Fly FM	590,000	3.4
17	MIX FM	523,000	3.0
18	**Ai FM**	**497,000**	**2.9**
19	LITE FM	366,000	2.1
20	TERENGGANUfm	308,000	1.8
21	Red FM	282,000	1.6
22	PERAKfm	266,000	1.5
23	MUTIARAfm	256,000	1.5

排名	參與頻道	人數	百分比（%）
24	MELAKAfm	226,000	1.3
25	JOHORfm	224,000	1.3
26	NEGERIfm	165,000	1.0
27	PAHANGfm	158,000	0.9
28	KLfm	149,000	0.9
29	TraXXfm	111,000	0.6
30	Asyikfm	95,000	0.5
31	PERLISfm	77,000	0.4
32	XFM	73,000	0.4
33	SELANGORfm	61,000	0.4
34	LANGKAWIfm	54,000	0.3

資料來源：Nielson（2011）。

　　以上四家華語（有些夾雜粵語）廣播電臺的每週到達率為4,799,000，如除以七天，則每天平均達685,571，就馬來西亞華人人口而言，相當普及。馬來西亞南部如柔佛州新山，大部分民眾多收看與收聽新加坡的華語電視節目與電臺節目，他們的數據則就無法反映在此。

（2）說華語

　　目前我們無法查到馬來西亞統計局或私人公司對馬來西亞華人家庭用語進行大規模統計的數據，只可見到個別研究者所做的極小規模調查：

一、柔佛，一百一十四份問卷：李如龍曾主持馬來西亞華人語言研
究項目，以柔佛州南方學院學生的一百一十四份問卷進行統計
分析，與華語或方言有關的結論包括[42]：
1. 在老一輩或小輩中，華語的使用是相當普及的。
2. 青年學生中普遍以華語為第一語言。
3. 大多數人還能使用方言。
4. 青年學生掌握其他方言的種類不如父輩多。
二、吉隆坡，兩百八十五個家庭：洪麗芬針對吉隆坡兩百八十五個
華人家庭所做的調查結論為華人家庭中不僅多種語言並存共
用，語言選擇傾向也在發生變化，夫妻、兄弟姐妹、親子、祖
孫等不同年齡層的華人各有不同的語言選擇：[43]
1. 年長的華人多使用漢語方言，繼承了傳統語言。
2. 中年華人綜合使用漢語方言、華語和英語，既保留了傳統語
言，也加入了現代教育制度所授的語言。
3. 年輕華人對漢語方言的繼承並不完善，從而造成近半數新
生代不選擇方言為溝通語言，只能以華語或英語為家庭溝通
語言。

根據洪麗芬的調查，屬於「孫輩」的年輕吉隆坡人的華語能力自
我鑑定為：百分之四十一很流利，百分之三十二流利，百分之二十一
不流利，百分之六不會[44]。這與上述柔佛的結論（百分之二十七的吉
隆坡年輕人的華語不流利或不會華語）有所差別。柔佛的數據結論是
青年學生普遍以華語為第一語言，但這與當地的語言環境有關，吉隆
坡的粵語使用率就比柔佛高。由於這些侷限於某地的小規模數據僅能

42 李如龍主編：《東南亞華人語言研究》（北京：北京語言文化大學出版社，1999年）。
43 洪麗芬：〈馬來西亞華人家庭語言的轉變〉，《東南亞研究》第3期（2010年），頁84。
44 同前註。

作為參考，目前仍缺乏具有代表性的大規模語言調查數據，因此本文無法做出更深入的分析，僅能管中窺豹。當然，就教育而言，由於馬來西亞華文小學教育的普及，因此大多數華人都能說基本的華語（極小部分人只會說英語或方言），較已沒有公立華文教育體制的新加坡普及。

（3）讀華文

我們可從百分之九十的馬來西亞華人就讀的國民型華文小學的教材，來考察一般華人小學生的華文識字量，從而對其華文程度有大致的了解。王惠與余桂林曾做過這方面的研究，表十四乃根據其結果所做的歸納[45]。

表十四　中國大陸、臺灣、新加坡、馬來西亞現行主流小學語文教材的字種數量

地區	教材	課文篇數	字次	字種
中國大陸	人民教育出版社小學語文室編《九年義務教育六年制小學教科書——語文》（1-12冊）（北京：人民教育出版社，1998年版）	306	173,704	3,225
臺灣	臺灣編譯館國民小學國語科教科用書編審委員會編《國民小學國語課本》（正式本初版）（臺北：臺灣編譯館，2002年版）	——	——	繁體字種 2,921 簡體字種 2,853

---

45 王惠、余桂林：〈漢語基礎教材的字頻統計與跨區域比較——兼論全球華語區劃與漢字教育問題〉，《長江學術》第2期（2007年），頁101-110。

地區	教材	課文篇數	字次	字種
新加坡	新加坡教育部課程規劃與發展署編《小學華文》（1-12冊）（新加坡：EPB教育出版社，2005年版）	203	高級華文 58,137 普通華文 46,499	高級華文 2,090 普通華文 1,832
馬來西亞	馬來西亞教育部編《國民型小學（華小）華文教材》（吉隆坡：彩虹出版公司，2003年版）	334	160,043	2,828

資料來源：土惠、宗桂林（2007）。

　　由表十四可見，馬來西亞華人小學生至少掌握2,828個字，與臺灣的字種數量相差不多，比中國的3,225個字少397個字，比新加坡普通華文的1,832多了996個字。另外，我們也可以參考報章銷量了解馬來西亞華文通行情況。表十五是二○一四年十一月份馬來西亞各語文報章的每日平均銷量。

表十五　二○一四年十一月份馬來西亞各語文報章的每日平均銷量

各語文報章	每日平均銷量
馬來文報章	1,450,480
英文報章	752,725
華文報章	606,323
淡米爾文報章	22,679 （2012年）
非單一語文報章	133,325

資料來源：Department of Statistics Malaysia（2014），根據此份報告，淡米爾文報章於2012年後並無發行量數據。

目前馬來西亞共有十六家華文報：《星洲日報》、《南洋商報》、《中國報》、《光明日報》、《光華日報》、《東方日報》、《詩華日報》（東馬）、《華僑日報》（沙巴）、《自由日報》（沙巴）、《亞洲時報》（沙巴）、《晨報》（沙巴）、《國際時報》（砂拉越）、《聯合日報》（砂拉越）、《民生報》、《新生活報》、《人民日報》（中國《人民日報》的海外版），是中國大陸、臺灣、香港以外擁有最多華文日報的國家。[46]馬來西亞華人約占總人口的百分之二十四，與表十五呈現的華文報總銷售比例約百分之二十相差不遠（且一家訂閱一份也是常有的事）。一個國家能養得起如此多種華文報刊，足見華文閱讀在馬來西亞的普及程度，以及馬來西亞華人有廣泛閱報的習慣。

綜上所述，我們可以看到馬來西亞華語使用情況：一、方言廣泛存在。由於馬來西亞沒有如新加坡「講華語運動」般由政府主導的消滅方言運動，因此其擁有自己的方言電視與電臺節目。馬來西亞的方言雖然隨著英語與華語的經濟重要性與學校教育性質（並無教授方言）而日漸衰退，但其終究是自然衰退，不是人為喊停，所以衰退的速度遠比新加坡慢，目前這一代的大多數馬來西亞年輕人仍能口操方言。二、華語文普及。由於馬來西亞華文教育普及，因此無論是口頭層面的聽或說，還是文字層面的閱讀，華語文在馬來西亞均非常普及，尤其是文字閱讀方面遠較新加坡普及。

四　小結

本文介紹了新馬華語的來源、漢語方言、語言環境，目的是讓讀

---

46 吳妮：〈東南亞華文報刊面對的挑戰與機遇〉，《人民網》，參見網址：http://media.people.com.cn/GB/22114/45733/47952/3382841.html，發表日期：2005年，瀏覽日期：2012年7月1日。

者對新馬華語有更深一層的背景知識，以便理解其為何常出現「特別的」、不符合普通話規範的用法。倘若以一句話為本文作結，我們欲強調的是：新馬華語是「無中生有」的[47]。不似中國北方話是經過歷史演變而有了今天的模樣，在十九至二十世紀初大量中國移民來到新馬後，就漢語的層面而言，這塊土地本就是一個「多方言社會」，就語言學的層面而言，這塊土地就是一個「多語言社會」。「華語」是一小部分的中國知識份子，帶進新馬學堂的語言。當時，華人的第一語言是方言，學習華語時，自然以方言輔助華語的學習。我們的預設為新馬華語的根基來自方言，因此方言一直影響著華語，這是新馬華語的共同之處。由於不是華語主流區，因此新馬華語也受到其他地方的華語的影響。圖一是我們嘗試整理的現今新馬華語的演變與影響簡圖。

在圖一中，實線箭頭表示演變，虛線箭頭表示影響，雙頭虛線箭頭表示雙向影響。由圖中可見，二〇一五年的新馬華語是由受十九、二十世紀的中國漢語方言影響的白話文時期的北方話（尤其是書面語）演變而成，其同時也受現代漢語方言、其他語言、其他地區華語的影響。因為沒有共同的、成熟的口語為基礎，卻建立了共同的書面語，所以我們認為其格外容易受到外在因素的影響，尤其最為特別之處，是其「先文後語」的背景，「從華文學華語」（白話文運動的「我手寫我口」著重的是要求書面語與口語一致，而新馬在沒有口語的基礎上從書面語學習華語〔北方話〕），這也就是為何新馬華語保留了許多近代漢語成分及其口語體和書面語體非常接近的主因了。

---

47 周清海：〈新加坡華語變異概說〉，見周清海編：《新加坡華語詞彙與語法》，頁12-14。

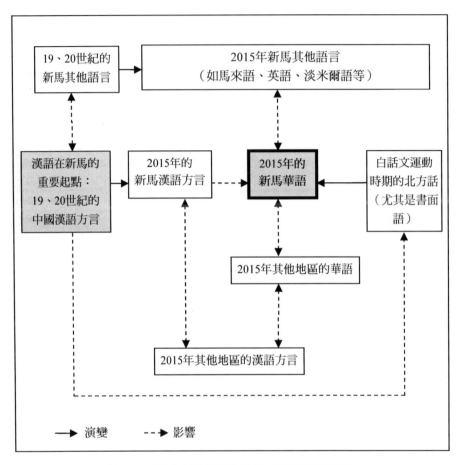

圖一　現今新馬華語的演變與影響簡圖

參考資料

中文

〈等了22年・高教部捎佳音・南院升格大學學院〉，《星洲日報》版
　　1，2012年6月19日。

〈李光耀在2003年9月6日《聯合早報》慶祝80週年晚宴上致詞〉，《聯
　　合早報》版1，2003年9月7日。

毛榮富、陳國明：《媒介素養概論》，臺北：五南圖書出版公司，2005
　　年。

王秀南：〈星馬汶教育發展史綱〉，見宋哲美編：《星馬教育研究集》，
　　香港：香港東南亞研究所，1974年，頁1-43。

王惠、余桂林：〈漢語基礎教材的字頻統計與跨區域比較——兼論全
　　球華語區劃與漢字教育問題〉，《長江學術》第2卷，2007
　　年，頁101-110。

鄭良樹：《馬來西亞華文教育發展史》，吉隆坡：馬來西亞華校教師會
　　總會，1998年。

古鴻廷：〈馬來西亞華文獨立中學之研究〉，《馬來西亞華人研究學
　　刊》第3卷，2000年，頁57-86。

古鴻廷：〈馬來亞地區華文獨立中學發展之研究〉，《國史館學術集
　　刊》第1卷，2001年，頁257-286。

古鴻廷：《教育與認同：馬來亞地區華文中學教育之研究（1945-
　　2000）》，廈門：廈門大學出版社，2003年。

甘於恩、冼偉國：〈馬來西亞漢語方言概況及語言接觸的初步研究〉，
　　見陳曉錦、張雙慶主編：《首屆海外漢語方言國際研討會論
　　文集》，廣州：暨南大學出版社，2009年。頁57-68。

朱　元：〈觸因變異與語言共性──以新加坡華語為個案〉，《臺大華語文教學研究》第2卷，2014年，頁1-42。

吳元華：《母語：打開文化寶庫的鑰匙》，新加坡：SNP，1999年。

吳元華：《華語文在新加坡的現狀與前景》，新加坡：創意圈，2004年。

李如龍主編：《東南亞華人語言研究》，北京：北京語言文化大學出版社，1999年。

李成業策劃與編輯：《推廣華語運動開幕演講專集（1979-1989）》，新加坡：新加坡交通及新聞部、推廣華語運動委員會，1989年。

李恩涵：《東南亞華人史》，臺北：五南圖書出版公司，2003年。

周長楫、周清海：《新加坡閩南話概說》，廈門：廈門大學出版社，2000年

周清海：〈新加坡華語變異概說〉。見周清海編：《新加坡華語詞彙與語法》，新加坡：玲子傳媒，2002年，頁9-24。

周清海編著：《新加坡華語詞彙與語法》，新加坡：玲子傳媒，2002年。

柳　婷：《廣告與行銷》，臺北：五南圖書出版公司，1999年。

洪麗芬：〈馬來西亞華人家庭語言的轉變〉，《東南亞研究》第3期，2010年，頁73-78、84。

范若蘭：〈1929-1933年經濟危機與中國人移民馬來亞：一個性別視角的分析〉，《海交史研究》第2期，2003年，頁107-119。

張楚浩：〈華語運動：前因後果〉，見雲惟利編：《新加坡社會和語言》，新加坡：南洋理工大學中華語言文化中心，1996年，頁125-137。

許小穎：《語言政策和社群語言──新加坡福建社群社會語言學研究》，北京：中華書局，2007年。

許雲樵：《南洋史》（上卷），新加坡：星洲世界書局，1961年。

郭振羽：〈語言政策和語言計劃〉，見雲惟利編：《新加坡社會和語

言》。新加坡：南洋理工大學中華語言文化中心，1996年，頁57-73。

郭振羽：〈大眾傳播和語言〉，見雲惟利編：《新加坡社會和語言》，新加坡：南洋理工大學中華語言文化中心，1996年，頁75-90。

郭詩玲：〈馬來西亞「兒」〔ɚ〕音的變化及其社會意義：以新山為例〉，新加坡：南洋理工大學人文與社會科學學院中文系榮譽學士論文，2009年。

郭詩玲：〈馬來西亞華語名類量詞實證研究：以檳城、吉隆坡、新山為例〉，新加坡：南洋理工大學人文與社會科學學院中文系碩士論文，2012年。

郭　熙：〈論「華語」〉，見譚慧敏主編：《漢語文走向世界》，新加坡：南洋理工大學中華語言文化中心、八方文化創作室，2006年，頁37-56。

郭　熙：〈馬來西亞：多語言多文化背景下官方語言的推行與華語的拼爭〉，見郭熙編《華語研究錄》，北京：商務印書館，2012年，頁182-198。

麥留芳：《方言群認同：早期星馬華人的分類法則》，臺北：中央研究院民族學研究所，1985年。

傅吾康：〈星馬華文教育的問題〉，《馬來西亞教育學報》第2卷第2期，1965年。

雲惟利：〈語言環境〉，見雲惟利編：《新加坡社會和語言》。新加坡：南洋理工大學中華語言文化中心，1996年，頁1-41。

雲惟利編：《新加坡社會和語言》，新加坡：南洋理工大學中華語言文化中心，1996年。

歐宗敏：〈國中生撐起華教一片天〉，《光華日報》，2008年6月25日。

謝世涯：〈華語運動：成就與問題〉，見雲惟利編：《新加坡社會和語

言》。新加坡：南洋理工大學中華語言文化中心，1996年，頁139-157。

羅福騰主編：《新加坡華語應用研究新進展》，新加坡：新躍大學新躍中華學術中心、八方文化創作室，2012年。

外文

Arumainathan, P., *Singapore: Report on the Census of Population*, 1970. (Singapore: Department of Statistics, 1973) .

Barban, Arnold M., Steven M. Cristol, and Frank J. Kopec, *Essentials of Media Planning: A Marketing Viewpoint* (Columbus: McGraw-Hill, 1993).

Chua, Seng Chew. *State of Singapore: Report on the Census of Population, 1957*. (Singapore: Government Press, 1964).

Department of Statistcis Malaysia, *1980 Population and Housing Census of Malaysia, General Report of the Population Census, Volume 2* (Kuala Lumpur: Author, 1983).

Fishman, Joshua A., *Language in Sociocultural Change: Essays by Joshua A. Fishman* (Stanford: Stanford University Press, 1972).

Haugen, Einar, "Language Planning in Modern Norway." in Joshua A. Fishman (ed.). *Readings in the Sociology of Language* (The Hague: Mouton, 1968), pp. 673-687.

Khoo, Chian Kim, *Singapore: Census of Population 1980* (Singapore: Department of Statistics, 1980).

Kloss, Heinz, *Research Possibilities on Group Bilingualism: A Report* (Quebec: International Centre for Research on Bilingualism, 1969).

Koh, Ernest, *Singapore Stories: Language, Class, and the Chinese of Singapore, 1945-2000* (Amherst, New York: Cambria Press, 2010).

Lau, Kak En, *Singapore Census of Population 1990: Literacy, Languages Spoken, and Education* (Singapore: Department of Statistics, 1993).

Lee, Kam Hing and Chee-Beng Tan, *The Chinese in Malaysia* (Oxford: Oxford University Press, 2000), p.39.

Lewis, M. Paul (ed.), *Ethnologue: Languages of the World*, 16th ed. (Dallas, Tex.: SIL International, 2009).

Oakes, Leigh, "Language Planning and Policy in Quebec." in D. Ayoun (ed.) *Studies in French Applied Linguistics* (Amsterdam/Philadelphia: John Benjamins, 2008). p. 346.

Pei, Mario A. and Frank Gaynor, *A Dictionary of Linguistics* (London: Peter Owen, 1968).

Purcell, Victor, *The Chinese in Malaya* (London: Oxford University Press, 1948).

Sam, Swee-Hock, *The Population of Singapore* (2nd ed.) (Singapore: Institute of Southeast Asian Studies, 2007).

網路資料

2011年尼爾森第1波每日電臺收聽率調查（Nielsen's Radio Diary Survey 2011 Wave 1），網址：http://www.sg.nielsen.com/site/NewsRe leaseNov062011.shtml。（2012/7/1）

吳　妮（2005）〈東南亞華文報刊面對的挑戰與機遇〉，《人民網》，網址：http://media.people.com.cn/GB/22114/45733/47952/3382841. html。（2012/7/1）

林友順（2010）〈大馬華文獨中新生爆滿現象〉，《亞洲週刊》第24卷第5期。1月31日。網址：http://www.yzzk.com/cfm/Content_Archive.cfm?Channel=aw&Path=3188942351/05aw1.cfm。（2010/6/22）

馬來西亞統計局（2014）〈*Monthly Statistical Bulletin Malaysia, November 2014*〉。《馬來西亞統計局》。網址：http://statistics.gov.my/portal/download_Buletin_Bulanan/files/BPBM/2014/NOV/MALAYSIA/02.Population.pdf。（2015/2/23）

推廣華語理事會（2015）〈歷史與發展〉。《講華語運動》。網址：http://www.mandarin.org.sg/?p=959&lang=zh-hans。（2012/6/23）

新加坡媒體發展局（無日期）〈執照〉。網址：http://www.mda.gov.sg/Licences/Pages/PSB.aspx。（2012/6 28）

新加坡媒體發展局（2012）〈新加坡媒體發展局2011年度報告〉。網址：http://www.mda.gov.sg/AboutUs/annualreport2011/Pages/template.htm?annex.htm（2012/6/26）

新加坡媒體發展局（2014）《新加坡媒體發展局2013/2014年報告》。網頁無顯示日期。網址：https://www.imda.gov.sg/~/media/imda/files/about/resources/ida-download.pdf?la=en。（2015/2/4）

Anil Netto (2007). "Malaysian Media Giant Grasps for Internet." Asia Times Online. 29 November. Website: http://www.atimes.com/atimes/Southeast_Asia/IK29Ae02.html. (2012/7/1)

Channel News Asia (2016). "Eight out of Top 10 Radio Stations Are from Mediacorp: Nielsen." Website: http://www.channelnewsasia.com/news/singapore/eight-out-of-top-10-radio-stations-are-from-mediacorp-nielsen/3333776.html. (2017/1/22)

Department of Statistics Singapore (2012). "Yearbook of Statistics Singapore 2011." Website: http://www.singstat.gov.sg/pubn/reference/yos11/statsT-culture.pdf. (2012/6/25)

Department of Statistics Singapore (2014). "Yearbook of Statistics Singapore, 2014." Website: http://www.singstat.gov.sg/docs/default-source/ default-document-library/publications/publications_and_papers/ reference/yearbook_2014/excel/topic3.xls. (2015/2/23)

Educational Planning and Research Division, Ministry of Education Malaysia (2014). "Quick Facts 2014: Malaysia Educational Statistics with Best Compliments." Website: http://emisportal.moe.gov.my/emi s/emis2/emisportal2/doc/fckeditor/File/Quickfacts_2014/Buku% 20Quick%20Facts%202014.pdf. (2015/2/24)

Nielson (2011). "Nielson Radio Audience Measurement (RAM)." Website: http://www.marketing-interactive.com/news/26436. (2012/7/1)

第一輯　華語研究

（一）量詞探研

從語法和認知分類角度對比
漢語普通話與標準馬來語的量詞

一　前言

　　根據二○○九年 Lewis 編寫的第十六版 *Ethnologue: Languages of the World*（《民族語：全世界的語言》），普通話（Mandarin Chinese）在語言分類上屬漢藏語系的漢語族，使用人數約為845,000,000；標準馬來語（Standard Malay）則屬南島語系的馬來－波利尼西亞語族，使用人數約為10,300,000。以下是根據 Lewis 研究所作的普通話與標準馬來語的語系分類圖表：

　　本文欲針對此兩種語言的量詞進行對比，冀能在語言歷史、人類認知與漢馬教學／馬漢教學等方面產生意義。

（一）研究意義

1 歷史意義

目前，世界上存有六千九百零九個活語言（Living Languages），展示了這個世界的繁複紛呈[1]。然而，由於語言學家不斷掘出各種語言的共性，因此世界語言發源於某種語言的假說深深吸引了許多人埋頭驗證，他們一步一腳印地試圖找出世界上最早的語言，即「原初語言」（Primitive Language）或稱「亞當語」（Adamic Language）。這種做法與歷史基因學類似，都是通過拼湊和構擬來進行溯源的工作。倘若語言學家們成功溯出「原初語言」，成功拼湊語言歷史的面貌，這將是人類史上的重大發現，撼動人心，另外也為《聖經》中提到的巴別塔故事提供了語言方面的鐵證。

目前世界各種族群和語言的起源研究均存有數不清的爭議，例如至今馬來人的起源就有「雲南起源說」與「馬來群島起源說」兩種說法，前者的語言證據是馬來語與柬埔寨的高棉語相似，而柬埔寨人又被認為來自雲南，當年他們是沿著湄公河南下的；後者的支持者則不同意馬來語與柬埔寨語相似，認為兩者的相似只是表面印象，缺乏足夠理據。現今雲南境內有基諾語、羌語、景頗語、獨龍語、納西語、白語等語言，皆屬於漢藏語系，除了以雲南語與馬來語作直接對比之外，我們也可從同屬漢藏語系的普通話入手，比較馬來語和普通話，找出共性和個性，這也許也會對語言歷史探究有所啟發。筆者從類型學角度比較兩者後得出下表：

---

[1] Lewis, M. Paul (ed.), 2009. *Ethnologue: Languages of the World*, Sixteenth edition. Dallas, Tex.: SIL International. Online version: http://www.ethnologue.com/. Retrieved March 20, 2010.

表一　普通話與標準馬來語的類型比較

	普通話	標準馬來語[2]
語序	SVO，如「我吃飯」	SVO，如「saya我　makan吃 nasi飯」
代詞省略	可省略（Pro-drop），如「你喜歡那本書嗎？喜歡。」	可省略（Pro-drop），如「kamu你　suka喜歡　buku書　itu那 tak嗎？　Suka喜歡。」
詞項位置	後置詞項（postposition，置於名詞或短語之後，表示處所、方向、占有等意義的詞或形位），如「吃完後」	前置詞項（preposition，置於名詞或短語之前，表示處所、方向、占有等意義的詞或形位），如「Selepas後　makan吃」
屬格	屬格-名詞（Genitive-Noun），如「我的球」	名詞-屬格（Noun-Genitive），如「bola球　saya我」
名形位置	形容詞-名詞（Adj-Noun），如「白象」	名詞-形容詞（Noun-Adj），如「gajah象　putih白」
類量詞	有，如「一支筆」	有，如「sebatang一支　pen筆」
以虛詞和語序作為表達語法意義的主要手段	是，如「他已經去學校了」（動詞「去」不因主語和時態而有所變化）	是，如「Dia他／她　sudah已經 pergi去　ke到／向　sekolah學校」（動詞「去」不因主語和時態而有所變化）
單音節詞根	多	極少
聲調	有	無（音調，用升降調表示）

2　中譯只是近似翻譯，僅作為輔助用途，有的語義不能絕對對應，如"sebatang"與「一條」。

由上表可知，馬來語和普通話之間存在不少共性（以粗體表示），其中一項就是這兩種語言都具有類量詞。透過比較兩者類量詞的異同，也許將有助於研究漢藏語系和南島語系之間複雜的關係。[3]

2 認知意義

量詞按語義功能和語法功能主要可分為兩種，即類量詞（Classifier）與度量詞（Measure Word）[4]。類量詞是按照物體的形狀、體積、本質等來分類的量詞，度量詞則是以度量物體為主要功能。類量詞能反映人們如何分類事物（categorization），例如普通話長狀類量詞「條」，能將「繩子」、「香蕉」、「路」、「河」等物體歸為一類，馬來語長狀類量詞 "batang"，能將 "sungai"（「河」）、"pokok"（「樹」）、"jalan"（「路」）、"gigi"（「牙齒」）、"lilin"（「蠟燭」）、"tongkat"（「拐杖」）、"pen"（「筆」）等物體歸為一類。雖然「條」和 "batang" 都是長狀類量詞，但若以集合為喻，漢語長狀類量詞（包括「條」、「支」、「根」、「道」）並不等於 "batang" 集合，我們擷取數例得出下表：

---

3 例如法國學者Laurent Sagart曾在1990年提出漢藏語系和南島語系有發生學關係，邢公畹教授表示贊同並進行探究。潘悟雲教授和鄭張尚芳教授也對此作進一步的研究，結果發現兩者之間存在很多相關證據，提出漢語、藏緬語、南島語、侗臺語、苗瑤語、南亞語等應成立華澳語系。據李豔、李葆嘉（2008）的歸納，Laurent Sagart的語系研究可分為三階段：第一階段（1990-1993），提出漢語與南島語在發生學上關係的密切程度，超過與藏緬語之間的關係；第二階段（1994-2005），認識到原始藏緬語比第一階段估計的可能更接近原始漢-南語，從而擴充為「漢＋藏緬＋南島」語系假說，並增加了漢藏——南島同源的新證據；第三階段（2005年以來），基於施密特（W. Schmidt, 1906）的「澳語系」（Austric）進一步擴展為「東亞超級語系」假說，參自李豔、李葆嘉：〈沙加爾漢——南語系假說的三階段〉，見《南京社會科學》2008年第4期，頁133-142。

4 Tai, James H-Y. and Lianqing Wang (1990). A Semantic Study of the Classifier *Tiao*(條). *Journal of the Chinese Language Teachers Association*, 25(1), 35-56.

表二　普通話長狀類量詞「條／支／根／道」與馬來語
長狀類量詞"batang"的搭配對象比較舉例

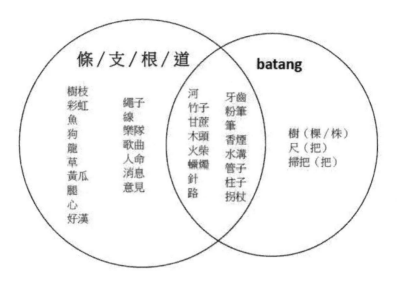

依上表可見，通過比較兩種語言的類量詞，人類在認知方面的異同將
顯而易見，例如我們可以看到普通話母語者和馬來語母語者都以長狀
作為「河」、「路」、「筆」、「蠟燭」、「柱子」等物體的顯著感知屬性而
將它們分為長狀類；「尺」和「掃把」方面，普通話使用者以「可握
性」作為顯著感知屬性，因此將它們分到「把」類，與把它們分到長
狀類的馬來語不同。以類量詞找出認知的共性和多元性，將有助於我
們理解人類認知事物的過程。

3　教學意義

前人研究顯示，人們學習外語時，常會將母語的語言習慣遷入。
故此，倘若兩種語言均具有類量詞，學習時不自覺地將一種語言的類
量詞用法套在另一種語言是再自然不過的事。由於普通話與馬來語的
類量詞之間具有共性與個性，因此這種做法會形成語言習得上的正遷

移（positive transfer）和負遷移（negative transfer），例如：將「一條河」的說法套在馬來語上而說出「sebatang sungai 河」，符合馬來語規範，是為正遷移；利用普通話「一條繩」的說法說出「sebatang tali」則是錯誤的，是為負遷移，應採用細長軟量詞「urat／utas」。通過系統歸納普通話與馬來語量詞在語法上和認知分類上的異同，我們希望本文能對漢馬教學或馬漢教學有所助益，既能幫助以普通話為母語的人學習馬來語量詞，也能幫助以馬來語為母語的人學習普通話量詞。

（二）文獻評論

目前關於普通話與馬來語量詞比較的研究並不多，有李金鳳的〈淺談漢語、馬來語量詞的異同〉和〈漢語、馬來語名量詞比較研究〉等[5]。在李金鳳的〈淺〉裡，其列出四個對比項，即「量詞省略」、「語法形式」、「借用量詞」和「量詞作句子成分」，但是指涉的內容實為相互重疊，對比的分類系統相當紊亂；此外，文中有些說明沒有給出例子，只是輕描淡寫，我們覺得語言對比時須注重示例，以讓論述有理；另外作者的一些觀念是錯誤的，如根據馬來語語法書，"beberapa"在馬來語中是數詞，而不是部分量詞；文中有的地方出現自相矛盾，如作者說「馬來語的物量詞只借用名詞作借用物量詞，不能借用動詞」，但其舉出的例子「一捆柴」——"seikat kayu"中，馬來語 "ikat" 的意思便是動詞「綁」；最後作者在結論中說道漢馬量詞的差異性大於共通性，但在文中卻從未詳細地證明此結論。李氏的另外一篇文章〈漢〉則通過類型、語義和語法進行比較，對比分類較〈淺〉來得有系統性，不過內容上還是有些問題，如：文章說「從馬來學生

---

5 李金鳳：〈淺談漢語、馬來語量詞的異同〉，見《文教資料》第21期（2009年），頁36-38、李金鳳：〈漢語、馬來語名量詞比較研究〉，見《科教文匯》2009年第25期，頁262-264。

漢語習得中的量詞偏誤入手」研究，但全文並無針對偏誤做實證研究，只是羅列四句自身觀察到的偏誤，而且其言「馬來西亞亞裔學生（馬來學生）」，馬來西亞就是亞洲的一個國家，何來亞裔？另外，作者對馬來語量詞的有些解釋並不符合馬來語語法書的研究，而作者也沒對此多加說明，例如文中說 "Sekaki payung" 表示「雨傘」體現「kaki 腳」的形狀、「sebilah pisau 刀」的"bilah"著眼點在於具有刀手把的形狀，而馬來語語法書則指 "kaki" 是雨傘的傘把，用於有柄的物體、"bilah" 是用在尖利的東西，如刀、劍、針等，著眼點在於尖利；另外文中並沒解釋所謂的「表性狀」量詞，這種分類與其他量詞有重疊交叉的地方，讓人混淆；最後在說明句法結構時，例子不足，如說馬來語量詞可充當狀語，但沒提供例子。

　　雖然李金鳳的漢馬量詞比較研究存有不少缺陷，尤其缺乏系統比較，不過一些對比內容仍值得我們吸納。我們認為，對比研究的一大重點在於系統化，倘若輕率以對，對比研究恐淪為左拈右拿的破碎圖像，因此本文選擇「語法」和「認知分類」作為對比系統。此外，由於我們認為比較研究必須建立在清楚認識本體的基礎上，因此本文大量參考了多本關於馬來語和漢語的語法書和量詞詞典，並製作「馬來語量詞搭配表」作為筆者書寫本文的參考。

二　普通話與馬來語的量詞語法對比

（一）普通話與馬來語的量詞短語結構對比

　　普通話和馬來語的量詞短語的一般語序均是「數詞＋量詞＋名詞」，請見下例：

普通話：「一條河」，數詞「一」＋類量詞「條」＋名詞「河」

普通話：「一公斤肉」，數詞「一」＋度量詞「公斤」＋名詞「肉」

馬來語："sebatang sungai"，數詞（語素）"se"＋類量詞"batang"＋名詞"sungai"
　　　　　　　　　　　　　　　　　　一　　　　　條　　　　　河

馬來語 ："sekilogram daging"，數詞（語素）"se"＋度量詞"kilogram"＋名詞
　　　　 "daging"　　　　　　　　　　　　一　　　　　公斤
　　　　 肉

由上可見，無論是類量詞或度量詞，兩者的一般量詞短語形式相同。唯一的小區別，則為在馬來語「數詞＋量詞」中，如果數目是「一」，不用馬來語中「一」的說法 "satu"，而變成黏著在量詞前邊的語素 "se"。"se" 是語素（音義的最小結合體，義為「一」）而不是詞，因為無法單說單用。假若是馬來語的其他數目則沒有如此情況，如「兩條河」，馬來語中數目「二」是 "dua"，因此是 "dua batang sungai"，數詞獨立。

　　　下頁表三我們透過各種量詞短語結構進行比較，可見兩種語言除了一般量詞短語結構相同之外，也都擁有第二、八種結構，第二種結構主要用在計數，第八種的表零頭的「多」／"lebih" 位置都在兩種語言的數詞和量詞之間。馬來語在第三種單數結構必須省略量詞，因為其量詞對數詞（「一」以上）的依附能力較強，沒有數詞也就沒有量詞。即使是「這一條魚」，馬來語的翻譯也是 "ikan ini"（「魚＋這」），「一」和「條」可以省略；普通話方面遇到這種情形則是可以省略，也可以不省略，省略雖然不規範，但在北大語料庫中大量出現「這魚」，[6]可見量詞的動態發展。

6　北京大學漢語言學研究中心《CCL現代漢語語料庫》，參見網址：http://ccl.pku.edu.cn:8080/ccl_corpus/index.jsp?dir=xiandai，瀏覽日期：2010年4月18日。

表三　普通話和馬來語量詞短語結構對比

普通話量詞短語結構	馬來語量詞短語結構 （左欄的馬來語翻譯）
一　數詞＋量詞＋名詞 　　三　　條　　魚	數詞＋量詞＋名詞 **Tiga　ekor　ikan** 　三　　量詞　魚
二　名詞＋數詞＋量詞 　　魚　　三　　條	名詞＋數詞＋量詞 **Ikan　tiga　ekor** 　魚　　三　　量詞
三　指示代詞＋量詞＋名詞 　　　這　　條　　魚 指示代詞＋名詞 　　這　　魚	名詞＋指示代詞 **Ikan　　ini** 　魚　　　這
四　指示代詞＋數詞＋量詞＋名詞 　　這　　三　　條　　魚	（前綴）數詞（重疊）＋量詞＋名詞＋ 　　Ketiga-tiga　　　ekor　　ikan 　　　　三　　　　　量詞　魚 指示代詞 　ini 　這
五　表示次序的前綴「第」＋數詞＋量詞 　　第　　　　　三　　條 ＋名詞 　魚	名詞＋助詞＋（前綴）數詞 Ikan　yang　　　ketiga 　魚　　助詞　　第三
六　數詞＋形容詞＋量詞＋名詞 　　三　　大　　條　　魚	數詞＋量詞＋名詞＋助詞＋形容詞 Tiga　ekor　ikan　yang　besar 　三　　量詞　魚　助詞　　大
七　數詞＋量詞＋形容詞＋名詞 　　三　　條　　大　　魚	數詞＋量詞＋名詞＋助詞＋形容詞 Tiga　ekor　ikan　yang　besar 　三　　量詞　魚　助詞　　大
八　數詞＋表示有零頭的數詞「多」／ 　　十　　　　　　　多／幾 「幾」＋量詞＋名詞 　　　條　　魚	數詞＋表示有零頭的數詞「多」／「幾」 **Sepuluh　　　　　lebih** 　十　　　　　　多／幾 ＋量詞＋名詞 　ekor　ikan 　量詞　魚

在第四種結構中，由於數目是「一」以上，所以馬來語不能省略數量詞，另外由於這個短語有「全部」的潛藏語義特徵，所以數詞前必須加上詞綴 "ke" 和採取重疊形式才合乎馬來語語法，「ke 數詞－數詞」有〔＋全部〕的語義特徵；在第五種結構中，馬來語量詞必須省略，因為量詞無論放在數詞後邊或名詞前邊都不適合；在第六、七種結構中，儘管普通話的「大」放在量詞前邊和後邊，分別修飾量詞和修飾名詞，但是在馬來語結構中都是相同的，形容詞一律放在最後。

我們可以從上表看出一些馬來語的量詞短語規律：

規律一：除非數詞後邊有 "lebih"（「多」／「幾」），否則量詞必緊跟在數詞後邊（第三種結構中，沒有數詞，所以量詞必須省略）；

規律二：量詞與名詞之間至多只能相隔一個詞（第五種結構中，按規律一，量詞必在數詞後邊，但是按規律二，量詞與名詞之間隔著兩個詞，即 "yang" 和 "ketiga"，所以量詞必須省略）。

除了以上規律，我們也發現馬來語中有數詞單獨出現的例子，如普通話中「我拿了一個」，馬來語中可以為 "saya ambil satu"（「我＋拿＋一」），普通話則不能省略量詞。另外，在馬來語中有些詞是不能和量詞搭配的[7]：

一、屬於感情類、屬性類、尺寸類、顏色類的抽象名詞；

---

7 Omar, A. H. Numeral classifiers in Malay and Iban. *Anthropological Linguistics*, 14, 1972, p.94.

二、表示頻率、距離、容量的度量詞；

三、時態名詞（如「夜」、「天」、「周」、「月」、「年」、「世紀」、「小時」等）；

四、身體的一些器官（不成對的器官，如「嘴巴」、「頸項」等）；

五、馬來語中的「orang 人」，因為其本身就是量詞。

另外 Osman 也提到一些科學事物如微生物（如 "bakteria" 病菌）也不需要量詞搭配[8]。

在普通話中，基本上較少有如馬來語那般具有必須省略量詞的情形，普通話在這八種結構中都應具有量詞，只有第三種結構在目前比較寬鬆（但並不規範）。不過，也還是有一些必須省略量詞的例子，如「鯊魚、鯨魚、燈籠魚是我國三大魚」這個句子，我們不能嵌入類量詞「條」成「鯊魚、鯨魚、燈籠魚是我國三大條魚」或「鯊魚、鯨魚、燈籠魚是我國三條大魚」，若然如此則語義與原句不同。遇到這種情形必須省略，是因為在這個句子中的「魚」並非定指的物體（object），只是「概念」（concept）──類量詞往往搭配的名詞是「物體」，而不是「概念」。Bisang 曾概括類量詞的四種語義功能，即分類性（classification）、個體性（individuality）、指稱性（referentiality）和關係性（relationality），顯然以上例句並不需要這些語義功能，所以類量詞不能存在其中[9]。

另外，論及普通話和馬來語的一般語序是「數＋量＋名」後，我

8　Osman, Nor Hisham. *Penjodoh Bilangan Bahasa Melayu*. (Kuala Lumpur: Dewan Bahasa dan Pustaka, 1995), p.33.

9　Bisang, Walter (1999). Classifiers in East and Southeast Asian Languages Counting and Beyond, in Jadranka Gvozdanović (ed.), *Numeral Types and Changes Worldwide*. (Berlin; New York: Mouton de Gruyter, 1999), pp.113-186.

們也不妨觀察一下東南亞其他語言的量詞短語語序：[10]

 一、越南語（Vietnamese）：ba cái bát
           三 類量詞 碗
         「三個碗」

 二、緬甸語（Burmese）：hai mươi trái cam
           20   類量詞 橙
         「20個橙」

 三、寮語（Lao）：hǒm càk khan
         傘 助詞 類量詞
       「一把傘」

 四、柬埔寨語／高棉語（Cambodian/Khmer）：rotɛh phlɔəŋ muoy
   kriəŋ   火車 一
   類量詞

 五、拉祜語（Lahu）：yɛ   tê   yɛ
         屋子 一 類量詞

 六、泰語（Thai）：rom saam khan
        傘 三 類量詞
     「三把傘」

根據 Lewis 的分類[11]，越南語和高棉語屬於南亞語系（Austroasiatic），

---

10 例子一至五摘自Goral, D. R. Numeral Classifier Systems: A Southeast Asian Cross-linguistic Analysis. *Linguistics of the Tibeto-Burman Area*, 4(1), 1978, pp. 2, 19, 26, 30；例子六摘自Hundius, Harald & Ulrike Kölver. Syntax and Semantics of Numeral Classifiers in Thai. *Studies in Language*, 7(2), 1987, pp.165-214.

11 Lewis, M. Paul (ed.), 2009. *Ethnologue: Languages of the World*, Sixteenth edition. Dallas, Tex.: SIL International. Online version: http://www.ethnologue.com/. Retrieved March 20, 2010.

緬甸語和拉祜語屬於漢藏語系（Sino-Tibetan），寮語和泰語屬於臺－卡岱語系（Tai-Kadai）。量詞短語語序為「數＋量＋名」的有越南語和緬甸語，若加上馬來語和普通話，那麼我們可以說在漢藏語系、南亞語系、南島語系中均存在「數＋量＋名」的語序。從歷時角度看漢語量詞的產生到發展，數詞、量詞、名詞的排序大致經歷五個時期：「名＋數」、「數＋名」、「名＋數＋名」、「名＋數＋量」、「數＋量＋名」[12]，如果按潘悟雲教授和鄭張尚芳教授的「華澳語系」假設，以上語言均是「華澳語系」，那麼普通話、緬甸語、越南語和馬來語已演變成第五個發展階段「數＋量＋名」，寮語、高棉語、拉祜語與泰語則保留在第四個發展階段「名＋數＋量」。[13]普通話演變成第五階段是符合漢語的自然發展的，因為根據本文表一，漢語有名詞後置（即中心語後置）的特徵，如「屬格＋名詞」（「我的球」）和「形容詞＋名詞」（「白象」）；然而馬來語的特徵是名詞前置（中心語前置），如「名＋屬格」（"bola saya"，「球＋我」）和「名詞＋形容詞」（"gajah putih"，「象＋白」），何以會出現「數＋量＋名」的結構？筆者估計這個「違規結構」是受到其他語言的影響而產生的，此問題尚待語言史專家考證。[14]

---

12 黃載君：〈從甲骨文、金文量詞的應用考察漢語量詞的起源與發展〉，《中國語文》第6期（1964年），頁432-441。

13 泰語也有保留第三個發展階段「名＋數＋名」的例子，如 "wichaa sɔɔŋ wichaa"（科目　二　科目「兩個科目」），Noss, R. B. *Thai: Reference Grammar*. (Washington, D.C.: Foreign Service Institute, 1964), p.90.

14 目前最早的馬來語文字是西元682年（當時是室利佛逝王朝，梵文為Srivijaya）在南蘇門答臘的Kedukan Bukit發現的刻在石頭的文字，以帕拉瓦型格蘭他字書寫（Pallava variant of Grantha script），又稱為Kedukan Bukit文字。馬來語學習網站 http://www.bahasa-malaysia-simple-fun.com/bahasa-melayu-kuno.html 用拉丁字母轉寫石頭上的原文，也提供現代馬來語的翻譯，其中有 "membawa askar dua laksa" 一句（「帶＋兵士＋二＋量詞」，「帶兩大批的兵士」），"askar dua laksa" 應為「名＋數＋

（二）普通話與馬來語的量詞短語作句子成分對比

普通話和馬來語量詞一般和數詞或指示代詞組成量詞短語，另外也可通過重疊方式組成量詞短語。這些量詞短語可充當句子中的幾種成分，下表就此進行比較：

表四　普通話與馬來語的量詞短語作句子成分對比

句子成分	普通話量詞短語舉例	馬來語量詞短語舉例
主語成分	三件十令吉。	**Tiga　　helai**　　sepuluh　ringgit. 三　　　類量詞　　十　　　令吉
謂語成分	雲朵片片。	？
賓語成分	給我三斤。	Berilah　　saya　　**tiga kilogram**. 給　　　我　　　三　　斤
定語成分	他買一輛車。	Dia　　membeli　　**sebuah**　　　kereta. 他／她　　買　　（一）類量詞　　車
狀語成分	他一口接一口地吃。	？ （馬來語翻譯為 "Dia makan sesuap demi sesuap"，"sesuap demi sesuap"是「一口接一口」，但在此句中是補語成分）
補語成分	他念兩遍。	Dia　　baca　　**dua　kali**. 他／她 念　　二　　動量詞（表示次數）

依據上表，普通話的量詞短語可充當句子中的主語、謂語、賓語、定語、狀語和補語，句法功能強大；馬來語的量詞短語的句法功能也屬強大，唯不能充當謂語和狀語。「謂語」是對主語動作或狀態

量」結構，"laksa" 的意思為 "jumlah yang tidak terkira"（「數目＋助詞＋不＋被計數」，即「不能計數的數目」）。由此可見早期馬來語數量名短語結構語序也可能是漢語的第四個發展階段「名＋數＋量」。瀏覽日期：2010年4月19日。

的說明,「狀語」是動詞或形容詞前面的連帶成分,用來修飾或限制動詞或形容詞。馬來語量詞短語沒有在主語後邊說明主語狀態的句法功能,故不能為謂語,如欲以馬來語翻譯「雲朵片片」這個句子,則為 "awan bergumpal"(「雲＋聚集成團」),"gumpal" 是馬來語量詞,類似普通話的「團/堆」。"gumpal" 前邊須加上動詞標記 "ber" 說明雲的「聚集成團」,即變成「名詞＋動詞」的模式才能成立;如欲以馬來語量詞修飾動詞,其一律通過補語表現,故沒有普通話中的狀語句法功能。另外,如果我們觀察以上四個句子,可看到兩種語言結構的相同程度相當驚人;每個詞均一一對應。

(三)普通話與馬來語的類量詞複數標記功能對比

類量詞也隱含表示「個體量」的語義功能,語法上可稱為「個體標記」,如普通話中「一條狗」和「一群狗」,顯然前者的狗數量是「1」,因此在這裡類量詞「條」有兩個語義特徵:〔＋長狀〕和〔＋個體量〕。當碰到一個以上的事物時,普通話不像英語通過改變名詞詞形表現(如在詞尾加 "s"、改變讀音如 "foot" 變成 "feet" 等等),而是通過添加數詞/數量詞、形容詞等方式作為「複數標記」,另外其也可以不採用任何方式,聽話人僅憑藉語境判斷;馬來語則有兩種途徑,可通過名詞重疊表示複數(如 "daun-daun",「葉-葉」,即「很多葉子」),或者通過添加數詞/數量詞作為「複數標記」。請見下例:

1 添加數詞
   普通話:成千上萬的觀眾走了。
   馬來語:**Ribuan** penonton sudah balik.
   　　　　上千　　觀眾　已經　回

2　添加數量詞

普通話：**一群**觀眾已經走了。

馬來語：**Sekumpulan** penonton sudah balik.

　　　　一群　　　　觀眾　已經　回

3　添加形容詞

普通話：觀眾已經**走光**了。

馬來語：？

4　通過語境表示

普通話：觀眾已經走了，你不應該希望**他們**回來。

馬來語：？

以上例子1至4中，普通話「觀眾」與馬來語"penonton"都是複數，只是馬來語無法通過方式3與4表示複數。在添加數量詞的方式2中，除了添加集體量詞（如「群」、「堆」、「批」），**普通話與馬來語也可通過重疊類量詞的方式作為「複數標記」**。

普通話例子如下（以「張」和「紙」為例，按北大語料庫出現次數排列）：

（A）「一＋量＋量＋（的）＋名」（如「一張張（的）紙都被扔了」）（9次）

（B）「名＋一＋量＋量」（如「那些紙一張張地被扔了」）（5次）

（C）「（名）＋量＋量」（如「（她準備的紙）張張都被扔了」）（1次）

（D）「一＋量＋一＋量＋的＋名」（如「一張一張的紙都被扔了」）（1次）

（E）「量＋量＋名」（如「真是條條路都走不通」；「本本書裡都凝結
　　著他的智慧」）（0次）[15]

馬來語例子如下：

　　（a）「Ber 量－量」
　　　　如 "Saya membeli bergugus-gugus　anggur."
　　　　　　我　　買　　前綴 ber 量-量　　葡萄
　　　　　「我買了串串葡萄」
　　（b）「數量 demi 數量」
　　　　如 "Dia baca sepatah demi sepatah."[16]
　　　　　　他　念　　一句　逐一　一句
　　　　　「他一句一句地念」

　　綜上所述，我們可以看到普通話與馬來語這兩種語言的共同**潛在
認知：重複形式＝「複數標記」**。普通話方面可從類量詞的重疊看
出，馬來語方面可從名詞重疊與類量詞重疊看出。如果說語言跟思維
性格有關，從此處我們可以看出漢語展現的靈活（「心領神會」，竟可
僅通過語境表達複數；「以不變應萬變」，複數名詞沒有詞形變化），
句法標記性弱（weak marker demand）；馬來語展現的樸實（不厭其煩
地重疊名詞作為「複數標記」；不過也有靈活性，添加數詞、數量詞
作為「複數標記」後則不必重疊名詞），句法標記性中等（medium
marker demand）；英語展現的嚴謹（複數名詞通過改變讀音作標
記），句法標記性強（strong marker demand）。

---

15 雖然針對「紙」和「張」而言，此種結構不出現在北大語料庫，但是若以其他關鍵
　　詞查找，此種結構確實存在，瀏覽日期：2010年4月19日。
16 不是每種馬來語量詞都能採用此種結構。

三　普通話與馬來語的量詞認知分類對比

　　馬來語中量詞叫作 "Penjodoh Bilangan"，"Penjodoh" 是「使相稱的」，"Bilangan" 是「數量」，大體意思是指使事物與數量相稱。漢語與馬來語，各有多少個量詞？漢語方面，趙元任列出303個[17]；黃居仁等列出427個[18]，其中120個是在臺灣編輯館主編的小學生國語課本中出現過的，307個是參考量詞在語料中出現的頻率選出的；李行健列出664個，包括不少臨時量詞[19]；殷煥先、何平列出789個，稱收入現代漢語中的常用量詞（包括部分方言量詞）[20]；陳保存等列出800個，稱收錄古今漢語中的各種量詞，不收入方言量詞[21]，「名詞、動詞借作量詞，其功能與量詞相同的，也作量詞酌情予以收列」。馬來語方面，Asraf 列出48個[22]，Ahmad 列出66個[23]，Yeo 列出77個[24]，Zabri 和 Robiah 列出87個[25]，Jaffry 和 Qally 列出141個[26]。兩種語言各自的量

---

17 趙元任著、丁邦新譯：《中國話的文法》（香港：中文大學出版社，2002年）。

18 黃居仁、陳克健、賴慶雄主編：《國語日報量詞典》（臺北：國語日報社，1997年）。

19 李行健主編：《現代漢語量詞規範詞典》（雪蘭莪：聯營出版社，2008年）。

20 殷煥先、何平編：《現代漢語常用量詞詞典》（濟南：山東大學出版社，1991年）。

21 陳保存、陳桂成、陳浩、張在瞻編：《漢語量詞詞典》（福州：福建人民出版社，1988年）。

22 Asraf, Mohammad (2007). *Petunjuk Tatabahasa Bahasa Melayu*. Selangor: Sasbadi Sdn. Bhd.

23 Ahmad, Zainal Ariffin. (1989). *Panduan Bahasa Malaysia Kini*. Selangor: FLO Enterprise Sdn. Bhd.

24 Yeo, Kee Jiar & Rohaini Kamsan (2000). *Tatabahasa Bestari*. Selangor: Pearson Education Malaysia Sdn. Bhd.

25 Zakaria, Zabri & Robiah Jusoh (2007). *Penjodoh Bilangan*. Selangor: Kualiti Books Sdn. Bhd.

26 Jaffry, M. & TSP. Qally (2008). *Penjodoh Bilangan*. Kuala Lumpur: Maxim Press Publishers.

詞數目存在如此大的差異，原因主要在於該書或詞典有否收錄方言量
詞和古代量詞，還有收錄多少無窮無盡的容器量詞、臨時量詞、準量
詞和標準量詞。雖然這兩種語言的量詞數目我們無法確定，無論如
何，我們可以看到，學者至多列出了800個漢語量詞，141個馬來語量
詞，顯然漢語量詞較馬來語量詞多，差距足以以倍計算。兩者之間之
所以有如此大幅度的差距，也許是因為語言歷史的關係。漢語的歷史
如從甲骨文開始算起，是從西元前一○○○多年算起，而目前最早的
馬來語文字發現於西元七世紀，兩種語言的歷史足足相差了近兩千
年，因此漢語的語言發展較為成熟豐富，擁有更多的量詞，是自然的
語言發展。

　　除了以上通過語法進行比較，面對兩種語言各數百個量詞，其實
我們還必須回歸量詞的本質——分類事物的本質進行對比，以有助於
我們瞭解人類的分類認知。Tversky 和 Hemenway 曾以 Allan 列出的
七個分類的種類為基礎，提出分類的八個種類（eight categories of
classification）[27]，他們從語言證據中發現人們往往通過這八個標準分
類事物。Salehuddin 雖然首次列出馬來語類量詞系統[28]，但是分類的
種類不如 Tversky 和 Hemenway 詳盡[29]，因此下表借用這八個分類的
種類觀察普通話與馬來語量詞，試圖找出兩者之間分類認知的共性：

---

27 Tversky, Barbara and Kathleen Hemenway (1984). Objects, Parts, and Categories. *Journal of Experimental Psychology*, 113, 169-193; Allan, K. Classifiers. *Language* (1977), pp.53, 285-311.

28 Salehuddin, Khazriyati (2009). An Investigation into Malay Numeral Classifier Acquisition Through an Elicited Production Task. *First Language*, 29(3), p.291.

29 Tversky, Barbara and Kathleen Hemenway (1984). Objects, Parts, and Categories. *Journal of Experiental Psychology*, 113, 169-193.

表五　普通話與馬來語的量詞認知分類對比

認知分類	認知次分類	普通話量詞舉例	馬來語量詞舉例
本質 （material）	生物 （animacy）	（人類）「位」／「名」／「員」：「一名律師」 （動物）「隻」／「匹」／「頭」／「羽」：「一隻雞」 （也有的動物以形狀分類，如「一條狗／蛇」） （植物-樹、花）「棵」／「株」／「朵」：「一棵樹」	（人類）"orang"："seorang peguam"（「一名律師」） （動物）"ekor"："seekor ayam"（「一隻雞」） （植物-花）"kuntum"："sekuntum bunga"（「一朵花」）
	非生物 （inanimacy）	（書）「本」／「冊」 （燈）「盞」 （房屋）「棟」／「間」／「幢」 （劇目）「齣」／「幕」 （牆）「堵」 （機器）「架」 （車）「輛」 （船）「艘」 （屎／尿）「泡」 （門／窗）「扇」 （詩詞曲）「首」	（漁網）"rawan" （炮彈型武器）"laras" （讀物）"naskhah" （土地）"relung" （詩）"rangkap" （字／詞）"patah"
	抽象名詞和動詞性名詞 （abstract and verbal nouns）	（事情／經過）「宗」／「項」／「起」／「樁」／「則」／「檔」／	（抽象名詞）？（這裡不是指馬來語量詞不和抽象名詞搭配，而是指馬來語沒有專門搭配抽象名詞的量詞）

認知分類	認知次分類	普通話量詞舉例	馬來語量詞舉例
		「場」（動詞性名詞）「記」，如「一記勁射」。其實較少使用量詞，如「這一錘」、「這一鞭」、「這一推」	（動詞性名詞）？，似乎不用量詞。只有動量詞"kali"（類似次數）表達動作的次數，如「baca讀　dua兩kali次」，搭配動詞
形狀（shape）	一維（one-dimensional）	「條」：一條線	"batang" : "sebatang mancis"（「一根火柴」）
	二維（two dimensional）	「張」：一張紙	"keping" : "sekeping kertas"（「一張紙」）
	三維（three dimensional）	「粒」：一粒米	"butir" : "sebutir mutiara"（「一顆珍珠」）
	不關維度（non-dimensional）如外在曲線等。	「方」：一方臘肉、一方硯臺（搭配方形物體）這方面的量詞例子少	"bentuk" : "sebentuk cincin/gelang/matakail/subang"（「一枚戒指」／「一隻手鐲」／「一個魚鉤」／「一枚耳環」），搭配有弧線的物體；"bilah" : "sebilah jarum/kapak/pisau"（「一支針」／「一把斧頭」／「一把刀」），搭配尖狀物體；"carik/cebis" : "secarik daun/kain/kertas"（「一片碎葉」／「一塊碎布」／「一張碎紙」），搭配碎狀物體；"lingkar" : "selingkar ubat nyamuk/wayar/rotan"（「一盤蚊香」／「一捲電線」／「一捲藤」），搭配呈螺旋狀的物體

認知分類	認知次分類	普通話量詞舉例	馬來語量詞舉例
硬度 （consistency）	可否彎曲 （flexible）	「條」（搭配可彎曲的物件） 「根」／「支」（搭配不可彎曲的物件）	"urat／utas"（搭配可彎曲的物件）——"batang"（搭配不可彎曲的物件，「河」除外）
	是否堅硬 （hard or rigid）	「條」（搭配不硬的長狀物件） 「根」／「支」（搭配堅硬的長狀物件） 「團」（搭配不硬的團狀物件）——「塊」（搭配堅硬的塊狀物件）	"urat/utas"（搭配不硬的長狀物件） "batang"（搭配堅硬的長狀物件，「河」除外）； "gumpal"/"kepul"（搭配不硬的團狀物件） "ketul"（搭配堅硬的塊狀物件）
	可否分離 （non-discrete）	？	？
體積 （size）	大（big）	「座」：一座山	"buah" : "sebuah kotak/pulau/planet"（「一個盒子／島／行星」）
	小（small）	「粒」一粒米	"biji":"sebiji bola/epal/gula-gula"（「一個球／蘋果／糖果」）
位置 （location）	——	？	？
排列 （arrangement）	——	度量詞範圍，如「行」、「排」、「列」、「溜」、「圈」、「疊」、「摞」	度量詞範圍，如"barisan"（類似「排」）； 如"papan"，搭配內部由多個圓狀物體整齊排列的物體，"sepapan petai/pil"（「一個臭豆」／「一排藥

認知分類	認知次分類	普通話量詞舉例	馬來語量詞舉例
			丸」）； "untai"："seuntai kalung/manik/mercun/sajak"（「一條鏈」／「一串珠子」／「一串/掛爆竹」／「一首/組新詩」），搭配內部結構連續的物體
數量 （quanta）	──	度量詞範圍，如「群」（「一群人」）、「對」（「一對耳環」）	度量詞範圍，如"kumpulan"（類似「群」）、"pasang"（類似「對」）
部分的特徵 （attributes of parts）	──	「口」：「一口豬／刀／皮箱」（搭配有口或有刃的東西，下例以此類推） 「頭」：「一頭牛」 「尾」：「一尾魚」 「峰」：「一峰駱駝」 「架」：「一架機器」 「頂」：「一頂帽子／蚊帳／轎子」	"Bingkai"（「框」）："sebingkai cermin/gambar/pintu/tingkap"（「一＋框＋鏡子／圖畫／門／窗」）； "kaki"（「腳」，作量詞引申成「柄」，用於有柄的物體）："sekaki bunga/cenda-wan/payung/tongkat"（「一＋腳＋花／蘑菇／雨傘／拐杖」）； "Pintu"（「門」）："sepintu rumah/kedai"（「一＋門＋屋子／店」）；

（一）從普通話與馬來語的量詞分類看認知共性

以上七／八種量詞的分類是 Allan、Tversky 和 Hemenway 通過考察世界多種語言後而得出的結果。從上表可見，如果我們以量詞為著眼點，普通話和馬來語基本上不以物體本身「可否分離」和物體的「位

置」作為分類的標準，兩者均以「本質」、「形狀」、「硬度」、「體積」、「排列」、「數量」、「部分的特徵」作為標準來分類事物。這是他們分類認知上的一個共性。判斷物體本身「可否分離」屬於人類分類思考的次要過程，許多研究顯示「形狀」和「體積」方是人類分類思考的首要過程，也就是一般而言，人類認知事物的優先次序先是外部屬性再到內部屬性，就這點而言，漢語母語者和馬來語母語者的認知是相同的。至於「位置」，也許還落在人類分類思考的更次要過程：即考慮了外部屬性和內部屬性後，人們才會考慮這件物品是放在哪裡的。例如「沙發」、「櫥」、「床」，雖然都是放在屋裡的家具，但是在普通話中量詞為「張／個」、「口／個」、「張」，馬來語量詞均為 "buah"，均以「形狀」或「體積」作為分類準繩，不會專門為放在「家裡」這個位置分出一類。「形狀」和「體積」顯然是分類標準的「核心成員」。在「本質」一類上普通話與馬來語有個有趣的共性，即都將 "hantu"／「鬼」歸為「動物」，採用動物類量詞 "ekor" 和「隻」；都將 "malaikat"／「天使」歸為「人類」，用人類量詞 "orang" 和「個」。按本質分類的量詞，如果是專門量詞，在句子中即使省略名詞，也能曉得所指，例如「輛輛都美」和「條條都美」，前者肯定指汽車類名詞，後者指的名詞則無法確認，只能確認是長狀的。

　　普通話與馬來語量詞在這七個分類標準（排除「位置」）中也有重疊的地方，例如馬來語量詞 "tandan"，不但表示了水果數量多，也表示體積大（用於搭配大串的香蕉、檳榔、椰子等），又如 "bentuk"，不但用於搭配有弧線的物體，也表示了物體體積小（用於搭配魚鈎、戒指、耳環等），"berek"，專指「一排屋子」，依據排列和屋子分出一類；普通話的量詞「架」，不僅表示搭配的物體有支架，也表示了體積大（用於搭配飛機、鋼琴、機器等），又如「管」，不僅表示一維方面的長狀，也表示三維方面的圓筒形。這也就符合原型理論的其中一

個論點：範疇的邊界不是涇渭分明的，常有重疊和滲透的情形。

　　另外，我們也發現，有些普通話與馬來語量詞無法歸入這八個分類裡，例如普通話量詞「抬」，用於兩人抬的東西，如「一抬嫁妝」、「一抬妝奩」。據《現代漢語詞典》（第五版），「嫁妝」是「女子出嫁時，從娘家帶到丈夫家去的衣被、家具及其他用品」，可見人們分類「嫁妝」這個物體時，關注的是「帶」這個動作的方式「抬」；如「張」，搭配「弓」和「嘴」時並不是因為它們有二維平面狀，而是因為它們具有可以張開和閉合的屬性；如「封」，搭配封起來的東西，如「一封信」、「一封電報」、「一封銀子」，關注的是「封起口來」這個動作；「堵」是「牆」的專用量詞，關注的是牆壁的「堵」功能；「貼」用於貼在身上的膏藥，關注的是膏藥以什麼方式發揮功能；馬來語量詞 "puntung"，搭配的是「buluh 竹子」、「cerut 雪茄」、「kayu api 柴」、「mancis 火柴」和「rokok 香煙」，關注的是短枝能否被燃燒。以上的「抬」、「張」、「封」、「堵」、「貼」、"puntung" 無法列入「本質」、「形狀」、「硬度」、「體積」、「排列」、「數量」、「部分的特徵」之中。如果要為這些量詞開出新類，也許可以是「處理方式」（ways of handle，用「抬」的方式處理「嫁妝」、用「封起口來」的方式處理「信」、用「貼附」的方式處理「膏藥」）和「內在屬性」（properties，「張」的閉合性、"puntung" 的可燃性、「堵」的阻隔性）。

（二）從普通話與馬來語的量詞分類看認知差異

　　正如 Yamamoto 所言，欲建立完整的數量詞系統，普世的認知特徵（cognition-based universal features）和獨特文化特徵（culture-based idiosyncratic features）必不可缺[30]。以上論及認知共性後，接下

---

30 Yamamoto, K (2005). *The Acquisition of Numeral Classifiers: The Case of Japanese Children* (Vol. 27). Berlin: Mouton de Gruyter.

來談談造成兩種語言的量詞不同的原因：認知、文化傳統與生活歷史。

認知方面，馬來語有些量詞分類在普通話中是沒有的，如馬來語量詞 "lingkar"，用於螺旋狀的物體，如「ubat nyamuk 蚊香」、「wayar 電線」等，另外還有量詞 "bilah"，用於尖狀的物體，如「pisau 刀」、「lembing 矛」等，這兩種形狀分類認知在普通話中均是沒有的；普通話方面，如「頂」，用於有頂的物體，如「帽子」、「帳篷」、「轎子」，馬來語量詞中則沒有如此的分類認知。抽象名詞方面，與馬來語相比起來，普通話量詞搭配抽象名詞的例子非常多，如有「一條意見」、「一條生命」、「一道題」、「一支歌曲」、「一場病」、「一件事情」、「一線希望」、「一股怒火」、「一片真心」等，而且量詞的種類也相當多；而馬來語的抽象名詞基本上不與量詞搭配[31]，只有一些少數的例子，如「negeri 州」、「negara 國家」、「kerajaan 政府」、「impian 夢」、「akal 辦法」、「peristiwa 事件」、「nasihat 勸告」、「masyarakat 社會」、「kesatuan 聯合會」、「hikayat 傳說」、「cerita 故事」等[32]。以上名詞的量詞均為 "buah"（只有 "buah" 能搭配抽象名詞），且可以搭配 "buah" 的抽象名詞例子實在少之又少，因此這種搭配情況常為一般馬來語語法書所忽略[33]。由此可見，馬來語並不傾向於為抽象名詞進行認知分類，漢語在這方面較為豐富，「化無形於有形」的需求（或聯想能力）較強。

文化生活方面，例如飲食習慣，馬來語中有 "sekapur sirih"（「一＋石灰＋栳葉」），即「一片已塗上石灰的栳葉」，「kapur 石灰」可作

---

31 Asraf, Mohammad (2007). *Petunjuk Tatabahasa Bahasa Melayu*. Selangor: Sasbadi Sdn. Bhd, , p.25; Karim, Nik Safiah, Farid M. Onn, Hashim Hj. Musa, Abdul Hamid Mahmood (2004). *Tatabahasa Dewan*. Kuala Lumpur: Dewan Bahasa dan Pustaka, p.350.

32 Osman, Nor Hisham. *Penjodoh Bilangan Bahasa Melayu*. Kuala Lumpur: Dewan Bahasa dan Pustaka, pp.33-34.

33 Osman, pp.2-3。

為量詞。在早期東南亞一帶，栳葉是極常見的植物，人們往往都會在屋旁種上一兩株，因為栳葉不但是治療腹脹的草藥，更是人們愛吃的零食，招待賓客的必備食品。由於人們喜歡在栳葉上塗上石灰後混合檳榔一起吃，因此馬來語中有 "kapur" 這個量詞，表示栳葉已塗上石灰。早期的漢語母語者沒有這種飲食習慣，所以沒有「石灰」這個量詞；另外由於馬來人吃飯時是用左手抓飯來吃，因此量詞 "genggam"（類似「把」）常搭配「nasi 飯」，北大語料庫中則無法找到「一把飯」；住屋方面，由於早期馬來語母語者是住在長屋裡的，一扇門代表一戶人家單位，因此馬來語以「pintu 門」作為屋子或店鋪的量詞[34]；經濟活動方面，由於漁業和農業是馬來語母語者早期的主要經濟活動，因此在描述與之相關的物體時，可發現馬來語量詞較普通話量詞更細緻，如「漁網」，普通話的量詞是「個／幅／張／頂」，這些量詞可對應其他類型的物體，如「一幅畫」、「一張紙」、「一頂帽子」等，而馬來語則對「漁網」嚴正以待，有專門為「漁網」而立的量詞 "rawan"；又如「香蕉」，普通話量詞為「把／根／個／嘟嚕」，這些量詞可對應其他物體，馬來語量詞則有專門針對香蕉的量詞 "sikat／sisir"、"tandan"（後來擴展搭配「椰子」、「檳榔」等），請見以下圖解：

---

34 Omar, A. H. Numeral Classifiers in Malay and Iban. *Anthropological Linguistics*, 14, 1972, pp.93-94

setandan pisang　　　　sesikat／sisir pisang　　　sebiji pisang

（ "sikat"和"sisir"是「梳子」的

意思，即將香蕉整齊的排列

形狀喻為「梳子」）

　　風俗方面，由於在早期漢語母語者的社會裡，女子出嫁時須將衣被、家具及其他用品從娘家抬到丈夫家，故有「一抬嫁妝」（今多用「一套嫁妝」）[35]的量名搭配，馬來語母語者的社會中較少這種婚俗儀式，故並無此種搭配。

　　從上可見，量詞不僅能反映普通話母語者和馬來語母語者認知的不同，也透露了各語言的成長環境和生活歷史，顯示獨特的文化特徵：文化影響認知，認知影響語言。除了量詞的分類，量詞的使用頻率也能反映社會生活，例如 "cucuk"（類似「串」），在早期是普遍使

35　「一抬嫁妝」出現在《漢語量詞學習手冊》（北京：北京大學出版社，2002年），頁120，「用於兩人抬的東西，如一抬嫁妝」，以及《現代漢語詞典》（第五版）裡（「抬」的第四個義項為「量詞，用於兩人抬的東西，如十抬妝奩」）。另在陳保存等編：《漢語量詞詞典．常用名詞量詞搭配表》裡也有「抬＋轎子」的例子。「抬＋妝奩」在CCL語料庫中，只出現在古代漢語語料庫，例子不多；「抬＋轎子」出現在古代和現代漢語語料庫，例子不多（多是八抬轎子），這裡的「抬」應該是和前面的數詞對應，指多少個人抬，所以在語料庫中一般是四的倍數，似乎不是像詞典和手冊所說的指物件的數量。現代少用「抬＋嫁妝／妝奩」，可能和現代社會不怎麼需要抬嫁妝有關。

用的，指用椰骨、藤等將東西串起來，商人常以此售賣產品，方便消費者攜帶。但是自從塑膠袋出現後，"cucuk" 的使用率明顯減少，目前只有沙爹和一些水果是串起來賣的[36]。以上只是概要討論普通話與馬來語量詞中展現的分類認知差異，倘若逐條細究，也許利用一本書的篇幅也無法說完，就像討論《羅密歐與朱麗葉》和《梁山伯與祝英台》的差別一樣，兩者是截然不同的個體，存在著千差萬別。

四　結語

綜上所述，本文通過語法和認知分類比較普通話與馬來語的量詞後有幾項發現：（一）普通話和馬來語量詞在語法上非常相近。短語結構上，一般語序均是「數＋量＋名」；短語成分上，兩者的句法功能強大，普通話的量詞短語可充當句子中的主語、謂語、賓語、定語、狀語和補語，馬來語的量詞短語能充當主語、賓語、定語和補語；另外，兩者的量詞都有複數標記功能，且均通過重疊量詞的方式表示，可看出兩者具有通過重複方式表示複數的共同潛在認知；語法上最大的不同之處則在於馬來語量詞的省略現象，例如在某些句子形式中或面對某些名詞時，馬來語量詞不能出現；（二）普通話和馬來語的量詞認知分類相當接近。

一、兩者均不以物體本身「可否分離」和物體的「位置」作為分類標準，而均以「本質」、「形狀」、「硬度」、「體積」、「排列」、「數量」、「部分的特徵」作為分類標準，這是它們分類認知上的一個共性；二、兩者的分類標準均有重疊的地方，即分類時並不僅局限於一條標準；三、有些普通話與馬來語量詞無法歸入 Tversky 和 Hemenway

---

36 Osman, Nor Hisham. *Penjodoh Bilangan Bahasa Melayu*. (Kuala Lumpur: Dewan Bahasa dan Pustaka,1995), p.31.

總結的八個普世分類裡，我們發現它們有的是按「處理方式」和「內在屬性」進行分類的。兩者量詞的差異則是源於文化生活，如飲食習慣、住屋情況、經濟活動、風俗傳統等，以致分類時對事物的關注點有所不同。就這點而言，說量詞是一部文化大書其實一點也不為過。

目前漢馬量詞對比的研究為數不多，本文旨在拋磚引玉，並希冀對歷史、認知與教學方面有所貢獻。除了本文論及的一些語法和認知分類課題，其實尚有許多課題待研究者挖掘，例如我們可以從物體的語義分類著手，從普通話與馬來語量詞看人們如何認知具體事物如生物、非生物（人工物、自然物、排泄物、外形）、構件等；此外我們也可以比較普通話和馬來語的量詞發展歷史，觀察量詞出現的先後情況，從中分析人類的分類認知需求。現今馬來語量詞隨著省略現象而出現逐漸萎縮的趨勢，[37]因此無論是對馬來語本體研究或普通語言學

---

37 目前馬來語量詞省略的現象頗為普遍，Omar和Osman就曾指出最常被省略的馬來語量詞是"orang"，後者也指出"ekor"和"buah"常被省略，參見Omar, Asmah Haji. *Bahasa Laporan*. (Kuala Lumpur: Dewan Bahasa dan Pustaka, 1988), p.68.和Osman, Nor Hisham. *Penjodoh Bilangan Bahasa Melayu*. (Kuala Lumpur: Dewan Bahasa dan Pustaka, 1995), p.4。Omar表示馬來語量詞能否被省略是視搭配詞而定的，如"batang"對於「pen筆」或「pensel鉛筆」可省略，對於「tongkat拐杖」則不能省略；"pucuk"對於「surat信」、「pistol手槍」可省略，對於「rebung竹筍」則不能省略。針對這種量詞省略現象，參見Omar, A. H. Numeral Classifiers in Malay and Iban. *Anthropological Linguistics*, 14 (1972), p.96。

馬來語學者Osman非常憂心，專寫了一本量詞專著*Penjodoh Bilangan*，目的是教導讀者正確地使用量詞，同時也介紹一些不被使用的量詞，他表示有些馬來語量詞由於少用，例如"mengkawan"是用於蓋屋頂的亞答葉，但如今人們已很少使用亞答葉蓋屋頂了，今已不用，故此即使是馬來語母語者也對這些量詞一無所知，參見Osman, p.x。他在書中開宗明義地道出量詞的重要性：第一，幫助人們準確表達語義。例如"enam perompak"（「六＋強盜」），並不能準確表達數量，如果有量詞"orang"（類似「個」）、"kumpulan"（類似「組」）、"gerombolan"（類似「夥」）就能準確表達，參見Osman, p.ix；又如"dikejar oleh lebah"（「被追＋助詞＋蜜蜂」），由於沒有量詞，所以讀者無法知道此處是被一隻蜜蜂追還是被一群蜜蜂追，參見Osman, p.8；第二，美化語言風格，讓語言柔美，形成迷人的語言曲折美。他認為如果沒有

研究而言，善加利用馬來語量詞語料進行研究可謂十分重要與迫切。

寫於二〇一〇年四月

量詞，語言的柔美將蕩然無存，參見Osman, p.x。Omar對省略現象的原因進行分析，認為馬來語量詞在特定語境下逐漸消失的趨勢是受到印度尼西亞語的影響，因為目前印度尼西亞語量詞消失的速度比馬來語還快。他表示由於爪哇語沒有類量詞，而印度尼西亞有五分之三的人口以爪哇語為母語，故印度尼西亞語可說正在爪哇語的影響下逐漸演變，所以當印度尼西亞人說馬來語時，類量詞因受爪哇語影響而被省略，參見Omar (1972), p.96。

參考資料

中文

房玉清：《實用漢語語法》，北京：北京語言大學出版社，2008年，頁
　　　453-469。

黃載君：〈從甲骨文、金文量詞的應用考察漢語量詞的起源與發展〉，
　　　《中國語文》，1964年第6期，頁432-441。

李金鳳：〈淺談漢語、馬來語量詞的異同〉，見《文教資料》第21期，
　　　2009年，頁36-38。

李金鳳：〈漢語、馬來語名量詞比較研究〉，見《科教文匯》2009年第
　　　25期，頁262-264。

李　豔、李葆嘉：〈沙加爾漢-南語系假說的三階段〉，見《南京社會
　　　科學》2008年第4期，頁133-142。

潘悟雲：〈對華澳語系假說的若干支持材料〉，見王士元主編，李葆嘉
　　　主譯：《漢語的祖先》，北京：中華書局，1994年。

邢公畹：〈關於漢語南島語的發生學關係問題——L.沙加爾《漢語南
　　　島語同源論》述評補正〉，見《民族語文》1991年第3期，頁
　　　1-14。

趙元任著、丁邦新譯：《中國話的文法》，香港：中文大學出版社，
　　　2002年。

鄭張尚芳：《漢語與親屬語同源詞根及附綴成分比較上的擇對問題》，
　　　見王士元主編，李葆嘉主譯：《漢語的祖先》，北京：中華書
　　　局，1994年。

馬來文

Ahmad, Zainal Ariffin. *Panduan Bahasa Malaysia Kini*. Selangor: FLO Enterprise Sdn. Bhd, 1989.

Asraf, Mohammad. *Petunjuk Tatabahasa Bahasa Melayu*. Selangor: Sasbadi Sdn. Bhd, 2007.

Jaffry, M. & TSP. Qally. *Penjodoh Bilangan*. Kuala Lumpur: Maxim Press Publishers, 2008.

Kader Bros. *Panduan Tatabahasa Melayu*. Singapore: Kader Bros, 1988.

Karim, Nik Safiah, Farid M. Onn, Hashim Hj. Musa, Abdul Hamid Mahmood. *Tatabahasa Dewan*. Kuala Lumpur: Dewan Bahasa dan Pustaka, 2004.

Mees, C. A. *Tatabahasa dan Tatakalimat*. Kuala Lumpur, Singapore: University of Malaya Press, 1969.

Musa, Hashim Haji. *Binaan dan Fungsi Perkataan dalam Bahasa Melayu: Suatu Huraian dari Sudut Tatabahasa Generatif*. Kuala Lumpur: Dewan Bahasa dan Pustaka, 1993.

Omar, Asmah Haji. *Bahasa Laporan*. Kuala Lumpur: Dewan Bahasa dan Pustaka, 1988.

Osman, Nor Hisham. *Penjodoh Bilangan Bahasa Melayu*. Kuala Lumpur: Dewan Bahasa dan Pustaka, 1995.

Othman, Arbak. *Nahu Bahasa Melayu*. Selangor: Penerbit Fajar Bakti Sdn. Bhd, 1989.

Yeo, Kee Jiar & Rohaini Kamsan. *Tatabahasa Bestari*. Selangor: Pearson Education Malaysia Sdn. Bhd, 2000.

英文

Allan, K. Classifiers. *Language,* 53, 1977, 285-311.

Bisang, Walter. Classifiers in East and Southeast Asian Languages Counting and Beyond, in Jadranka Gvozdanović (ed.), *Numeral Types and Changes Worldwide*. Berlin; New York: Mouton de Gruyter, 1999, 113-186.

Goral, D. R. Numeral Classifier Systems: A Southeast Asian Cross-linguistic Analysis. *Linguistics of the Tibeto-Burman Area,* 4(1), 1978, 1-72.

Hundius, Harald & Ulrike Kölver. Syntax and Semantics of Numeral Classifiers in Thai. *Studies in Language*, 7(2), 1987, 165-214.

Noss, R. B. *Thai: Reference Grammar*. Washington, D.C.: Foreign Service Institute, 1964.

Omar, A. H. Numeral Classifiers in Malay and Iban. *Anthropological Linguistics,* 14, 1972, 87-96.

Salehuddin, Khazriyati. An Investigation into Malay Numeral Classifier Acquisition Through an Elicited Production Task. *First Language*, 29(3), 2009, 289-311.

Tai, James H-Y. and Lianqing Wang. A Semantic Study of the Classifier Tiao(條). *Journal of the Chinese Language Teachers Association,* 25(1), 1990, 35-56.

Tversky, Barbara and Kathleen Hemenway. Objects, Parts, and Categories. *Journal of Experimental Psychology,* 113, 1984, 169-193.

Yamamoto, K. *The Acquisition of Numeral Classifiers: The Case of Japanese Children* (Vol. 27). Berlin: Mouton de Gruyter, 2005.

網路資源

北京大學漢語語言學研究中心《CCL 現代漢語語料庫》，參見網址：
http://ccl.pku.edu.cn:8080/ccl_corpus/index.jsp?dir=xiandai，瀏
覽日期：2010年4月13日至17日。

Bahasa-malaysia-simple-fun: http://www.bahasa-malaysia-simple-fun.com/
bahasa-melayu-kuno.html. Retrieved April 20, 2010.

"Languages List", based on Vivian Cook (1997). *Inside Language.* London:
Arnold. http://homepage.ntlworld.com/vivian.c/Linguistics/Lang
uageslist.htm. Retrieved March 23, 2010.

Lewis, M. Paul (ed.), 2009. *Ethnologue: Languages of the World*, Sixteenth
edition. Dallas, Tex.: SIL International. Online version: http://www.
ethnologue.com/. Retrieved March 20, 2010.

詞典／指南

陳保存、陳桂成、陳浩、張在瞻編：《漢語量詞詞典》，福州：福建人
民出版社，1988年。

褚佩如、金乃逯編著，劉莉、呂新莉譯：《漢語量詞學習手冊》，北
京：北京大學出版社，2002年。

郭先珍：《現代漢語量詞用法詞典》，北京：語文出版社，2001年。

黃居仁、陳克健、賴慶雄主編：《國語日報量詞典》，臺北：國語日報
社，1997年。

焦凡編：《漢英量詞詞典》，北京：華語教學出版社，2001年。

李行健主編：《現代漢語量詞規範詞典》，雪蘭莪：聯營出版社，2008
年。

殷煥先、何平編：《現代漢語常用量詞詞典》，濟南：山東大學出版
社，1991年。

中國社會科學院語言研究所詞典編輯室編：《現代漢語詞典》（第五
　　　版），北京：商務印書館，2005年。

鐘松發、黎煜才編：《最新馬來語大詞典》，雪蘭莪：聯營出版社，
　　　1997年。

Jaffry, M. & TSP. Qally (2008). *Penjodoh Bilangan*. Kuala Lumpur:
　　　Maxim Press Publishers.

Pelanduk Publication (2009). *Panduan Penjodoh Bilangan*. Selangor:
　　　Pelanduk Publications (M) Sdn. Bhd.

Zakaria, Zabri & Robiah Jusoh (2007). *Penjodoh Bilangan*. Selangor:
　　　Kualiti Books Sdn. Bhd.

馬來西亞華語「一名多量」的
認知基礎之實證研究[*]

一 前言

　　馬來西亞面積為329,758平方公里。據二〇〇九年馬來西亞統計局數據，公民人口有兩千六百多萬，其中華人占六百多萬，其祖先多移民自中國福建和廣東，也許似乎由此造成了馬來西亞和新加坡當地華人的量詞用法有別於普通話中的量詞用法，如在新馬地區可常聽到「一粒西瓜」、「一間學校」、「一支針」、「一架電腦」等量名組合，而在普通話中應為「一個西瓜」、「一所學校」、「一枚針」或「一根針」、「一臺電腦」。不少學者如吳英成、陳重瑜、陸儉明等已通過小篇幅以南方方言影響解釋這些「特殊」的量名組合[1]，但我們發現馬來西亞華人為名詞選擇量詞時，除了方言這個外在因素之外，似乎亦存有內在動因，如量詞本身的語義模糊性以及人們對名詞所指的實體的認知等都影響了語言使用者的選擇，因而出現了人們以好幾個量詞

[*]　本文為作者與高虹（第二作者）合作，刊於：謝舒凱、洪嘉馡編：《第十二屆漢語詞彙語義學研討會論文集》（臺北：臺灣大學語言學研究所，2011年），頁232-243。本研究獲三所馬來西亞小學、張珮瑜同學和各位被試者的熱心協助與參與，特此致謝。

[1]　參見吳英成：《新加坡華語語法研究》（新加坡：新加坡文化研究室，1986年）、陳重瑜：《華語研究論文集》（新加坡：新加坡國立大學華語研究中心，1993年）、陸儉明：〈新加坡華語語法的特點〉，見周清海編著：《新加坡華語詞彙與語法》（新加坡：玲子傳媒公司，2002年）。

搭配一個名詞的現象，我們把此種現象稱為「一名多量」。陸潔娟曾發現六十五名五歲到七歲的新加坡幼兒具有此種語言使用情況，並稱之為「一物多量」[2]，我們在此稱為「一名多量」以將「名詞」與「量詞」對舉。

二　實驗假設

本研究的實驗假設按微觀和宏觀的角度分為兩項：一是從微觀角度而言，馬來西亞華語的「一名多量」現象除了是源於方言影響之外，量詞本身的語義模糊性及不可定義性，以及人們迥異的名詞認知出發點亦會構成影響；二是從宏觀角度而言，實際調查量詞的使用情況將有助於我們更進一步瞭解人們對事物的認知。量詞能反映人類心智的觀點已為許多學者承認[3]，目前這個研究向度的研究方法多是從共時角度討論某個語言的量詞[4]或從類型學角度考察其他語言的量詞[5]，近年來有學者也從語言習得的角度研究兒童對量詞的認知和習得過程，如 Li et al. 針對臺灣單語兒童的研究[6]和 Gao 針對瑞典雙語（瑞典

2　陸潔娟：〈幼兒對形狀量詞的運用〉，見新加坡華文研究會編：《新加坡世界華文教學研討會論文集》（新加坡：新加坡華文研究會，1990年）。

3　Lakoff, George. "Classifiers As a Reflection of Mind," in *Noun Classes and Categorization*, edited by Colette G. Craig (Amsterdam/Philadelphia: John Benjamins Publishing Company, 1986), pp.13-52.

4　例如戴浩一和王連清，Tai, James H-Y. & Lianqing Wang "A Semantic Study of the Classifier *Tiao*(條)", *Journal of the Chinese Language Teachers Association*, 25.1 (1990):35-56.

5　例如Aikhenvald, Alexandra Y. *Classifiers: A Typology of Noun Categorization Devices*. (New York: Oxford University Press Inc., 2000).

6　Li, P., D. Barner, and B.H. Huang, "Classifiers As Count Syntax: Individuation and Measurement in the Acquisition of Mandarin Chinese," in *Language Learning and Development* 4.4 (2008), pp.1-42.

語和漢語）兒童的研究[7]。我們冀能在此證明從人們的量詞使用角度作實證考察也許也會有更深入的發現。

三　實驗方法

為了驗證以上假設，我們設計了兩項實驗以獲得馬來西亞華語母語被試者的量詞使用語料。兩項實驗均採取訪問法，進行訪問時以奧林巴斯 DS-50 數碼錄音筆錄下被試者的回答再進行轉寫。其中，實驗一不向被試者道明研究目的，通過要求被試者說出兩張圖片的不同以誘導被試者說出量詞，實驗二則要求被試者說出圖片中物件的量詞，冀獲得半自然語境和正規語境下馬來西亞華語量詞使用的語料。這兩項實驗皆於二〇一〇年九月至十月展開。兩項實驗的設計如下：

（一）實驗一「找找樂」（半自然語境下的量詞語料）

一、實驗對象：我們共邀請二十名被試者參與本項實驗，其中十名為介於十九歲至二十八歲的馬來西亞華裔成人，另外十名則為馬來西亞七歲華裔孩童。

二、實驗材料：在本實驗中，我們以各種表示名詞的圖片作為實驗材料，共選擇一百五十個名詞和一百個名詞分別測試成人被試者與孩童被試者以獲取量詞語料（見表一）。關於名詞選擇，主要參考傅麗君彙整的「新加坡華語與普通話名、量詞搭配的對照表」[8]、王惠的

7　Gao, H. H. "Cognitive Barriers to the Learning of Chinese Noun Classifiers By Native Swedish Speakers," in *Second Conference of the Swedish Association for Language and Cognition*. (Sweden: Stockholm University, June 10-12, 2009). Gao, H.H. "A Study of Swedish Speakers' Learning of Chinese Noun Classifiers," *Nordic Journal of Linguistics* 33.2 (2010), pp.197-229.

8　傅麗君：〈新加坡華語與普通話常用名量詞的對比研究〉（新加坡：新加坡國立大學

表一　實驗材料

量詞特色級別	實驗一的名詞 （底下劃線的名詞為沒向孩童展示的名詞）	實驗二的名詞
很有特色	成人29個、孩童28個：駱駝、鱷魚、花、香蕉葉、籬笆、西瓜（切得較厚）、西瓜（切得較薄）、印度煎餅、香蕉、香腸、石頭、玻璃、木板、行李箱、大炮、椅子、凳子（長凳）、電池、乒乓球、<u>山脈</u>、糞便、蚊香、手機、漿糊、樹桐、樹幹、花椰菜、湯匙（鐵製）、乒乓拍。	27個：駱駝、鱷魚、花、香蕉葉、籬笆、西瓜（切得較厚）、西瓜（切得較薄）、印度煎餅、香蕉、香腸、石頭、玻璃、木板、行李箱、大炮、椅子、凳子（長凳）、電池、乒乓球、糞便、蚊香、手機、漿糊、樹桐、花椰菜、湯匙（鐵製）、乒乓拍。
有特色	成人、孩童皆為67個：豬、狼、學校、醫院、裙子、褲子（長褲）、褲子（短褲）、睡衣（套式）、被子、床單、窗簾、地毯、項鍊、糖果、西瓜、蘋果、葡萄、餅乾、沙子、鎖匙、燈泡、掃把、國旗、擔架、蚊帳、牙膏、子彈、劍、凳子（小凳子）、鼓、鼓棒、喇叭、笛子、電視機、風扇、冷氣機、洗衣機、叉子、碗、杯子（玻璃長腳酒杯）、杯子（有手柄）、湯匙（瓷製，華人喝湯用）、湯勺、弓、弦、籃球、湖、鼻涕、尿、鼻子、頭髮、拳頭、門把、內褲、豆芽、針筒、扳手、奶嘴、橡皮擦、膠紙、吸管、香蕉（幾根連在	23個：豬、狼、學校、醫院、裙子、褲子（長褲）、褲子（短褲）、睡衣（套式）、被子、床單、窗簾、地毯、項鍊、糖果、西瓜、蘋果、葡萄、餅乾、沙子、鎖匙、燈泡、掃把、國旗。

量詞特色級別	實驗一的名詞 （底下劃線的名詞為沒向孩童展示的名詞）	實驗二的名詞
	一起）、香蕉（幾十根連在一起）、披薩（一塊）、披薩（一盤）、縫紉機、電腦。	
稍有特色	成人54個、孩童5個：馬、<u>驢</u>、蛇、魚、<u>花瓣</u>、<u>草</u>、手帕、草席、<u>手鐲</u>、麵包、<u>菜</u>、<u>冰淇淋</u>、<u>針</u>、<u>梳子</u>、<u>算盤</u>、<u>雨傘</u>、<u>扇子</u>、鐵錘、鐵釘、<u>扁擔</u>、<u>火柴</u>、<u>手銬</u>、<u>牙籤</u>、<u>牙刷</u>、<u>飛機</u>、汽車、<u>火箭</u>、<u>轎子</u>、刀、<u>長槍</u>、棍、炸彈、<u>魚缸</u>、鋼琴、電話、<u>相機</u>、茶壺、鍋、<u>罐子（鐵罐）</u>、箭、閃電、<u>瀑布</u>、<u>眉毛</u>、舌頭、<u>城堡</u>、雞蛋、<u>溫度計</u>、腳車、<u>直升機</u>、<u>滑板</u>、收音機、<u>手槍</u>、<u>尿片</u>、鞭炮。	——

具體名詞分類表[9]和呂叔湘、何傑、房玉清的量名組合表[10]，憑藉觀察擷取一百五十個較有可能產生馬來西亞華語量詞使用特色的名詞作為展示圖片（原擷取259個，但預試時發現時間過長，故按特色級別捨棄毫無特色的組合。表一中的「量詞特色級別」是將三名參加預試的被試者的量詞答案同以上各工具書、北大現代漢語語料庫和谷歌搜索引擎比對的結果標注）。因孩童的名詞認識能力較弱和耐性較為有限，我們再從中選出一百個向孩童展示。針對每個名詞，我們按六種

9　王惠：《現代漢語名詞詞義組合分析》（北京：北京大學出版社，2004年），頁70-73。

10　參見呂叔湘：《現代漢語八百詞》（增訂本）（北京：商務印書館，1999年）、何傑：《現代漢語量詞研究》（增編版）（北京：北京語言大學出版社，2008年）、房玉清：《實用漢語語法》（北京：北京語言大學出版社，2008年）。

修圖模式製造不同之處以誘出量詞，一為「物件相同，數量不同」，其餘五種為數量相同，只是顏色不同、方向不同、在物件上添加東西、在物件上減少東西、物件之中有幾個不同的物件；

　　三、實驗程序：在實驗程序方面，Tzeng et al. 和 Lin 曾通過讓被試者尋找不同之處來誘發被試者說出量詞[11]，我們也主要採取此種研究方法並加以改造（改造目標為加強掩飾研究目的和較為輕易誘出量詞而不需多加引導）。我們在一個安靜的地方與每名被試者進行一對一測試，測試開始前我們告訴被試者現在要玩一個遊戲「找找樂」，每一頁幻燈片中共有兩張圖片，請被試者將兩張圖片的不同之處清楚完整地告訴我們，例如看到以下圖一後，被試者將會告訴我們「一（量詞）手機倒轉了」。測試開始前我們向被試者示範回答四題，之後讓被試者回答一題以確保被試者熟悉遊戲方法。被試者完成一半的題目後可休息兩分鐘，這項測試時長介於十二分鐘至二十四分鐘，視被試者的年齡、回答速度等而定。

（二）實驗二「量詞用一用」（正規語境下的量詞語料）

　　一、實驗對象：我們共邀請七十二名來自馬來西亞檳城、吉隆坡、新山的華裔在學兒童參與本項實驗，其中這些被試者的身份又按地區、年齡（十二歲、九歲與七歲）、學業成績、方言能力、性別平均分布；

　　二、實驗材料：在本實驗中，我們也以表示名詞的圖片作為實驗材料。名詞選擇方面，我們選擇在實驗一中量詞特色級別最高的五十

---

11 參見Tzeng, Ovid J. L., Sylvia Chen, and Daisy L. Hung. "The Classifier Problem in Chinese Aphasia," *Brain and Language* 41.2(1991), pp.184-202.和Lin, Ching-yi Bonnie. "A Production Experiment of Mandarin Classifier Selection," in Master's Dissertation, National Taiwan Normal University, 2001.

個名詞來測試被試者以獲取量詞語料（見表一），所有名詞均以圖片的方式展示；

　　三、實驗程序：在這項實驗中，我們在一個安靜的地方與每名被試者進行一對一測試，請被試者針對圖片說出量詞，例如被試者看到以下圖二後將會告訴我們「一（量詞）旗」。測試開始前我們以「一隻手」和「兩枝鉛筆」為例介紹量詞，確保被試者明白何謂量詞。這項測試時長介於六分鐘至十八分鐘，視被試者的年齡、回答速度等而定。

圖一　實驗一圖片舉例　　　　圖二　實驗二圖片舉例

四　研究結果

　　根據語料，我們發現確實存在「一名多量」現象。在實驗一的半自然語境中，成人被試者和孩童被試者以多個非「個」量詞搭配的名詞分別達一百一十個（總數為一百五十）和十四個（總數為一百），分別至多出現五個非「個」量詞和兩個非「個」量詞（見表二）；在實驗二正規語境中，被試者們至多以九個非「個」量詞搭配一個名詞，並無任何名詞讓七十二名被試者都用同一個量詞搭配（見表三）。

表二　實驗一半自然語境下二十名被試者的「一名多量」現象

被試者	量詞數量	量詞類別	量名組合
7歲孩童	2	形狀／形狀	（7個）片／塊：西瓜-切成厚狀、西瓜-切成薄狀、餅乾；根／條：頭髮、豆芽；石頭（塊／粒）、鼻涕（條／滴）
		形狀／專用	（5個）條／件：裙子、長褲、短褲、內褲；掃把（支／把）
		專用／專用	（2個）電腦（臺／架）、馬（隻／匹）
成人	2	形狀／形狀	（32個）條／根：香蕉、香腸、舌頭、弦、豆芽；支／根：湯匙、鼓棒、笛子、湯匙（華人喝湯用）、吸管、針筒、火柴、牙籤、棍子；粒／顆：糖果、沙子、西瓜、蘋果、燈泡、籃球、炸彈、雞蛋、乒乓球；片／塊：玻璃、木板、餅乾、披薩、麵包；樹桐（根／塊）、膠紙（卷／圈）、閃電（道／條）、牙膏（支／條）
		形狀／專用	（19個）支／把：乒乓拍、劍、叉子、梳子、雨傘、鐵錘、牙刷、刀、槍；條／件：長褲、短褲、內褲、裙子；樹幹（根／棵）、蚊帳（片／副）、小凳子（張／把）、弓（支／副）、扁擔（條／副）、尿片（片／張）
		形狀／集合	（2個）條／串：項鍊、爆竹
		形狀／借用	（1個）冰淇淋（支／筒）
		專用／專用	（15個）架／臺：洗衣機、冷氣、電腦、收音機、飛機、鋼琴、電話、相機、直升機；隻／頭：豬、狼；隻／匹：馬、驢；間／棟：醫院、學校
		專用／集合	（1個）睡衣（件／套）
		專用／借用	（1個）花（朵／束）

被試者	量詞數量	量詞類別	量名組合
		集合／集合	（2個）香蕉（幾十根連在一起，串／排）、手銬（對／副）
	3	形狀／形狀／形狀	（8個）顆／粒／塊：葡萄、石頭；支／根／枚：針、釘子；地毯（條／塊／片）、草（根／條／片）、草蓆（片／張／卷）、眉毛（根／條／撇）
		形狀／形狀／專用	（4個）支／根／把：掃把、扳手、長槍、箭
		形狀／形狀／借用	（2個）漿糊（支／條／罐）、頭髮（條／根／撮）
		形狀／專用／專用	（6個）支／架／臺：手機、火箭；條／隻／尾：蛇、魚；花椰菜（粒／朵／棵）、國旗（面／把／副）
		形狀／專用／集合	（2個）糞便（團／坨／堆）、尿（條／泡／行）
		形狀／專用／借用	（1個）小白菜（根／棵／束）
		專用／專用／專用	（3個）輛／架／臺：車子、腳踏車；縫紉機（副／架／臺）
		專用／借用／部分	（1個）花瓣（朵／頁／瓣）
		集合／集合／集合	（1個）香蕉（幾根連在一起，串／梳／堆）
		集合／集合／借用	（1個）窗簾（排／套／地）
	4	形狀／形狀／形狀／形狀	（1個）子彈（枚／顆／粒／根）

被試者	量詞數量	量詞類別	量名組合
		形狀／形狀／形狀／專用	（1個）手帕（條／塊／片／件）
		形狀／形狀／專用／專用	（1個）鎖匙（支／根／把／副）
		形狀／形狀／集合／集合	（2個）床單（條／張／套／排）、鼻涕（條／根／行／串）
		形狀／形狀／借用／借用	（1個）披薩（片／塊／盤／碟）
		專用／專用／專用／專用	（1個）風扇（把／架／扇／臺）
	5	形狀／形狀／專用／專用／集合	（1個）被子（條／張／席／件／套）

表三　實驗二正規語境下七十二名被試者的「一名多量」現象

量詞數量	量名組合與量詞百分比
2	1個名詞：西瓜（個57；粒43）
3	9個名詞：行李（個98；包1；箱1）、椅子（張63；個34；把3）、乒乓球（粒62；個35；顆3）、湯匙-鐵製（個70；支29；把1）、乒乓拍（個81；把13；支6）、糖果（粒56；個41；顆3）、蘋果（個59；粒40；顆1）、葡萄（粒59；個37；顆4）、餅乾（片50；個30；塊20）
4	6個名詞：駱駝（隻76；個21；匹2；頭1）、鱷魚（隻77；個16；條6；尾1）、玻璃（片68；個24；塊5；面3）、豬（隻71；個20；頭8；條1）、狼（隻79；個18；條2；頭1）、掃把（把62；個30；支7；條1）

量詞數量	量名組合與量詞百分比
5	10個名詞：西瓜-切得較厚（片48；個40；塊9；瓣1；zhī隻／支1）、西瓜-切得較薄（片57；個36；塊3；瓣3；zhī隻／支1）、香腸（條67；個24；根5；zhī隻／支3；粒1）、電池（個75；粒17；枚4；顆3；條1）、裙子（件46；條34；個18；套1；隻1）、褲子-長褲（件50；條33；個15；只1；套1）、褲子-短褲（件52；條29；個17；zhī支／隻1；套1）、睡衣-套式（件51；套28；個15；條5；zhī支／隻1）、沙子（粒62；個29；顆5；塊3；shù束1）、項鍊（條54；個36；串8；枚1；塊1）
6	7個名詞：花（朵83；個7；束4；支4；枚1；株1）、香蕉（條47；個40；根7；zhī隻／支4；粒1；串1）、木板（片45；個27；塊25；只1；mù木1；把1）、手機（個53；架18；臺14；部7；粒7；支1）、醫院（間61；個21；所11；家3；座2；棟2）、鎖匙（個56；把18；支16；枚7；條2；串1）、燈泡（個71；粒20；顆5；盞3；枚1；臺1）
7	6個名詞：印度煎餅（片49；個37；盤9；塊2；碟1；條1；zhī隻／支1）、石頭（個46；塊28；粒22；顆1；zhī隻／支1；枚1；片1）、漿糊（個63；罐17；支14；瓶3；條1；卷1；根1）、學校（間57；所19；個16；座5；場1；棟1；家1）、被（個50；張21；條12；件12；套2；片2；塊1）、地毯（個57；張17；條15；片7；塊2；套1；件1）
8	6個名詞：香蕉葉（片75；個15；根3；枝2；條2；朵1；扇1；塊1）、大炮（個72；尊13；輛6；座4；門2；架1；dùn頓1；臺1）、長凳（張57；個35；條2；排2；把1；臺1；座1；zhī隻／支1）、蚊香（個66；捲20；片5；條5；串1；排1；枚1；cún 1）、樹桐（個67；枝12；條10；根3；棵3；塊2；把2；mù木1）、床單（個61；張22；條7；套5；件2；塊1；片1；面1）
9	1個名詞：國旗（個63；面19；支9；副3；把2；張1；塊1；片1；條1）
10	4個名詞：籬笆（個74；排10；道6；門2；扇2；zhī隻／支2；片1；座1；塊1；條1）、糞便（個57；堆22；坨8；團4；塊3；條2；泡1；

量詞數量	量名組合與量詞百分比
	piě撇1；fen4份1；粒1）、花椰菜（個75；朵11；粒5；束3；棵2；zhī支／隻1；塊1；包1；cún 1）、窗簾（個61；條18；張5；件5；副4；塊2；片2；套1；戶1；扇1）

五 「一名多量」的原因

（一）外在動因

1 語法書標準

在語法書中，有些名詞確實可與多個量詞搭配，如「鋼琴」，據何傑，其與量詞「架」或「臺」搭配皆可[12]；又如「床單」，據房玉清，其與量詞「條」或「幅」搭配皆可[13]。被試者可視自身習慣或所要強調的分類面而決定，因此在實驗二語料中出現如以「隻」或「條」搭配「狼」的現象，這其實符合語法書中的標準。

2 語言接觸

馬來西亞是多語環境，且華人祖先多來自中國南方，因此其華語量詞使用受到南方方言、馬來語、英語的影響。如實驗一中「由幾根連在一起的香蕉」，有些成人被試者以「梳」作為搭配量詞，然而在普通話中並無「梳」這個量詞，這也許是受到馬來語量詞「sikat」（梳子）影響，取這些香蕉一根一根連在一起像「梳子」之形（當然也不排除是受到粵語影響，因為在粵語中也有「一梳香蕉」的說

---

12 何傑：《現代漢語量詞研究》（增編版），2008年。

13 房玉清：《實用漢語語法》，2008年。

法）。又如實驗一中的「手銬」，有些成人被試者以「對」作為搭配量詞，也許是受到英語中"a pair of handcuffs"的影響。南方方言的影響力則較其他語言強，被試者們受本身的方言能力或方言環境影響極深，如「支」、「隻」、「粒」、「間」、「架」這五個量詞搭配的泛化即為南方方言（閩南話、客家話、粵語）影響馬來西亞華語量詞使用的典型例子，表四展示實驗一中「支／隻」、「粒」、「間」、「架」的泛用現象，表中普通話標準以呂叔湘、褚佩如和金乃逯、《現代漢語詞典》、李行健、房玉清、何傑為據[14]：

表四　實驗一「支／只、粒、間、架」的泛用現象

量詞	搭配的名詞（符合普通話標準）	搭配的名詞（不符合普通話標準）	影響方言
支／隻	5個：牙膏、笛子、牙刷、長槍、火箭	25個：湯匙（鐵製）、湯匙（瓷製，華人喝湯用）、牙籤、棍子、劍、雨傘、刀、冰淇淋、針、鎖匙、鼓棒、吸管、針筒、火柴、乒乓拍、叉子、弓、梳子、鐵錘、槍、扳手、釘子、漿糊、掃把、手機	閩南語、客家話、粵語
粒	2個：沙子、子彈	11個：糖果、西瓜、乒乓球、蘋果、燈泡、籃球、炸彈、雞蛋、石頭、葡萄、花椰菜	閩南語、客家話、粵語

---

14 參見呂叔湘：《現代漢語八百詞》（增訂本）（北京：商務印書館，1999年）、褚佩如、金乃逯編著，劉莉、呂新莉譯：《漢語量詞學習手冊》（北京：北京大學出版社，2002年）、中國社會科學院語言研究所詞典編輯室編：《現代漢語詞典》（第五版）（北京：商務印書館，2005年）、李行健主編：《現代漢語量詞規範詞典》（雪蘭莪：聯營出版公司，2008年）、房玉清：《實用漢語語法》（2008年）、何傑：《現代漢語量詞研究》（增編版），2008年。

量詞	搭配的名詞（符合普通話標準）	搭配的名詞（不符合普通話標準）	影響方言
間	無	2個：學校、醫院	閩南語、客家話、粵語
架	4個：飛機、鋼琴、相機、直升機	11個：收音機、腳踏車、風扇、車子、洗衣機、冷氣機、電腦、電話、手機、火箭、縫紉機	粵語、客家話

在量詞「支」的泛用方面，其乃是受到了閩南語、客家話和粵語的影響。「支」在閩南語和客家話中的搭配範圍較普通話廣泛，許多長狀物件均能與之搭配，如工具「扁擔」、「尺」、「鋤頭」、「斧頭」、「劍」、「針」、「鎖匙」、「旗子」等，如植物「草」、「稻草」、「蔥」等，如身體部位「手」、「腿」、「骨頭」等，而這些名詞在普通話中是以量詞「根」（扁擔、草、稻草、蔥、骨頭）、「枚」（針）、「把」（尺、鋤頭、斧頭、劍、鎖匙）、「隻」（手）、「條」（腿）、「面」（旗子）等搭配[15]。而在粵語中，「支」能搭配的長狀物件不如閩南語和客家話廣泛（這是因為粵語中有「把」這個量詞，如「一把剪刀」、「一把雨傘」、「一把掃把」），但用法與普通話略有不同，如其可搭配「棍子」、「牙籤」、「甘蔗」、「竹子」、瓶裝飲料等，而在普通話中是以「根」、「條」、「瓶」等搭配這些名詞。在量詞「隻」的泛用方面，主要是受到粵語影響，在粵語中「隻」的搭配範圍較普通話廣泛，除了搭配人（含貶義）和動物，其也能搭配「牙齒」、「湯匙」、「桶」、「牌」等[16]。若用於物件，普通話的量詞「隻」僅能搭配成對物件中

---

15 參見周長楫：〈略論廈門話量詞〉，見《廈門大學學報（哲學社會科學版）》1985年第1期，頁128-133。

16 參見高華年：《廣州方言研究》（香港：商務印書館，1980年）、麥耘、譚步雲編：《實用廣州話分類詞典》（廣州：廣東人民出版社，1997年）。

的其中一個，粵語則無此種限制，許多單個物件均能與「隻」搭配。

　　在量詞「粒」的泛用方面，其主要是受到閩南語和客家話的影響。在閩南語和客家話中，「粒」能搭配的名詞並不論體積大小，如其可搭配「米」、「沙」、「葡萄」、「燈泡」、「西瓜」等，甚至在閩南語和海陸客家話裡也有「一粒山頭」的說法[17]，而在普通話中「粒」僅能搭配體積較小的物體如「米」、「子彈」等。粵語的「粒」亦同普通話一樣僅用於體積較小的物體，但用法略有不同，例如在粵語中，「粒」可搭配「糖」、「電池」、「星」等，而在普通話中應為「一顆糖」、「一節電池」和「一顆星」[18]；另外在粵語中「粒」也可用於球賽中所進的球，如「贏咗對方三粒」[19]。這些粵語中「粒」的用法或多或少亦會對馬來西亞華語中量詞「粒」的泛用產生影響。

　　在量詞「間」的泛用方面，其是受到了閩南語、客家話和粵語的影響。在閩南語、梅縣客家話和粵語中，「間」能搭配許多建築物單位，如「店」、「廟」、「學校」、「醫院」等[20]，而在普通話中應為「一家店」、「一座廟」、「一所學校」、「一所醫院」。在普通話中「間」是建築物的最小單位，而這些南方方言則是不管建築物單位的大小都以「間」搭配。

　　在量詞「架」的泛用方面，其主要是受到了粵語和客家話的影響。在粵語中，「架」可搭配車、機動船和各類機器，如「汽車」、

17　參見楊秀芳：《臺灣閩南語語法稿》（臺北：大安出版社，1991年）、邱湘雲：〈閩南話和客家話的「量詞」——與國語比較〉，見《玄奘人文學報》2007年第6期，頁1-26。

18　參見高華年：《廣州方言研究》，麥耘、譚步雲編：《實用廣州話分類詞典》，孟改芳：《教學用的普通話（二）》，見「香港中文大學普通話教育研究及發展中心網頁」，網址：http://www.fed.cuhk.edu.hk/~pth/pth_passage01.php?passage=189，瀏覽日期：2011年4月11日。

19　「贏了對方三個球」，參見麥耘、譚步雲編：《實用廣州話分類詞典》。

20　參見楊秀芳：《臺灣閩南語語法稿》、羅美珍、林立芳、饒長溶：《客家話通用詞典》（廣州：中山大學出版社，2004年）、高華年：《廣州方言研究》。

「腳踏車」、「船」、「拖拉機」、「電視機」、「風扇」、「收音機」等[21]；在客家話中，「架」也可搭配「車」、「時鐘」等[22]。在普通話中應使用量詞「輛」、「艘」、「臺」或「部」搭配以上名詞。由此可見在這兩種方言中，「架」搭配的機器類名詞較普通話廣泛。在閩南語中則多以量詞「臺」或其他量詞搭配這些機器類名詞，如「一臺車」（也有「一頂車」）、「一臺冰箱」、「一臺冷氣機」、「一隻飛機」等[23]。

（二）內在動因

1　量詞的語義模糊性和不可定義性

「語義模糊性」這個課題早已為哲學家、語言學家、心理學家等關注。屬「分析哲學」（Analytic Philosophy）流派的哲學家弗雷格（Frege）、羅素（Russell）、維特根斯坦（Wittgenstein）等人曾批評日常語言的模糊性，他們強調以邏輯方法分析哲學，主張創造精確的人工語言系統，批評模糊的日常語言系統失去了表達世界的資格。後來美國系統科學家扎德（Zadeh）於一九六五年提出的「模糊集合論」（Fuzzy Set Theory）方扭轉了人們對模糊性的負面觀點。扎德注意到人類的概念範疇和自然語言的語義中存在模糊性，但以往傳統的集合論只是一個人們為了追求精確而摒棄事物的模糊性的理論，並無法處理現實世界中大量存在的模糊現象，因此他提出模糊集合（Fuzzy Sets）試圖解決這個問題。扎德將「模糊集合」定義為「具有資格等

---

21 參見高華年：《廣州方言研究》、歐陽覺亞：《普通話廣州話的比較與學習》（北京：中國社會科學出版社，1993年）、麥耘、譚步雲編：《實用廣州話分類詞典》。

22 參見羅美珍、林立芳、饒長溶：《客家話通用詞典》、何耿鏞：《客家方言語法研究》（廈門：廈門大學出版社，1993年）。

23 參見楊秀芳：《臺灣閩南語語法稿》、周長楫：〈略論廈門話量詞〉，見《廈門大學學報（哲學社會科學版）》1985年第1期。

級連續集的對象的類別」（"a class of objects with a continuum of grades of membership"），這種集合由資格函數（membership function 或 characteristic function）表徵，資格函數賦予每個對象一個取值於〇到一的資格等級。模糊集合是現實世界中模糊事物在數學上的抽象化，這種模糊的數學定義可謂為之後認知語言學的原型理論的萌芽作了鋪墊，為範疇語義模糊性提供定量和定性的研究潛能，改變之前藐視語言模糊性的觀念。

漢語量詞的模糊性早在二十世紀八〇年代和九〇年代為學者如夏江陵、程娟、葛本儀、莫彭齡、郭先珍和王玲玲等探討。這些研究探討的重點是量詞中有沒有模糊詞和量詞語義有沒有模糊性，我們贊成郭先珍和王玲玲的觀點，量詞的語義模糊性確實存在[24]。

吳振國曾將語義模糊性的表現方式分為三類，一為內涵模糊和外延模糊，二為抽象模糊和具體模糊，三為量的模糊和質的模糊[25]。內涵和外延的模糊方面，例如「假幣」這個詞，內涵較為明確，指的是非法製造的貨幣，但外延十分模糊，因為人們不能根據來源是否合法來識別「假幣」。抽象和具體的模糊方面，例如「昨天」，就抽象概括意義而言是較為明確的，但在具體使用時界限模糊，例如「我昨天晚上很晚才睡」，裡頭的「昨天晚上」可能包括「昨天」二十四小時以後的時間，即「今天凌晨」。量和質的模糊方面，例如「少年、青年、中年、老年」，一般人們難以界定這些詞的年齡界限，這就是量的模糊；又如「良好的信譽」，也許人們對此的主觀標準為是否兌現承諾、是否值得信賴等，但除非按統計學模式擬定量化標準得出「良好信譽值」，否則「良好的信譽」是難以直接量化的，這就是質的模糊。

---

24 參見郭先珍、王玲玲：〈量詞的模糊性〉，見《漢語學習》1994年第3期。

25 吳振國：〈語義模糊性的幾種表現方式〉，見《語言文字應用》2001年第3期，頁50-54。

　　量詞語義的模糊性都能通過以上吳振國提出的三類表現方式體現出來[26]（下以量詞「粒」說明）：如果將其「數＋量＋名」的語法規則視作外延，那麼其外延尚算明確（「數詞＋『粒』＋名詞」），但「量詞」的內涵定義、抽象概括意義、數量義和質量義則是模糊的，量詞「粒」的定義是「用於小碎塊狀的東西」[27]，但「小」、「碎」、「塊」即是模糊的標準，並不是量化的標準（如沒有以度量衡具體表示面積或體積是多少，硬度是多少等等）。

　　從以上「粒」的例子我們可清楚看到造成量詞語義存在模糊性的主要原因即為：不可定義性。而造成量詞具有不可定義性特點的原因則有二，第一個原因是不可量化性。量詞定義中常出現的大小、長短、硬軟等都是主觀的感知，沒有量化標準判斷，這種情況在形狀量詞方面更為顯著。個體名類量詞可分為兩類，一為形狀名類量詞，如「粒」是搭配體積小的名詞的量詞；二為專用名類量詞，如「扇」是搭配門窗類名詞的量詞（以下簡稱為形狀量詞和專用量詞）。若單看實驗一中「2個量詞」一欄（見表二），可見兩種形狀量詞搭配名詞的分歧情況最多，分別占成人和孩童的44%和50%；形狀量詞與專用量詞搭配名詞的分歧情況分別占成人和孩童的26%與36%；兩種專用量詞搭配名詞的分歧情況則分別占成人和孩童的21%與14%。如僅看實驗二中量詞總數為「3」的一欄（見表三），共有五次（總數為9）兩種形狀量詞搭配名詞的分歧情況。這些數據表明無論是成人或孩童，以形狀量詞搭配名詞時分歧情況是最多的。

　　根據語料，我們統計出兩種形狀量詞的分歧現象最顯著的四組是：根／支、顆／粒、條／根、片／塊。我們翻查各工具書為這些量

---

26 同前註。

27 參見褚佩如、金乃逯編著，劉莉、呂新莉譯：《漢語量詞學習手冊》。

詞給出的定義[28]，並無任何量化標準能區分這幾組近義量詞：一、量詞「根」和「支」分別搭配長形的「根狀」和「桿狀」物體，但所謂的「根狀」和「桿狀」均是主觀義，顯然無法作為分辨標準。「根」與「支」的共同語義特徵〔＋長〕和〔＋硬〕造成了「一名多量」；二、「顆」與「粒」都是描述小而圓或「顆粒狀」物體，它們的共同語義特徵〔＋小〕和〔＋圓〕造成了「一名多量」；三、「條」與「根」皆是搭配長狀物體，戴浩一和王連清進一步指出「條」搭配較容易彎曲的物體，「根」搭配較硬的物體[29]。這個論點表面上可以成立，但是據李計偉對於量詞「根」的歷時發展梳理[30]，他發現量詞「根」先與「樹類」搭配，之後其從植物的方向引申搭配「草類」，然後再引申搭配「根莖類」。由於「根」搭配「草類」，他提出量詞「根」也有細長、柔軟的語義特點，解釋了為何「根」能與「頭髮」、「苗」搭配，較王連清、戴浩一提出的「頭髮」、「草」具有「韌性」因而符合「根」的語義特徵〔＋硬〕的說法合理。量詞「根」和「條」的共同語義特徵〔＋長〕和〔＋軟〕造成了「一名多量」；四、「塊」能搭配「塊狀物」和「片狀物」，「片」和「塊」的共同語義特徵〔＋片狀〕造成了「一名多量」，因此被試者們方會在「玻璃」、「木板」、「餅乾」、「麵包」、「披薩」等這些普通話量詞為「塊」但是片狀特徵又特別明顯的名詞中使用量詞「片」。量詞「片」單一的形狀語義特徵〔＋片狀〕較擁有多重語義特徵的「塊」（〔＋塊狀〕

---

28 參見褚佩如、金乃逯編著，劉莉、呂新莉譯：《漢語量詞學習手冊》、中國社會科學院語言研究所詞典編輯室編：《現代漢語詞典》（第五版）、李行健主編：《現代漢語量詞規範詞典》。

29 戴浩一和王連清，Tai, James H-Y. & Lianqing Wang "A Semantic Study of the Classifier *Tiao*(條)," *Journal of the Chinese Language Teachers Association*, 25.1, (1990).

30 李計偉：〈論量詞「根」的形成與其認知語義的多向發展〉，見《語文研究》2010年第3期，頁37。

和〔＋片狀〕）更易為被試者吸收和使用。這些形狀量詞共同的語義特徵都是不可量化的，因此造成那麼多形狀量詞的「一名多量」現象。專用量詞方面，有的被試者以量詞「家」搭配「學校」，這在普通話中是不能成立的，原因可能是學校的經營性質不如醫院強。但現在醫院和學校都有國立和私立之分，經營性質的強弱應該怎麼衡量？這也就造成了「一名多量」現象。

　　另一個造成量詞的不可定義性的原因是量名搭配的複雜性。一個又一個的量名組合是由人類大腦中的隱喻機制和轉喻機制進行一次又一次的引申結果，這種引申性質造成了量名之間的搭配十分複雜，如我們曾進行一項馬來西亞華語量詞理解的實驗，其中一題是要求被試者們從四個名詞中選出能與量詞「條」搭配的名詞，結果選擇正確答案「被子」的只有3%，46%選擇「香腸」，32%選擇「香蕉」，19%選擇「頭髮」。整理各名詞選項的語義特徵後（「被子」〔－顯著長狀，－可扯斷，＋布〕；「香腸」、「香蕉」和「頭髮」均是〔＋顯著長狀，＋可扯斷，－布〕），我們認為這應該是由於「被子」不具備量詞「條」的典型語義特徵「顯著長狀」（長和寬的比例差距不及其他選項大）而導致，因此選擇的人不多。但，即便是「沒有顯著長狀的布」並不一定都以「條」搭配，如「衣服」、「窗簾」、「背包」等就不能和「條」搭配，這充分顯示了量名搭配的複雜性，我們難以為量詞「條」給出一個涵蓋所有「條」搭配的名詞的完美定義。

2　迥異的名詞認知出發點

　　以實驗一中的「手帕」為例，被試者們以「條」、「塊」、「片」、「件」四個量詞搭配之。在何傑的研究中「手巾」僅能搭配「條」與「塊」，「片」和「件」是不符合標準的[31]；「片」和「塊」的共同語義

---

31 何傑：《現代漢語量詞研究》（增編版）。

特徵〔＋片狀〕已於上文討論；在粵語和閩南語中的搭配應為「一條手帕」，那麼被試者為何使用「件」搭配手帕？排除以上種種因素，我們認為被試者們以量詞「件」搭配「手帕」乃是與人類對名詞所指的實體的「認知的出發點」的不同有關。[32]

　　所謂「認知出發點」，如同 Langacker 提到的 "scanning"[33]，即最先關注事物的某個地方。例如，假設把我們和一個素不相識的人的碰面當作掃描過程，有的人也許會先「掃描」對方的眼睛，有的人也許會先「掃描」對方的身材，也就是說，每個人的「掃描點」不一定是相同的。下圖三展示以量詞「條」、「塊」、「片」、「件」搭配「手帕」時的「認知出發點」，借用完形心理學（Gestalt Psychology）和認知語言學（Cognitive Linguistic）的術語，圖中的粗線表示「主體」（figure）或「側顯」（profile），指向我們所說的「認知出發點」；細線表示「背景」（ground）或「基底」（base），也可說是「認知域」[34]；虛線表示

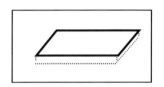  

「條」＋「手帕」　　「塊」／「片」＋「手帕」　　「件」＋「手帕」
認知域：二維空間　　認知域：三維空間　　　認知域：材質、功能

圖三　量詞「條、塊、片、件」搭配「手帕」時展現的「認知出發點」

32 雖然在北大現代漢語語料庫和臺灣現代漢語平衡語料庫並沒有「一件手帕」（於2011年3月7日查找，其中「塊」的使用率比「條」高，估計與現代手帕沒有顯著長狀有關），但利用谷歌搜索引擎卻有25,800條「一件手帕」（瀏覽日期：2011年3月7日），多出現在中國的拍賣網站、武俠小說、言情小說、部落格等，這說明「件＋手帕」不是馬來西亞華語獨有的現象，其也出現在其他地區，值得在此著墨討論。

33 Langacker, Ronald W. *Foundations of Cognitive Grammar, Vol I: Theoretical Prerequisites* (Stanford, California: Stanford University Press, 1987), pp.144-145.

34 Langacker (p.147)，認為「認知域」是刻畫語義單位的語境。

沒有或不需進入認知過程的範圍。

　　依上圖三所示，以量詞「條」搭配「手帕」時，對「手帕」的「認知出發點」是「長形的表面」，認知域是「二維空間」。即使現代「手帕」本身不是長形的，但因為古代手帕從「巾」發源（甲骨文「巾」字即象布巾下垂之形，在《說文解字》中「巾，佩巾也」），最初「巾」的量詞為「條」（出現在唐代文獻《入唐求法巡禮行記》），因約定俗成，任何形狀的「手帕」都可搭配「條」；以量詞「塊」或「片」搭配「手帕」時，對「手帕」的「認知出發點」是「薄」（即上下表面的短小距離），背景為「三維空間」；當被試者們不使用符合「標準」的量詞「條」、「塊」、和「塊」語義界線模糊的「片」而採用量詞「件」搭配「手帕」時，其對手帕的「認知出發點」則是「織物」、「人類貼身物」、「用以擦汗、鼻涕等人類身體分泌物」等，認知域不是之前的「空間」，而是「材質」與「功能」。「件」能搭配「衣物」，「衣物」是「織物」、「人類貼身物」，此兩點與「手帕」相連，故產生此種搭配。另外，曾有不少研究指出物件硬度對孩童的影響[35]，他們指出孩童認識一個較硬的新穎物件後，常以形狀為媒介引申尋找另一個與之相同的物件；而如果認識的新穎物件是較軟的，則常以材質為媒介引申尋找另一個與之相同的物件。前者稱為「形狀偏好」（shape bias），後者稱為「材質偏好」（material bias），這項研究結果也可輔助我們解釋為何被試者對「手帕」的「認知出發點」為材質而使用量詞「件」，「手帕」是軟的，因此分類時有些被試者會忽略其形

---

35 Landau, B., L. B. Smith, & S. S. Jones. "The Importance of Shape in Early Lexical Learning," *Cognitive Development*, Volume 3, Issue 3 (July 1988) pp.299-321; Landau, B., L. B. Smith, & S. S. Jones. "Object Perception and Object Naming in Early Development," *Trends in Cognitive Sciences* 2 (1998): 19-24; Samuelson, L. K. and L. B. Smith. "Early Noun Vocabularies: Do Ontology, Category Organization and Syntax Correspond," *Cognition* 73 (1999): 1-33.

狀而將注意力放在材質上。

又如實驗二中的「蚊香」，被試者們共使用了七個非「個」量詞搭配「蚊香」，有「捲」（20%）、「片」（5%）、「條」（5%）等。使用「捲」搭配「蚊香」表示被試者對「蚊香」的「認知出發點」在於蚊香的藥料是捲著的，即線狀彎轉成圓狀；使用「片」搭配表示被試者的「認知出發點」在於蚊香的藥料是薄狀的；使用「條」搭配則表示被試者的「認知出發點」在於蚊香的藥料是長狀的。有的被試者先受物體的某種形狀特質吸引，有的先受某種功能特質或其他特點吸引，因此造就了繁複紛呈的「一名多量」現象，故此我們提出得加上「認知出發點」的說法方能解釋通透。

六 結語

綜上所述，我們成功驗證馬來西亞華人為名詞選擇量詞時，除了方言因素，確實存有內在動因如量詞本身的特性、人們對名詞的認知等影響他們的選擇，提供研究馬新華語量詞使用的新視野。馬來西亞不是普通話根深柢固的地方，目前因南方方言使用的消減也不能算是南方方言根深柢固的地方，因此造成目前其華語量詞使用呈現自由的狀態，時而「普通話用法」或「方言用法」，時而「兩者皆非」的用法，「件」搭配「手帕」就是「兩者皆非」的典型例子。我們認為這種量詞使用現象很能反映被試者們對事物的「認知出發點」是不同的這一特徵和量詞的語義模糊性與不可定義性，證明語言本身除了具有客觀義，也具有主觀義，並非一個自足的認知系統。我們從本研究也可看到實際調查量詞的使用情況也能幫助我們進一步瞭解語言與認知的關係，值得以此方法繼續深掘探討呈動態發展的量詞。

參考資料

中文

陳重瑜：《華語研究論文集》，新加坡：新加坡國立大學華語研究中心，1993年。

褚佩如、金乃逯編著，劉莉、呂新莉譯：《漢語量詞學習手冊》，北京：北京大學出版社，2002年。

房玉清：《實用漢語語法》，北京：北京語言大學出版社，2008年。

傅麗君：〈新加坡華語與普通話常用名量詞的對比研究〉，新加坡：新加坡國立大學中文系榮譽學士論文，2002-2003年。

高華年：《廣州方言研究》，香港：商務印書館，1980年。

郭先珍、王玲玲：〈量詞的模糊性〉，見《漢語學習》1994年第3期，頁37-39。

何耿鏞：《客家方言語法研究》，廈門：廈門大學出版社，1993年。

何　傑：《現代漢語量詞研究》（增編版），北京：北京語言大學出版社，2008年。

李計偉：〈論量詞「根」的形成與其認知語義的多向發展〉，見《語文研究》2010第3期，頁34-38。

李行健主編：《現代漢語量詞規範詞典》，雪蘭莪：聯營出版公司，2008年。

陸儉明：〈新加坡華語語法的特點〉，見周清海編著：《新加坡華語詞彙與語法》，新加坡：玲子傳媒公司，2002年。

陸潔娟：〈幼兒對形狀量詞的運用〉，見新加坡華文研究會編：《新加坡世界華文教學研討會論文集》，新加坡：新加坡華文研究會，1990年。

羅美珍、林立芳、饒長溶：《客家話通用詞典》，廣州：中山大學出版社，2004年。

呂叔湘：《現代漢語八百詞》（增訂本），北京：商務印書館，1999年。

麥　耘、譚步雲編：《實用廣州話分類詞典》，廣州：廣東人民出版社，1997年。

歐陽覺亞：《普通話廣州話的比較與學習》，北京：中國社會科學出版社，1993年。

邱湘雲：〈閩南話和客家話的「量詞」——與國語比較〉，見《玄奘人文學報》2007年第6期，頁1-26。

王　惠：《現代漢語名詞詞義組合分析》，北京：北京大學出版社，2004年。

吳英成：《新加坡華語語法研究》，新加坡：新加坡文化研究室，1986年。

吳振國：〈語義模糊性的幾種表現方式〉，見《語言文字應用》2001年第3期，頁50-54。

楊秀芳：《臺灣閩南語語法稿》，臺北：大安出版社，1991年。

中國社會科學院語言研究所詞典編輯室編：《現代漢語詞典》（第五版），北京：商務印書館，2005年。

周長楫：〈略論廈門話量詞〉，見《廈門大學學報（哲學社會科學版）》1985年第1期，頁128-133。

周長楫：《閩南話與普通話》，北京：語文出版社，1991年。

外文

Landau, B., L. B. Smith, & S. S. Jones. "The Importance of Shape in Early Lexical Learning," *Cognitive Development*, Volume 3, Issue 3 (July 1988), pp.299-321.

Landau, B., L. B. Smith, & S. S. Jones. "Object Perception and Object Na-
　　ming in Early Development," *Trends in Cognitive Sciences* 2,
　　1998: 19-24.

Langacker, Ronald W. *Foundations of Cognitive Grammar, Vol I: Theoretical
　　Prerequisites*. Stanford, California: Stanford University Press,
　　1987.

Lin, Ching-yi Bonnie. "A Production Experiment of Mandarin Classifier
　　Selection," in Master's Dissertation, National Taiwan Normal
　　University, 2001.

Samuelson, L. K. and L. B. Smith. "Early Noun Vocabularies: Do Ontology,
　　Category Organization and Syntax Correspond," *Cognition* 73,
　　1999: 1-33.

Tai, James H-Y. and Lianqing Wang. "A Semantic Study of the Classifier
　　Tiao(條)," *Journal of the Chinese Language Teachers Association*
　　25.1, 1990: 35-56.

Tzeng, Ovid J. L., Sylvia Chen, and Daisy L. Hung. "The Classifier Problem
　　in Chinese Aphasia," *Brain and Language* 41.2, 1991: 184-202.

Zadeh, L. A. "Fuzzy Sets," *Information and Control* 8 (1965): 338-353.

網路資源

北京大學漢語語言學研究中心「CCL 語料庫」。

谷歌搜索引擎。

臺灣中央研究院「現代漢語平衡語料庫」。

孟改芳：《教學用的普通話（二）》，見香港中文大學普通話教育研究及
　　發展中心網頁，網址：http://www.fed.cuhk.edu.hk/~pth/pth_pa
　　ssage01.php?passage=189，瀏覽日期：2011年4月11日。

Department of Statistics Malaysia. *Monthly Statistical Bulletin Malaysia*,
April 2010. 19 June 2010. http://www.statistics.gov.my/portal/
index.php?option=com_content&view=article&id=465%3Aonli
ne-publications-monthly-statistical-bulletin-malaysia-april-2010
&ca tid=61&Itemid=53&lang=en.

從歷時語義角度看「條＋命」、「條＋新聞」的搭配原因[*]

一　前言

　　一個沒有實體的事物，彷彿縹緲得不可言語，不僅學習時難以瞭解，表達時亦難臻具體生動。為了更好地理解或表達這些無實體名詞，說某種語言的族群通過聯想將之具體化，賦予它們形狀，「化無形為有形」。究竟它們如何「化無形為有形」？若我們以語言為研究手段，如分類量詞，能看出幾許端倪。例如「生命」、「新聞」，兩者均無實體可言，然而在普通話中有「一條生命」、「一條新聞」這類「數詞＋量詞＋名詞」的短語。一般來說「條」是用於劃分長條狀範疇的量詞，那麼普通話使用者是不是認為「生命」和「新聞」是長條狀的？此問題有助於我們探討分類量詞的語義問題與人類認知課題，值得深究。針對這個問題，學者們提供不少創意解釋，貫徹「大膽假設」，但缺乏「小心求證」，僅蜻蜓點水似地提出自己的解釋，頗為可惜。因此，本文嘗試通過歷時文獻查證的辦法，檢驗歷來學者對「條＋命」和「條＋新聞」的搭配解釋，就這兩對搭配作一初步分析。

＊　本文刊於：朱巧明、姬東鴻、孫茂松、周國棟編：《第十一屆漢語詞彙語義學研討會論文集》（新加坡：中文與東方語文信息處理學會〔研討會於蘇州大學舉行〕，2011年），頁60-68。

（一）「條」在先秦時代的語義

漢代許慎《說文解字》：「條，小枝也。」據我們查找的先秦資料中，[1]「條」除了本義「樹枝」外，尚有幾個義項，茲將「條」的義項和例子羅列如表一：

表一　先秦時代「條」的義項

先秦時代「條」的義項	例子
樹枝	「蠶月**條**桑，取彼斧斨。」（《詩經・豳風・七月》） 「群木蕃滋數大，**條**直以長」、「群木安（逐）遂，條長數大」（《管子・地員第五十八》） 「秋風兮蕭蕭，舒芳兮振**條**。」（《楚辭・九懷・蓄英》） 「其木多棕，其草多**條**。」（《山海經・北山經卷三》）
時間長	「有女仳離，**條**其歗矣。」（《詩經・王風・中谷有蓷》） （條：長。條嘯，即長嘯，長長的噓氣出聲。）
修長	「厥土黑墳，厥草惟繇，厥木惟**條**。」（《尚書・夏書・禹貢》）
層次；秩序；條理	「若網在綱，有**條**而不紊。」（《尚書・商書・盤庚上》） 「金聲也者，始**條**理也。玉振之也者，終**條**理也，始**條**理者，智之事也。終**條**理者，聖之事也。」（《孟子・萬章下》）
東北方的（條：條治。條風居東北，主出萬物，條指條治萬物而出之）	「其南有谷焉，曰中谷，**條**風自是出。」（《山海經・南山經卷一》） 「東北五百里，曰**條**谷之山，其木多槐桐，其草多芍藥、門冬。」（《山海經・中山經卷五》）

---

1 資料包括：《周易》、《尚書》、《詩經》、《周禮》、《儀禮》、《禮記》、《春秋左傳》、《公羊傳》、《穀梁傳》、《論語》、《孟子》、《楚辭》、《山海經》、《管子》、《莊子》、《韓非子》。

先秦時代「條」的義項	例子
姓	「**條**狼氏，下士六人、胥六人、徒六十人。」（《周禮·秋官司寇第五》） 「殷民六族，**條氏**、徐氏、蕭氏、索氏、長勺氏、尾勺氏。」（《春秋左傳·定公（元年～十五年）》）
地名	「伊尹相湯伐桀，升自陑，遂與桀戰於鳴**條**之野，作《湯誓》。」（《尚書·商書·湯誓》） 「何**條**放致罰，而黎服大說？」（《楚辭·天問》）（條：鳴條）
水名	「**條**菅之水出焉，而西南流注於長澤。」（《山海經·北山經卷三》）（條菅：古代水名）
山名	「又南三百里，曰番**條**之山，無草木，多沙。」（《山海經·東山經卷四》）（番條：古代山名）
借字	（1）「揢」，即山楸樹：「終南何有？有**條**有梅。」（《詩經·秦風·終南》） （2）「滌」：「感**條**暢之氣而滅平和之德。是以君子賤之也。」（《禮記·樂記第十九》）（條暢：滌蕩） （3）「絛」（用絲線編織成的圓的或扁平的帶子，可以鑲衣服、枕頭、窗簾等的邊）： 「革路，龍勒，**條**纓五就，建大白，以即戎，以封四衛。」（《周禮·春官宗伯第三》）

從上表可見，「條」在先秦時代尚未具有量詞資格。另外，我們也可看到「條」從本義出發後的兩個引申方向：一是「長」，人們對「樹枝」的關注點在於其長度，因此引申指「時間長」和「修長」；二是「分項」，人們對「樹枝」的關注點在於其作為樹的分支，因此引申指「層次／秩序／條理」。

（二）「條」量詞資格的出現

　　所謂的「量詞資格」，主要可從語法和語義來定義。語法上，「量詞是連用語位，可構成定－量式復合詞」[2]。如從歷時角度看漢語量詞的產生到發展，數詞、量詞、名詞的排序大致經歷五個時期：「名＋數」、「數＋名」、「名＋數＋名」、「名＋數＋量」、「數＋量＋名」[3]，最後一個階段就是趙元任所說的「定－量式復合詞」；語義上，「漢語的『量詞』概念含有『度量』和『分類』兩種面向的特質」[4]，其中我們認為分類量詞（classifier）「主分類，輔度量」，「度量詞」（measure word）「主度量，輔分類」。

　　關於「條」量詞資格的出現，王力[5]認為量詞「條」「後來發展為單位詞，也可能先用於樹木方面。但現在只找到唐代的一些例子，如：『楊柳千條花欲綻』（沈佺期詩）、『風折垂楊定幾條』（高啟詩）。以上這些『條』字可能用的是原義。後來用途擴大了，細長、狹長（或長）的東西一般都可以稱『條』。『繩萬條』……此外還有一些例子：『謹上襪三十五條』（《西京雜記》）、『剩蹙黃金線幾條』（孫棨詩）。」劉世儒[6]指出其中問題，認為「條」從本義「樹枝」引申一步用為「集體量詞」（舉的例子為《宋書·禮志》「皇后東面，躬桑，采三條」），再引申一步泛用於一切條狀之物，發展至此方算具備量詞資格，認為王力舉出的唐詩例子與「繩萬條」都「不合事實」。

　　據孟繁傑的研究發現，具備量詞語義與語法資格的「條」最先並

2　趙元任著、丁邦新譯：《中國話的文法》（香港：中文大學出版社，2002年），頁295。
3　黃載君：〈從甲骨文、金文量詞的應用考察漢語量詞的起源與發展〉，《中國語文》第6期（1964年），頁432-441。
4　蘇欣敏：〈現代漢語臺灣口語量詞分類研究〉（臺北：臺灣師範大學華語文教學研究所碩士論文，2008年），頁7。
5　王力：《漢語史稿》（北京：中華書局，2004年），頁278。
6　劉世儒：《魏晉南北朝量詞研究》（北京：中華書局，1965年），頁101。

不是與樹木搭配[7]。此觀點與王、劉不同。經過我們查找，確實如此，其先是與刑法類、道路類、繩子類、衣服類搭配：

「又讀五條詔書敕，讀畢，罷遣，敕曰……」（《漢舊儀》）

「今大辟之刑千有餘條，律、令煩多。」（《漢書・刑法志》）

「又增法五十條，犯者徙之西海。」（《漢書・王莽傳》）

「樂浪朝鮮民犯禁八條。」（《漢書・地理志》）

「披三條之廣路，立十二之通門。」（〈西都賦〉）

「紘一條屬兩端於武，纁不言皆，有不皆者，此為袞衣之冕。」（《周禮・弁師》，鄭玄注）（紘：古代帽子上的帶子，用來把帽子繫在頭上）

「條屬者通屈一條繩，若布為武，垂下為纓。」（《禮記・雜記》，鄭玄注）

「謹上裞三十五條。」（《西京雜記》）（裞：贈送的衣服）

孟也提到：「『條』由名詞虛化為量詞的時代基本上確定為東漢早期，或者嚴格地說不晚於東漢早期」，這種說法我們認為可信，因為以上資料顯示，「條」至遲在《漢舊儀》的產生年代已具備量詞資格，此書由東漢早期學者衛宏所著，「五條詔書敕」顯然是「數＋量＋名」的方式。除了確立「條」具量詞資格的時間，從以上資料也可看出量詞「條」與非實體名詞（如「刑」、「法」）的搭配很早就開始了。可見，當某個詞開始具備量詞資格時，搭配對象並不一定從本義（如「條」本義「樹枝」）出發，從引申義（如「條」的引申義「層次秩序條理」）始而搭配名詞也是可能的。

7　孟繁傑：〈量詞「條」的產生及其歷史演變〉，《寧夏大學學報（人文社會科學版）》第31卷第1期（2009年），頁35-40。

二 「條＋命」組合的形成

為何長條狀分類量詞「條」能與非實體名詞「人命」搭配？目前主要看到兩種說法，即「道路說」與「人體說」。提出「道路說」的，如張敏認為：「（條用來）計量『人命』，是將人生比作生命旅程，旅程的路線是長條形的可彎曲的」[8]；周伊也認為：「人的生命就好像是一段旅程，有起點也有終點，正向我們所走的道路一樣，因此，計量道路的『條』也被用來計量『人命』」[9]。另一邊廂，提出「人體說」的有戴浩一和王連清，他們認為「（人命）自然而然與人的長狀身體聯繫」[10]；朱曉軍亦抱持相同看法，認為「當我們說『一條漢子』或『一條命』時，實際上是把人這個生命看作世間的一個生物，躺平來看，也是一種『長形物』」[11]。以下將通過歷時方式看「條＋命」和其他相關的組合，以確定「人體說」的可確認程度。

（一）「條＋命類名詞」

在早期文獻，「命」絕大多數指「命令」、「天命」，少數則指人的「性命」（「壽命」），如：

> 「有顏回者好學，不遷怒，不貳過。不幸短命死矣！」（《論語・雍也第六》）

8　張敏：《認知語言學與漢語名詞詞組》（北京：中國社會科學出版社，1998年），頁38。

9　周伊：〈量詞「條」與「根」的辨析〉，《安徽文學：說文解字》第8期（2008年），頁281。

10　Tai, James H-Y. and Lianqing Wang. "A Semantic Study of the Classifier *Tiao*(條)." *Journal of the Chinese Language Teachers Association* 25.1, 1990, p.42.

11　朱曉軍：〈認知語言學視角下的漢語個體量詞搭配——以「條」為例〉，《語言與翻譯（漢文）》第4期（2006年），頁31。

「屈原放流九年。憂思煩亂。精神越散。與形離別。恐命將終。所行不遂。」（《楚辭‧大招》）

我們可以看到，至遲在春秋時，「性命」的概念已經出現；而如上所述「條」至遲在東漢早期開始被用為量詞。至於兩者的搭配，在《京本通俗小說》裡有所出現：

「這回書單說一個官人，只因酒後一時戲笑之言遂至殺身破家，陷了幾條性命。」（南宋話本：〈錯斬崔寧〉）

《京本通俗小說》現存十卷九篇話本小說，由繆荃孫於一九一五年刊印。原書不知何人所編，卷數、篇數均不詳。據繆氏跋語稱，該書是他發現的元人寫本。有學者認為此書抄自《警世通言》、《醒世恆言》，竄易詞句，改題篇目，乃繆荃孫偽造。因此，既然此書的著作年代無法在學術界定案，若單憑藉此例斷定「條＋命」的例子出現在南宋似乎不大可靠。我們再看別的例子，在《清平山堂話本》中就有「條＋命」的例子：

「尋條繩兒只一吊，這條性命同他要！」（南宋話本：〈快嘴李翠蓮記〉）

另外在元代話本中也有一些例子：

「我陳商這條性命都在乾娘身上。」（元話本：《喻世明言‧蔣興哥重會珍珠衫》）
「活了我這條性命。」（元話本：《喻世明言‧金玉奴棒打薄情郎》）

「救弟子一條草命！」（元話本：《警世通言·白娘子永鎮雷峰塔》）

如果說這批例子也不足以說明「條＋命」出現的時間（話本的傳抄性質造成話本的不可靠性），那麼我們起碼能確定「條＋命類名詞」的例子到了明代就已大批出現，文獻如《三寶太監西洋記》、《初刻拍案驚奇》、《二刻拍案驚奇》、《今古奇觀》、《喻世明言》、《水滸全傳》等均有記載，如：

「眾匠人接著這個一條的命。」（《三寶太監西洋記》）
「這條性命，一大半是閻王家的了。」（《初刻拍案驚奇》）
「只是送你一條性命也是罪過。」（《今古奇觀》）

（二）「條＋漢子類名詞」

量詞「條」並不與「人」結合，僅與「人」的下位詞「漢子」結合，請看以下例子：

「三條好漢、三條樸刀，唬得五個人頂門上蕩了三魂，腳板下走了七魄⋯⋯」（南宋話本：《警世通言·萬秀娘仇報山亭兒》）
「咳，正是一條好漢。這的擎天白玉柱，架海紫金梁，天子百靈咸助，將軍八面威風。」（《樸通事》）
「（俫打手勢科）（正末云）是一條大漢，捵起衣服，扯出刀來殺了你父親，丟在井裡。」（《包待制智勘後庭花》）

同樣的，由於話本時間不可靠性，若不看首個例子，那麼「條＋漢子類名詞」應至遲在元代出現，因為《樸通事》是元末明初時專供

朝鮮人學漢語的課本，以當時的北京話為標準音而編寫，而《包待制智勘後庭花》則是元代鄭廷玉所作的雜劇，均是可信語料。「條＋漢子類名詞」也是到了明代才大批出現，如：

> 「船上共有五條好漢在上，兩船上一般咳嗽相應。」（《喻世明言・臨安裡錢婆留發跡》）
>
> 「那人見了史進長大魁偉，像條好漢，便來與他施禮。」（《水滸全傳》）

（三）從詞彙角度看古代人對身體形狀的認知

語言可反映思維，從詞彙本身可看出人們的認知。以下表二中的幾個詞和詞組能反映古代人們認為人的身體是長形的：

表二　古代反映人身是長形的詞和詞組

古代反映人身是長形的詞和詞組	例子
身長	「今將軍兼此三者，身長八尺二寸。」（〔戰國〕《莊子・雜篇・盜跖第二十九》）
長身	「吾見其孫，白而長身。」（〔唐〕《唐正議大夫尚書左丞孔公墓誌銘》）
赤條條	「直須是通身赤條條地不掛寸絲始得。」（〔南宋〕《佛語錄・古尊宿語錄》） 「一個高卓上脫下衣裳，赤條條的仰白著臥。」（〔元〕《樸通事》）
苗條[12]	「妖嬈，滿面兒撲堆著俏；苗條，一團兒衢是嬌。」（〔元〕

---

12 「苗條」原義為「細長的樹枝」，〔宋〕史達祖〈臨江仙〉：「草腳春回細膩，柳梢綠

古代反映人身是長形的詞和詞組	例子
	雜劇〕《西廂記》)
長漢	「酒家道：『你這條長漢，倘或醉倒了時，怎扶的你住？』」(〔明〕《水滸全傳》)
細條身子	「爬進牆去，卻見個細條身子的與花蝶動手，是我跳下牆去幫助。」(〔清〕《七俠五義》)
長條身材	「長條身材，瓜子臉兒，別有一種旖旎動人的姿態。」(〔清〕《九尾龜》)
代詞／數詞＋條＋身子	「我才得騰出這條身子來。」(〔清〕《俠女奇緣》)
代詞／數詞＋條＋影子	「只見有一條影，往前邊去了。」(〔清〕《續濟公傳》)「一條人影噗的穿將進來。」(〔清〕《九尾龜》)

（四）「條＋命」的搭配解釋

以上我們歷時考究「人體說」的相關語料後，得出以下歷時過程（括號內的朝代是我們所能找到的其出現在文獻的最早時間，即便不是最早也屬至遲時間）：

「身長」（戰國）→「長身」（唐）→「赤條條」（南宋）→「苗條」、「條＋漢子類名詞」（元）→「條＋命類名詞」（明）→「長條身材」、「細條身子」、「條＋身子」、「條＋影子」。（〔清〕）

轉苗條」，後來引申為形容婦女身材細長，婀娜多姿。

我們認為，表形狀量詞「條」與「命類名詞」的搭配是以「條＋漢子類名詞」為基礎的，「條＋漢子類名詞」經過譬喻引申（"meta-phorical extension"，戴浩一等語）至「條＋命類名詞」，沿用「漢子」的量詞「條」。「條＋漢子類名詞」則是在「身長」、「長身」、「赤條條」這些詞的基礎上延伸出來的搭配。簡言之，人們先認為身體是長條狀的，進而認為人是長條狀的，再進而通過譬喻引申，認為無形狀的「命」與「人」的關係密不可分（古代「條＋命」的記錄均指「人」的生命），因此也將「命」認知為長條狀的了。

至於張敏、周伊提出的「道路說」（即人的生命就像是一段旅程的說法），成立的可能性較低，因為從歷時角度看，此種說法並不具備足以讓人信服的歷時解釋，而且若是如此，也難以解釋為何「命」不能搭配其他如「段」、「支」等也適用於旅程／路線的量詞。

三　「條＋新聞」組合的形成

目前學界對於「條」搭配「新聞」的解釋主要有四種：一、「語流串／文字鏈說」。張敏認為：「用口語傳達信息時，新聞、建議、廣告等被感知為一條線性的語流串，用書面語傳遞時則表現為文字鏈，而由於紙張篇幅的限制，文字鏈常常需要另起行的，這就體現了可彎曲的特性。」[13]唐苗認為：「這類抽象事物如果是口頭表述，則語音連續不斷，如果是筆頭表達，則文字也呈線性排列，因此仍然可以用量詞『條』計量」[14]；二、「電線／光纜線說」。張敏認為在人們的觀念

---

13 張敏：〈名量詞「道」與「條」的辨析〉，《湖北教育學院學報》第23卷第7期（2006年），頁38。

14 唐苗：〈量詞「條」與「根」的比較研究〉，《武漢理工大學學報》（社會科學版）第20卷第4期（2007年），頁562-564。

中，新聞傳播的主要載體是電線、光纜線，這些都是細長形的實體，所以「一條新聞」涉及到通訊的「導管隱喻」[15]；三、「直寫說」。戴浩一等認為這項譬喻引申與古代人直寫新聞、法律文件、合同、意見等的傳統有關，並認為多數以普通話為母語的說話人至今仍能聯想到這種歷史經驗[16]；四、「簡帛說」。龍濤認為古代建議之類的東西是寫在竹簡或書帛上的，而竹簡和書帛是長形物體，與鐵路、街這樣的長形物的圖式相同[17]。以下我們同樣採用歷時方法驗證「簡帛說」的可能性。

（一）「分類量詞＋新聞」

「新聞」這個詞至遲已在南朝出現：

> 「於是聖道彌綸，天運遠被，玄化東流，以慈繫世，仁眾生民，黷所先習，欣所**新聞**，革面從和，精義復興。」〔南朝劉宋〕（朱昭之〈與顧歡書難夷夏論〉，見〔清〕嚴可均輯《全宋書》）

此處「新聞」與「先習」相對，呈反義關係，「先習」指的是「先前的習慣／學習過的知識」，「新聞」則指的是「新知識」。以下表三羅列「新聞」這個詞在古代的義項：

---

15 張敏：《認知語言學與漢語名詞詞組》（北京：中國社會科學出版社，1998年）。

16 Tai, James H-Y. and Lianqing Wang. "A Semantic Study of the Classifier *Tiao*(條)", *Journal of the Chinese Language Teachers Association*, 25.1, p.42.

17 龍濤：〈量詞對名詞空間義的表達〉，《湖南科技大學學報（社會科學版）》第7卷第5期（2004年），頁86-90。

表三　古代「新聞」的義項

古代「新聞」的義項	例子
新知識	「黷所先習，欣所**新聞**。」（〔南朝劉宋〕〈與顧歡書難夷夏論〉） 「尊者存心不易論。要教舊話得**新聞**。」（〔北宋〕《禪林僧寶傳》）
新近聽來的消息／社會上新近發生的事情	〔唐〕《南楚**新聞**》（按：《南楚新聞》是由唐代尉遲樞寫的筆記，約十七篇，以人名、事名為篇名，像小故事般記錄奇人異事） 「將這樁事只當做聞風言事的一個小小**新聞**……」（南宋話本：〈錯斬崔寧〉） 「沒甚**新聞**，只聽的高麗新事來。」（〔元〕《樸通事》） 「石城縣把這件事當做**新聞**，沿街傳說。」（元話本：〈陳御史巧勘金釵鈿〉）
有別於正式朝報的小報	「邊報，沿邊州郡，列日具幹事人探報平安事宜，實封申尚書省、樞密院；朝報，日出事宜也，每日門下後省編定，請給事判報，方行下都進奏院，報行天下，其有所謂內探、省探、衙探之類，皆衷私小報，率有漏泄之禁，故隱而號之曰**新聞**。」（〔宋〕《朝野類要‧文書》）
泛指報紙	「吾並將此文譯為英、佛、露、獨各文，送各國**新聞**登之。」（〔清〕《宋漁父日記》）

從以上語料可看出，「新聞」二字的本義為「新的見聞」，即「新知識」，後來引申至「新近聽來的消息／社會上新近發生的事情」，在少數的例子中也可指「報紙」。根據《現代漢語詞典》（第五版），「新聞」只有兩個義項，即「報社、通訊社、廣播電臺、電視臺等報導的消息」與「泛指社會上最近發生的事情」。由此看出，古代「新聞」來到現代，其第一、三、四條義項已經剝落，僅存第二條義項。

　　可以搭配「新聞」的分類量詞有好幾個，經過整理，請見以下
表四：

表四　搭配「新聞」的分類量詞[18]

分類量詞	例子	次數（據北大古代漢語語料庫）	次數（據臺灣平衡語料庫）
段	「學士回家，將這段新聞向夫人說了，夫人亦駭然。」（元話本：〈唐解元出奇玩世〉）	17	1
件	「那時滿城人家盡皆曉得，當做一件新聞，扶老挈幼，爭來觀看。」（〔明〕《醒世恆言・白玉娘忍苦成夫》）	12	1
個	「也有一班妒忌魏生少年登高科的，將這樁事只當做風聞言事的一個小小新聞，奏上一本，說這魏生年少不檢，不宜居清要之職，降處外任。」（〔明〕《醒世恆言・十五貫戲言成巧禍》）	6	10
齣	「揚州城裡傳遍了這齣新聞，又是強盜，又是姦淫事情，有婦人在內，那一個不來觀看。」（〔明〕《醒世恆言・蔡瑞虹忍辱報仇》）	3	-
條	「閱新聞紙，其中一條言：何根雲六月初七正法，讀之悚懼惘悵。」（〔清〕《曾國藩家書》）「只因報上各條新聞，總脫不了『傳聞』、『崐或謂』、『據說』、『確否容再探尋』等字樣。」（〔清〕《二十年目睹之怪現狀》）	4	3
樁	「談一樁野雞道台的新聞，談了半天，就忘記了。」（〔清〕《二十年目睹之怪現狀》）	7	1

---

18 表中例子乃於2009年11月21日擷取自北大古代漢語語料庫；次數二欄乃於2009年11
　月21日瀏覽與統計。

分類量詞	例子	次數（據北大古代漢語語料庫）	次數（據臺灣平衡語料庫）
項	「惟有京城裡出了這一種寶貨，就永無此項新聞了，豈不是維持風化麼。」（〔清〕《二十年目睹之怪現狀》）	3	2
則	「一日餘見報上載有新聞一則，謂康有為已由巴達維亞行抵新加坡云云。」（〔清〕《清宮禁二年記》）	4	28
張	「前仌黃乂漢給鄭紹畞看的那張新聞，便是他發表的成績。」（〔民國〕《留東外史》）	2	-

從上表可見，古代「新聞」的量詞選用分布相當零散，現代「則」的選用率最高，約占百分之六十，如不計通用量詞「個」，其選用率約占百分之七十八。「條」的選用則較少，古今選用率均不超過百分之十，最早大約出現在清代的《曾國藩家書》裡。不過「條」與「新聞」的搭配還是不容小覷的，如從詞彙來看，臺灣平衡語料庫中「頭條新聞」這個詞組就出現了九次（「新聞」的總筆數1110），以「頭條」為關鍵詞在谷歌搜索，也有一千多萬筆資料（10,800,000）。[19]因此「條」與「新聞」的關係仍值得研究，尤其「條」尚有針對新聞而創造新詞的生命力。[20]

---

19 於2009年11月21日通過google網站www.google.com搜索。

20 所謂「頭條」，即「第一條」，指的是報紙版面上方第一個最醒目的欄目，用於發表重要新聞或文章。北大古代漢語語料庫中並無「頭條新聞」的記錄，《現代漢語詞典》（第五版）並無收錄「頭條」。然而，在許多中國網站均可看到「頭條」此詞，如中國《人民日報》的官方網站「人民網」中有「精彩頭條一覽」、「新華網」有「新華網頭條」等欄目，香港也有《頭條日報》。可見，「頭條」屬於一個尚未收錄進詞典的新詞。其可作主語（如「新華網頭條」），也可作定語「頭條新聞」，屬於偏正式複合詞。

（二）「分類量詞＋簡帛類名詞」

「條＋新聞」的搭配至遲從清代開始，因此以下考察清代或清代以前的文獻，根據「簡帛類名詞」所搭配的分類量詞，看看古代人們對「簡帛」的認知，驗證能否以「簡帛說」解釋「條＋新聞」。結果發現，「簡帛類名詞」最早應是與「片」搭配（「簡謂據一片而言，策是編連之稱」〔漢〕《儀禮注疏》），其多與「枚」、「片」、「塊」搭配，並不與表長狀分類量詞搭配。茲將用例列舉如下表五：

表五　搭配「簡帛類名詞」的分類量詞

分類量詞	例子
枚	「用竹簡十二枚，六枚與軸等……」、「正策三廉，積二百一十六枚……負策四廉，積一百四十四枚。」（〔唐〕《隋書》） 「今玉策四枚，各長一尺三寸，廣一寸五分，厚五分」、「又造玉策三枚，皆以金繩連編玉簡為之」（〔五代〕《舊唐書》） 「有赤幘吏來，捉數枚簡及一筆，問此是何人……」（〔北宋〕《太平廣記》） 「皇太子冊，用珉簡六十枚，乾道中，用七十五枚，每枚高尺二寸……」（〔元〕《宋史》）
片	「竹簡一片為一札，此筋條亦有簡別，故讀從之也。」（〔漢〕《周禮注疏》） 「外有犁鋤、钁畚、衻褕之具，內有殘簡數片而已，別無一物也。」（〔明〕《夏商野史》）
塊	「我與你這塊絹帛兒，你見了那老兩口兒，只與他這絹〔帛〕兒……」（〔元雜劇〕《相國寺公孫合汗衫》） 「在魚腹中發現一塊絲帛，上寫『陳勝王』……」（〔明／清〕《三十六計》）

「枚」是古代通用量詞，如果我們姑且不談，那麼可看出古代人們對簡／帛的關注點並不在於長條狀，故使用其他表形狀分類量詞「片」與「塊」。

以下表六羅列「分類量詞＋簡帛類名詞」的相關詞，同樣沒有表長條狀分類量詞，唯有表平面狀分類量詞：

表六　「分類量詞＋簡帛類名詞」的相關詞和詞組

「分類量詞＋簡帛類名詞」的相關詞和詞組	例子
片札： 小簡、短信	「寄**片札**以招六校，騎都塞市……」（〔唐〕《梁書》） 「得**片札**為徵約，內應圖之，不數日可辨。」（〔明〕《異域周咨錄》）
片簡： 片斷的文字材料或指史書	「諸儒捃拾溝渠牆壁之間，得**片簡**遺文，與《禮》事相關者，即編次以為禮……」（〔六朝〕《全梁文》） 「如斯踳駁，不可殫論，固難以汙南、董之**片簡**，霑班、華之寸札。」（〔唐〕《史通》）
「幅＋札／簡」（此處「札」／「簡」指「信件」）	「偶獲孜與父平昔所嘗往來**筆札**累十**幅**，皆孜手跡也……」（〔唐〕《玉泉子》） 「世南嘗從親戚馬建家，見洪文敏公內**簡**一**幅**……」（〔宋〕《游宦紀聞》） 「賜精鎧、良馬、白金五千兩，別賜**手札**數**幅**，皆討賊方略。」（〔元〕《宋史》）

（三）「條＋新聞」的搭配解釋

從上所見，「簡帛說」信服力不強，表長條狀分類量詞在古代無法與簡帛搭配。若兩者相關，應說「一片新聞」、「一塊新聞」、「一幅

新聞」更為貼切。「直寫說」與「語流串／文字鏈說」的合理性同樣不高，如通告、小說、寓言、日記、筆記、詩、詞、聖旨、符等許許多多的文本在古代均為直寫的文字鏈，但它們並不以「條」為量詞。另外，「電線說／光纜線說」成立也很低，因其不符合歷時的考證：「條＋新聞」的搭配至遲在清代已存在，如曾國藩寫於同治元年（1862）七月廿五日的家書道：「閱新聞紙，其中一條言：何根云六月初七正法，讀之悚懼惆帳」（《曾國藩家書・致九弟季弟・服藥不可大多》）；而新聞的原始電訊傳播靠的是電報，電報在一八七一年才正式在中國通行。[21]由此可見，曾國藩寫家書的當時，社會尚未有「電線／光纜線」的新聞傳播觀念，而他的文章中已有「條」與「新聞」的搭配，因此「電線說／光纜線說」的信服力不高。

綜上所述，各家說法皆有不足之處。我們以為，「條」與「新聞」的搭配應與其「分項特徵」有關。以下圖一是我們以「命」與「新聞」為例所歸納的量詞「條」歷時搭配簡圖。若從歷時角度觀察分類量詞「條」的搭配對象，可發現其具有兩項語義特徵：〔＋長條狀〕與〔＋分項〕。「條」與「新聞」的搭配，其實是「新聞」的「分項特徵」使然，與長條狀解釋「簡帛說」、「直寫說」、「語流串／文字鏈說」、「電線說／光纜線說」等說法也許並無多大關係。最早指「新近聽來的消息／社會上新近發生的事情」的「新聞」是唐代的《南楚新聞》，裡面共有十七篇小故事（最短一篇為〈孔子廟衙官〉，42字；最長一篇為〈秦匡謀〉，435字）。十七篇小故事刊載在一個文本的形式具有「分篇特徵」，因此可說具有所謂的「分項特徵」。另外，最早

---

21 「光緒七年十月，督辦中國電報事宜盛宣懷與丹總辦大北電報公司恆寧生會訂收遞電報合同。先是同治十年，丹國大北公司海線，由香港、廈門迤邐至上海，一通新嘉坡、檳榔嶼以達歐洲，名為南線，一通海參崴，由俄國亞洲旱線以達歐洲，名為北線，此皆水線也。至同治十二年，又擅在上海至吳淞設有旱線。」（《清史稿・志一百三十四・邦交七》）。

出現「條」和「新聞」搭配的文獻中載道:「閱新聞紙,其中一條言……」,從「其中」二字可見「新聞紙」有好幾條新聞,這只是其中一條,足見「新聞」的「分項特徵」。

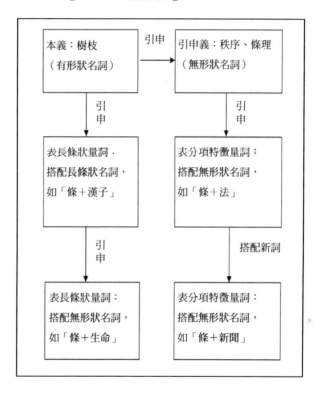

圖一　以「條＋命」與「條＋新聞」為例而歸納的量詞「條」歷時搭配簡圖

四　結語

目前學界針對「表形狀分類量詞＋非實體名詞」的搭配原因提供不少創意解釋,但缺乏驗證過程。因此,本文以歷時文獻查證來檢驗歷來學者對「條＋命」和「條＋新聞」的搭配解釋。結果發現,以

「人體是長形的」（人體說）解釋「條＋命」具有歷時語義證據，相對合理；而以「語流串／文字鏈說」、「電線／光纜線說」、「直寫說」、「簡帛說」解釋「條＋新聞」缺乏歷時語義證據，合理性較低。另外，我們從這項研究中發現分類量詞「條」具有「長條狀特徵」與「分項特徵」兩項語義特徵，前者源於「條」的引申義「長」，後者源於「條」的引申義「秩序／條理」，兩種引申義是源於人們對「條」本義「樹枝」的兩種認知。「條＋命」中的「條」的語義特徵是〔＋長條狀〕，「條＋新聞」中的「條」的語義特徵則是〔＋分項〕。本文僅以歷時手段嘗試找出較合理的解釋，其實也可通過實證手段進行深入分析，例如 Zhang 和 Schmitt 曾通過實證研究發現漢語母語者傾向於將同個分類量詞的物件歸為一類，以此認為漢語分類量詞會影響漢語母語者對物件的感知和記憶，驗證 Sapir-Whorf 的語言影響論[22]；Kuo 和 Sera 的研究也發現，漢語表形狀分類量詞影響漢語母語者傾向於用形狀分類物件，較少以物件功能進行分類[23]。然而，以上學者研究的測試材料均是實體名詞，那麼表形狀分類量詞機制會否影響漢語使用者對非實體名詞的形狀認知？人們為何對非實體名詞有如此的形狀認知？此種沿襲下來的表形狀分類量詞機制是否仍符合漢語使用者的形狀認知？這些都是具啟發性的課題，值得研究。

---

22 Zhang, Shi & Bernd Schmitt. "Language-Dependent Classification: The Mental Representation of Classifiers in Cognition, Memory, and Ad Evaluations." *Journal of Experimental Psychology* 4.4, 1998, pp. 375-376.

23 Kuo, Jenny Yi-chun & Maria D. Sera."Classifier Effects on Human Categorization: The Role of Shape Classifiers in Mandarin Chinese." *Journal of East Asian Linguistics* 18: (2009), pp.1-19.

參考資料

中文

北京大學漢語語言學研究中心《CCL 古代漢語語料庫》，參見網址：
　　　　http://ccl.pku.edu.cn:8080/ccl_corpus/index.jsp?dir=gudai，瀏覽
　　　　日期：2009年11月21日。

黃載君：〈從甲骨文、金文量詞的應用考察漢語量詞的起源與發展〉，
　　　　《中國語文》第6期，1964年，頁432-441。

劉世儒：《魏晉南北朝量詞研究》，北京：中華書局，1965年。

龍　濤：〈量詞對名詞空間義的表達〉，《湖南科技大學學報（社會科
　　　　學版）》第7卷第5期，2004年，頁86-90。

孟繁傑：〈量詞「條」的產生及其歷史演變〉，《寧夏大學學報（人文
　　　　社會科學版）》第31卷第1期，2009年，頁35-40。

蘇欣敏：〈現代漢語臺灣口語量詞分類研究〉，臺北：臺灣師範大學華
　　　　語文教學研究所碩士論文，2008年。

唐　苗：〈量詞「條」與「根」的比較研究〉，《武漢理工大學學報》
　　　　（社會科學版）第20卷第4期，2007年，頁562-564。

王　力：《漢語史稿》，北京：中華書局，2004年。

張　敏：《認知語言學與漢語名詞詞組》，北京：中國社會科學出版
　　　　社，1998年。

張　敏：〈名量詞「道」與「條」的辨析〉，《湖北教育學院學報》第
　　　　23卷第7期，2006年，頁37-38、99。

趙元任著、丁邦新譯：《中國話的文法》，香港：中文大學出版社，
　　　　2002年。

中央研究院歷史語言研究所：《漢籍電子文獻資料庫》，見 http://hanchi.
　　ihp.sinica.edu.tw/ihp/hanji.htm，瀏覽日期：2009年11月21日。

中央研究院資訊所、語言所詞庫小組：《中央研究院現代漢語平衡語
　　料庫》（*Academia Sinica Balanced Corpus of Modern Chinese*）
　　4.0版，見 http://dbo.sinica.edu.tw/ftmsbin/kiwi1/mkiwi.sh，瀏
　　覽日期：2009年11月21日。

周伊：〈量詞「條」與「根」的辨析〉，《安徽文學：說文解字》第8
　　期，2008年，頁280-281。

朱曉軍：〈認知語言學視角下的漢語個體量詞搭配──以「條」為
　　例〉，《語言與翻譯（漢文）》第4期，2006年，頁30-32。

外文

Kuo, Jenny Yi-chun & Maria D. Sera. "Classifier Effects on Human Cate-
　　gorization: The Role of Shape Classifiers in Mandarin Chinese."
　　Journal of East Asian Linguistics 18, 2009, pp.1-19.

Tai, James H-Y. and Lianqing Wang. "A Semantic Study of the Classifier
　　Tiao (條)." *Journal of the Chinese Language Teachers Association*
　　25.1, 1990, pp.35-56.

Zhang, Shi & Bernd Schmitt. "Language-Dependent Classification: The
　　Mental Representation of Classifiers in Cognition, Memory, and
　　Ad Evaluations." *Journal of Experimental Psychology* 4.4, 1998,
　　pp.375-385.

談戴浩一、王連清 "A Semantic Study of the Classifier *Tiao*（條）" 一文與原型理論

一　作者簡介

　　"A Semantic Study of the Classifier *Tiao*（條）"，篇名可譯為〈分類量詞「條」的語義研究〉（以下簡稱〈分〉），是由戴浩一教授（Professor James Hao-Yi Tai）和王連清教授（Professor Lianqing Wang）合寫的論文，於一九九〇年刊載在第二十五卷第一期的《中文教師協會學報》（*Journal of the Chinese Language Teachers Association*）。〈分〉是第一篇通過原型理論（Prototype Theory）分析漢語量詞的文章，為漢語量詞研究提供突破性的研究視角，二十年後的今天，其方法仍值得我們深入思考與探討。

　　〈分〉的第一作者戴浩一教授，是現任臺灣中正大學語言學研究所講座教授兼首席校務顧問及人社中心主任。戴教授於一九六四年畢業於臺灣大學外文系，一九六五年赴美國印地安那大學（Indiana University）攻讀語言學碩士與博士。一九七〇年至一九八七年他任教於美國南伊利諾大學（Southern Illinois University）外國語文學系，並創立東方語文學系。一九七八至一九七九年曾在美國麻省理工學院（Massachusetts Institute of Technology）擔任訪問學者，與杭士基（Noam Chomsky）研究

語法理論。一九八七年至一九九五年任教於美國俄亥俄州立大學（Ohio State University）東方語文學系。一九九五年戴教授回臺灣創立中正大學語言學研究所，並擔任第一任及第二任所長。一九九八年至二〇〇二年一月擔任中正大學文學院院長。二〇〇二年二月至二〇〇四年十二月借調至國科會擔任人文暨社會科學處處長。〈分〉發表於一九九〇年，當時戴教授正任教於美國俄亥俄州立大學東方語文學系。其研究專長為語言學理論、認知語法學與認知語義學，研究領域以語法與語義為主，大致以漢語語料為基礎，以美國現代語法理論為架構，探討漢語語法與語義的特徵，及其對語法理論的涵意。目前戴教授的研究項目是臺灣手語。第二作者王連清教授於一九九四年獲美國俄亥俄州立大學博士學位，其博士論文題目為 "Origin and Development of Classifiers in Chinese"，導師為戴浩一教授。王教授發表這篇文章時正是戴浩一教授的博士生。

二 原型理論（Prototype Theory）簡介

（一）原型理論的建立與中心思想

"Prototype appears to be those members of a category that most reflect the redundancy structure of the category as a whole." [1]

"[A prototype can be thought of] as the abstract representation of a category, or as those members to which subjects compare items when judging category membership, or as the internal structure of the category defined by subjects' judgements of the degree to

---

1 Rosch, Eleanor. "Principles of Categorization", in Eleanor Rosch & Barbara B. Lloyd (eds), *Cognition and Categorization*. (Hillsdale, NJ: Lawrence Erlbaum, 1978), p. 260.

which members fit their 'idea' or 'image' of the category." [2]

　　原型理論是研究範疇化認知過程的重要理論，於二十世紀七〇年代逐漸成形。所謂「認知」，就是通過思維活動認識與瞭解，「範疇化」則是分類的過程，當我們對事物有了認識與瞭解，看出它們的相似性，就會自然而然地進行分類，以方便處理、構造和儲存。關於「範疇化」，美國語言學家 George Lakoff 曾言：「對我們的思維、感知、行動和言語來說，再也沒有什麼東西比範疇化分更基本的了……如果沒有劃分範疇的能力，我們根本就不能在自然界或是在我們的社會生活和智力生活中從事任何活動……人類的範疇與人類的經驗有著相當密切的聯繫，而任何沒有經驗卻試圖想對人類的範疇做出解釋的嘗試是註定失敗的。」[3]由此可見範疇化對人類生活的重要性和普遍性。

　　傳統的範疇化觀念是依循亞里斯多德（Aristotle）的「經典理論」（Lakoff 語），即是對本質屬性和非本質屬性的形而上學的區分，認為概念類源於客觀世界裡既定的範疇，與進行範疇化的主體無關，範疇由本質屬性決定、範疇之間有明確邊界、範疇內所有成員地位相等。Lakoff（1987）曾形象地將經典的範疇化理論的實質概括為「容器」隱喻，即範疇像一個容器，具備定義性特徵的個體就在裡邊，不具備的就在外邊。此範疇觀長期以來成為絕大多數學科中自然的真理，但近二三十年來認知科學的研究發現很多概念範疇與語言範疇並非可由「經典理論」概括，範疇之間常出現邊界模糊的情況，於是新的範疇化理論應運而生——原型理論。

2　Rosch, Eleanor & Caroline B. Mervis. "Family Resemblances: Studies in the Internal Structure of Categories," *Cognitive Psychology,* 7, 1975, p.575.

3　Lakoff, George. *Women, Fire, and Dangerous Things: What Categories Reveal About the Mind* (Chicago: University of Chicago Press, 1987), pp. 6, 206.

　　原型理論的哲學基礎主要源於奧地利哲學家路德維希・維特根斯坦（Ludwig Wittgenstein），他於一九五三年發現有一類概念範疇無法用經典的模式去概括，而是以一種「家族相似性」（family resemblance）的原則組織起來，每個成員都和其他一個或數個成員共有一項或數項特徵，幾乎沒有一項特徵是所有成員共有的。他舉了德語 "Spiel"（漢譯「遊戲」，英譯 "game"）為例，下棋、玩紙牌、打球、奧運會等都屬 "Spiel"，由它所指稱的活動有些具有競爭性、有些論輸贏、有些有娛樂因素、有些要靠技巧和運氣，但這些特徵中沒有一條是共有的。之後，原型研究主要是從顏色範疇研究開始的，一九六九年美國人類學家 Brent Berlin 和語言學家 Paul Kay 從九十八種語言調查中，有三項發現：一、不同語言中的基本顏色範疇；二、某一顏色範疇中最具代表性的顏色；三、人們是以這些最具代表性的顏色（焦點色，focal colours）作為定位參照點系統（system of reference points），對顏色連續體（colour continuum）進行切分和範疇化的。這項研究啟發了美國心理學家 Eleanor Rosch 繼續探索焦點色與心理背景的關係，她針對三到四歲的兒童進行試驗，發現焦點色比非焦點色在感知中更凸顯（perceptually salient），在短時記憶中更準確，在長時記憶中更易保持，如為焦點色命名，兒童的習得也將更快捷容易。[4]

　　之後，Rosch 將焦點色研究拓展至對形狀和其他範疇的研究，並把 "focus" 換成 "prototype"，以免「焦點」的含義造成誤解。她於一九七五年曾做過一項實驗，讓被試衡量範疇成員在範疇中的隸屬度，哪個成員最能代表範疇得一分，最不能代表範疇得七分。這是原型理論建立的經典試驗，結果發現，在鳥類範疇中，「知更鳥」最能代表鳥類

4　Rosch, Eleanor. "The Nature of Mental Codes for Color Categories," *Journal of Experimental Psychology: Human Perception & Performance,* 1.4, 1975, pp.302-322.

範疇，屬「原型成員」（Prototypical Member）或稱「核心成員」
（Central Member），「蝙蝠」、「企鵝」、「鴕鳥」則是最不能代表鳥類
範疇的成員，稱為「非原型成員」（Non-prototypical Member）或稱「邊
緣成員」（Peripheral Member）。她由此提出，認知者的概念系統是用
原型和基本層級來組織的，根據這項實驗，「知更鳥」就成了鳥的「原
型」，範疇圍繞原型這個認知參照點來建構，依成員的原型程度擴展。
下圖是 Ungerer 和 Schmid 所繪的鳥範疇原型結構圖[5]，粗線表示其他成
員和原型成員知更鳥之間的聯繫，細線表示其他成員根據家族相似性
產生的聯繫。由下圖可見，共同屬性（粗線）與家族相似性（細線）
交織成網，同時作用於範疇的界定，不同於亞里斯多德「本質屬性」的
說法。知更鳥由於擁有最多的家族相似性，所以成為「原型」。

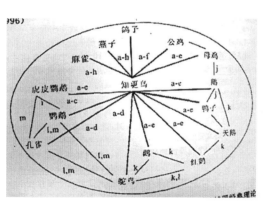

屬性：
a 生蛋
b 有喙
c 有雙翼和雙腳
d 有羽毛
e 會飛
f 身體小而輕
g 會吱喳地唱歌
h 腿細而短
I 常籠養
J 飼養以用其肉、蛋或羽毛
k 有長頸
l 有裝飾性的羽毛
m 有綺麗的顏色

5　張敏譯「鳥範疇原型結構圖」，參自弗里德里希・溫格瑞爾（F. Ungerer）、漢斯-尤格・施密特（H.-J. Schmid）著，彭利貞等譯：《認知語言學導論（第二版）》（上海：復旦大學出版社，2009年），頁7-63。

　　另外一個著名的原型理論試驗是由美國語言學家 William Labov 進行的，他讓被試者辨認一組大小不同、高矮不同的杯子，允許被試選擇不同的名稱[6]：

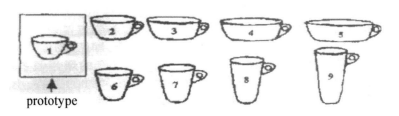

結果發現，人們對杯子的「原型」（即1號）的認同率為百分之百，對於離「原型」越遠的成員，認同率越低。當對杯子的認同率低到一定程度時，對其他範疇的認同率開始上升，並且出現交叉，並由此得出：相鄰範疇的邊界是模糊且重疊的、「原型」是確實存在的。經過 Rosch 的大量實證研究和 Labov 等人的研究支持，原型理論逐步建立。Lakoff 繼續延伸理論，認為原型效果起源於人們的借代模型（metonymic model），即人們用某個子範疇、範疇成員或子模型來理解／替代整個範疇和其他成員。他指出，人們概念系統中儲存認知模型的集合，如一想到「母親」，人們的認知模型中就有「生育模型」、「基因模型」、「養育模型」、「婚姻模型」等，之後人們從中選出典型代表，即「原型」，以此作為認知參照點來推知整個範疇。

　　經過歸納，以下是原型理論的五個中心思想：

一、範疇化不是對事物的任意切分，乃給予大腦範疇化的認知能力；所有事物的認知範疇是以概念上凸顯的原型定位，原型對範疇的形成起重要作用；

6　Labov, William. "The Boundaries of Words and Their Meaning," in Charles-James N. Bailey & Roger W. Shuy (eds), *New Ways of Analyzing Variation in English* (Washington DC: Georgetown University Press, 1973), pp. 340-373.

二、成員間地位不是平等的，可分為核心成員和邊緣成員，具有更多
　　共同屬性的成員是核心成員；

三、成員間具有互相重疊的屬性組合，形成家族相似性；屬性也可分
　　為核心屬性與邊緣屬性；

四、相鄰範疇互相重疊與滲透；

五、決定範疇內含的屬性及其數目是不確定的，相對於人的認知需要
　　而有所變化。

（二）兩種原型理論：Prototype Theory 與 Archetype Theory

"Archetype Theory"，中文翻譯亦為「原型理論」，這裡的「原型」（Archetype）是集體潛意識中人類不分地域與文化的共同象徵，主要是由瑞士心理學家卡爾・古斯塔夫・榮格（Carl Gustav Jung）提出並賦予內涵。在榮格的人格結構說中，心靈結構可分為三個部分：意識（Conscious）、個體潛意識（Personal Unconscious）和集體潛意識（Collective Unconscious）。個體潛意識主要來自個體的心理生活與體驗；集體無意識則包含著全人類種系發展的心理內容，是人格中最深刻有力的部分，是幾千年來人類祖先經驗的積累所形成的遺傳傾向，主要由「原型」（Archetype）構成。榮格通過考察美洲與非洲等地原始人類的宗教、神話、童話與夢，並進行東西方比較，發現千百年來人類許許多多共同的「原型」（Archetype）。「原型」（Archetype）指出人類精神中各種確定存在的形式，而且這些形式無論在何時何地都普遍存在，是附著於大腦的組織結構而從原始時代流傳下來的潛能，每個人都繼承著相同的基本原型意象。各種原型在人類的夢、幻想、神經症中無意識地表現出來。榮格曾描述的原型有「出生原型」、「再生原型」、「力量原型」、「英雄原型」、「騙子原型」、「上帝原型」、「魔

鬼原型」、「巨人原型」等。

綜上所述，我們可以看到，兩種原型理論都由心理學家所提出，都與人類的心理、經驗、文化有著密切關係，都是表現人類思維和解釋現象的一種心智模式，只是側重點有些不同：

（1）"Archetype" 側重於文化心理和集體潛意識範疇，是心理美學的中心議題，"Prototype" 則側重於認知過程和創造心理方面，是認知心理範疇的中心議題；

（2）"Archetype" 是一種原始意象，即「最初的類型」，強調時間上是最早誕生的，挖掘深層的心理源頭，如從歷史來談，歷史上某種最早出現的幾個成員就可說是 "Archetype"；"Prototype" 則是人們對世界進行範疇化的認知參照點，指一種心理表徵，不那麼強調時間性，較強調一個原型作為標準型的涵義，如某工廠製造某一型式的汽車時，會先推出原型車，作為日後生產該類產品的標準或參考，這就是 "Prototype"。

（三）原型理論（Prototype Theory）在語言學方面的應用

原型理論（Prototype Theory）的建立對認知科學有著重要的影響，其貢獻在於把注意力集中在內部結構上，發現範疇內具有「核心」和「邊緣」兩種成員。二十世紀八〇年代初，原型理論在語言學中獲得成功發展，成為認知語言學的主要理論，多用在多義詞（polysemy）現象的研究方面。原型理論在語言學應用的例子有很多，如 Fillmore 借此考察英語動詞 "climb" 的範疇[7]；Pulman 借此討論英語動詞 "kill"、

---

7 Fillmore, Charles J. "Towards a Descriptive Framework for Spacial Deixis," in Jarvella, Robert J. & Wolfgang Klein (eds), *Speech, Place, and Action: Studies in Deixis and Related Topics.*(Chichester: John Wiley & Sons Ltd., 1982).

"look"、"speak"、"walk" 等動詞的多義性[8]；Neubert 借此於翻譯研究，對源語語篇進行分析[9]；Taylor 借此理論研究形容詞"tall"的多義性等[10]。以下略談 Fillmore 如何將原型理論用在語義研究上[11]。Fillmore 提出六種語義原型，其中一種以 "climb" 為基礎而建立，這種原型的定義為「彼此可並立的條件的分裂」（"disjunction of mutually compatible conditions"）。"climb" 最好的例子（也就是「原型」）能符合以下兩個條件：「用雙手和雙腳」（"using the arms and legs"）和「向上的動作」（"upward motion"），只能符合其中一個條件的則屬不夠典型的例子。例如，雖然飛機沒有四肢，不過如果它有向上的動作，可用 "climb" 描寫（如果不是向上移動，則 "climb" 的使用不能成立），這是不夠典型的例子；另一方面，猴子在旗杆上向上移動或向下移動均可用 "climb" 描述，是因為猴子無論方向上或下都用雙手和雙腳移動。猴子向上移動的 "climb" 屬於最好的例子，符合兩個條件；向下移動的 "climb" 則屬於不夠典型的例子，只符合一個條件。目前，原型理論已用於語音、語義、句法、語用、語言習得、失語症等方面的研究。〈分〉這篇文章是屬於相當早期使用原型理論來分析漢語的論文，之後戴浩一和趙芳藝也採用原型理論分析分類量詞「張」[12]。在中國學者袁毓林、沈家煊等人對認知語言學的推動下，原型理論方在大陸的

8　Pulman, Stephen G. *Word Meaning and Belief* (London: Croom Helm, 1983).

9　Neubert, Albrecht. *Text and Translation*. (Leipzig: Verlag Enzyklopädie, 1985).

10　Taylor, John R. & Dirven R. "The Conceptualisation of Vertical Space in English: The Case of 'tall'," in B. Rudzka-Ostyn (ed), *Topics in Cognitive Linguistics* (Amsterdam: John Benjamins,1988), pp.379-402.

11　Fillmore, Charles J. "Towards a Descriptive Framework for Spacial Deixis," in Jarvella, Robert J. & Wolfgang Klein (eds.), *Speech, Place, and Action: Studies in Deixis and Related Topics*.

12　Tai, J.H. & F.Y. Chao. "A Semantic Study of the Classifier *Zhang*," *Journal of Chinese Language Teachers Association* 25(1), 1994, pp.35-56.

漢語研究中逐漸發展，目前多用在漢語詞彙學、語義學、語法學、翻譯學、二語教學等方面的研究。

三　文章概覽

〈分〉共分六章，第一章為「導言」（Introduction），第二章為「分類量詞與度量詞」（Classifiers versus measure words），第三章為「從原型理論看分類量詞『條』」（A prototype theory of the classifier *tiao* 條），第四章為「條、根、枝／支、隻」（tiao 條、gen 根、zhi 枝／支、zhi 隻），第五章為「變體」（Variation），第六章為「總結」（Conclusion）。

第一章「導言」裡，作者複述範疇化（Categorization）在人類認知中的重要性，認為漢語和其他具有分類量詞的語言具有迷人之處，即可通過分類量詞來分類事物，如「本」將「書」、「字典」、「雜誌」等歸為一類。雖然漢語分類量詞能分類名詞，將名詞範疇化，但不能證明其能否反映人們的概念化結構（conceptual structures），抑或其實這只是不含概念化基礎的任意性形式。作者在這篇文章中想證明漢語分類量詞能大大反映中國文化的範疇化特色，只有當原來顯著性的概念化基礎約定俗成後，這些漢語分類量詞的使用才是任意的。接著作者做了範疇化理論的文獻回顧，並表示目前漢語分類量詞研究局限於結構原則下的搭配條件，無人將漢語分類量詞視作中國文化下的人類範疇化系統和嘗試研究其認知基礎。這篇文章嘗試證明以認知角度研究漢語分類量詞不僅行得通，也具有很高的解釋價值。

第二章「分類量詞與度量詞」裡，作者發現漢語語法研究中常將分類量詞（classifiers）和度量詞（measure words）混為一談，他們認為區分分類量詞與度量詞有助於瞭解分類量詞的認知基礎：從生理上或功能上看，分類量詞以顯著的感知屬性為實體進行範疇化，即

"categorizes an object"，如「一條魚」表示長狀、「一張紙」表示平面狀。不是每個語言都有分類量詞，如英文就沒有分類量詞；度量詞則不為實體進行範疇化，只用來表示實體的數量，即 "measures an object"，如「一群羊」、「十磅肉」，每個語言都有度量詞。另外，如同原型範疇化界線模糊（fuzzy boundaries）一樣，分類量詞與度量詞並非涇渭分明的，如分類量詞「塊」與「片」（「一塊肉」、「一片肉」），既可表示一個物件的部分（measures），也可表示那個部分的形狀（classify）；度量詞「碗」與「杯」，也可表示容器的形狀，不像「磅」、「斤」嚴格屬度量詞。

第三章「從原型理論看分類量詞『條』」裡，作者引用 Erbaugh 的研究，將「條」的歷史發展分為四個階段[13]：一、商：出現在甲骨文中，指名詞「小樹枝」；二、後漢：用在「布長」、「金條」的分類量詞；三、唐：搭配擴展，用在「蛇」、「繩子」、「布」方面的分類量詞；四、宋：搭配擴展，用在「道路」、「法條」的分類量詞。接著，他們運用原型理論，將分類量詞分為「名詞來源」（nominal origins）、「核心成員」（central members）、「自然引申成員」（naturally extended members）與「隱喻引申成員」（metaphorically extended members）四個次範疇，並將這四個概念用在「條」的研究：

一、「條」作為名詞：指細長的樹枝，多作為黏著語素組成合成詞，如「柳條兒」、「線條兒」、「麵條兒」；

二、「條」的核心成員：從歷時角度看，「條」剛開始作為分類量詞時是用在長形狀的物體。他們將核心成員設定為三維長狀具體物件，如「一條魚」、「一條褲子」、「一條腿」、「一條船」、「一條黃

---

13 Erbaugh, Mary S. "Taking Stock: The Development of Chinese Noun Classifiers Historically and in Young Children," in *Noun Classes and Categorization*, edited by Colette G. Craig (Amsterdam/Philadelphia: John Benjamins Publishing Company, 1986), pp.399-436.

瓜」、「一條毛巾」、「一條凳子」。瓜類裡只有「黃瓜」、「苦瓜」、「絲瓜」是長條狀的，所以用「條」；其他瓜類裡，如「西瓜」、「冬瓜」由於不是長條狀，所以用「個」。同樣的，只有長狀的「毛巾」和「凳子」用「條」，否則「毛巾」是用「塊」，「凳子」是用「個」／「張」。這些事實證明「條」在語義上以認知為基礎，不只是一種為了分類名詞的任意性語言機制；

　　三、「條」的自然引申成員：二維長狀實體可視為「條」的自然引申成員，如「一條街」、「一條河」、「一條路」、「一條影子」、「一條山脈」。他們把它們視作自然引申成員，因為它們還是長狀實體，但又與核心成員不同：1. 雖然他們有清楚的空間界線，但它們只有兩個維度；2. 它們與人的身體互動不及核心成員密切，核心成員多可以握在手裡。他們認為以人身的互動程度來區分核心成員與自然引申成員是符合人類學與心理學對語言的觀點的──語言反映人類的生物性構成；

　　四、「條」的隱喻引申成員：隱形或抽象的事物是「條」的隱喻引申成員，如「一條新聞」、「一條法律」、「一條合同」、「一條意見」、「一條理由」、「一條命令」等。他們認為人們運用創意思維將這些抽象事物想像成長條狀與中國傳統直寫習慣有關，隱喻引申以母語說話人的經驗為基礎。另外，「一條人命」與人的長狀身體有關、「一條好嗓子」則是沿用嗓子的本義「喉嚨」的量詞；「一條思想戰線」中的「戰線」意思已經過隱喻引申，不是量詞經過隱喻引申。

　　他們認為隱喻引申不一定從自然引申而來，可以是兩種引申從核心成員直接引申而來。

　　第四章「條、根、枝／支、隻」裡，作者確認「條」表長狀的認知基礎後，也提到尚有許多長狀物不用「條」，如用「根」、「枝／支」、「隻」，例子有「一根棍子」、「一根草」、「一隻狗」、「一支筆」。

他們嘗試區分這些近義量詞：一維性「長度引申」（extension in length）的用「條」；三維長而堅硬的用「根」；長而硬且是圓柱體的則用「支」。三者的使用有重疊之處：一、只有核心成員會重疊；二、「條」與「根」重疊，「根」與「支」重疊，「條」與「支」除了「槍」、「線」，都不重疊。以下是他們根據原型理論所整理的表格：

	名詞來源	核心成員	自然引申成員	隱喻引申成員
條	條子、柳條兒、麵條兒、木條兒	魚、黃瓜、褲子、被單、凳子	路、街、河、走廊	新聞、意見、消息、理由
根	根兒、樹根兒	火柴、針、甘蔗、草	——	——
支／枝	樹枝兒、（剪）枝兒	筆、牙膏、香	——	歌、部隊、力量

　　第五章「變體」裡，他們提出普通話分類量詞使用產生變體有三大動因：

　　一、認知模糊：如「隻」可表示「長狀」，又可表示「一對中的其中一員」。「一根筷子」、「一隻筷子」指「一雙筷子」中的其中一個；「一隻腿」也可用「一條腿」表示，「一條腳」則不能說；「一隻胳膊」、「一條胳膊」可以說，「一條手」則不能說。有時候，功能顯著屬性隨時能超越生理屬性，人們的認知出現模糊地帶，難以解釋；

　　二、方言影響：漢語方言之間的分類量詞系統和種類大有不同，如南方方言不用「根」，又如不同方言在相同事物上用不同量詞，如「魚」，多數方言用「條」，西南官話、閩南方言則用「尾」，閩北／吳南地區用「頭」，南昌方言裡，「魚」也可用「隻」。可見除了長狀，尾巴或頭部也可是顯著的感知特徵，不同方言的顯著感知特徵也跟著不同；

　　三、語體正式程度：分類量詞的使用可能會因口語或書面語的形式而有所變動，例如在正式中文書面語中，「消息」傾向於用「則」（不用「條」），「歌曲」多用「首」（不用「支」）。

　　此外，量詞變體還與說話人的教育背景、社會背景等有關，這些因素有時會讓漢語分類量詞系統中的顯著感知屬性趨淡。

　　第六章「結論」裡，作者重申分類量詞「條」不是一種範疇化的任意性語言機制，它代表某種人類範疇化類型——「長度延伸」的顯著感知屬性。「條／根／支」在語義促動和認知基礎上各選一個長狀中的獨特顯著感知屬性。他們認為原型理論對於量詞的解釋價值在於整理三種相關的分類量詞與名詞搭配的複雜關係，並相信還有許多漢語語言學範疇化的混亂現象可用原型理論來解決，如 King 發現，在漢語書寫系統中，「魚」是「鯨」、「鱷」的語義構成部分，「蟲」是「蛇」、「蝦」的構成部分[14]。他們強調漢語分類量詞是瞭解感知物件屬性與它們和人類活動中的互動關係的豐富材料，仔細研究將更能瞭解語言接觸、語言轉變的再現機制，並有利於對外漢語分類量詞教學。

四　原型理論在〈分〉的應用

　　大致介紹「原型理論」和文章內容後，我們現在可以評論原型理論在〈分〉的應用，借此看出「原型理論」在這篇文章的適用性，從中反思「原型理論」的局限性和我們應用西方理論時所應注意的地方。

（一）〈分〉應用「原型理論」的優點

---

14 King, Brain, "The Conceptual Structure of Emotional Expression in Chinese," Columbus, Ohio: Ph.D. Dissertation, The Ohio State University (1989).

　　原型理論強調的是人們認知某個範疇時會以「原型」作為認知參照點。作者以此分析分類量詞「條」，有以下幾個優點：

1　直探漢語分類量詞的本質

　　原型理論屬認知語言學的範疇化理論，在〈分〉之前，基本缺乏以認知語言學角度分析漢語的文章，而早在八〇年代初，西方語言學家已通過認知角度解決不少英語語義和語法的問題。因此，對漢語語言學而言，這篇文章在學術研究方法上具有十分重要的引介意義，嘗試證明以認知角度研究漢語分類量詞是可行的。

　　另外，分類量詞與人類認知範疇化的關係早已為西方語言學家進行研究，Lakoff（1986）就曾以澳洲土著語言德伯爾語（Dyirbal）的分類詞和日語分類量詞 hon 作為研究對象探討它們與人類認知的關係。Lakoff 的研究甚且超越原型理論區分「核心成員」和「邊緣成員」的層面，他想方設法地去解釋何以這個是「核心成員」，何以那個是「邊緣成員」，提出隱喻（metaphor）、轉喻（metonymy）、圖式（imagery）等概念嘗試解釋分類量詞的搭配對象的認知轉移途徑。由於在〈分〉之前，漢語分類量詞的研究仍局限於語法結構分析下的搭配關係，無人將其視作人類範疇化系統。因此〈分〉這篇文章基本上尚未涉及 Lakoff 的研究層面，而是屬初步研究，主要意義在於證明漢語分類量詞能反映人類的概念化結構（conceptual structures），反映中國文化的範疇化特色，漢語分類量詞不只是一種任意性語言機制。這種研究做法通過分類量詞的搭配**現象**直探漢語分類量詞的本質，給出漢語分類量詞的產生動因（問：「為什麼我們漢語有分類量詞」，答：「華人的認知需要範疇化」），強調分類量詞對探查人類範疇化系統的重要性，開拓漢語研究的視野。

2 歸納近義分類量詞的語義特徵

〈分〉之前缺乏對近義分類量詞「語義特徵」的系統歸納研究，因此近義分類量詞往往成為對外漢語教學的難點，漢語母語者只能通過語感解釋量名搭配，學生只能死記硬背，教師無法通過分類量詞的「語義特徵」給予學生學習的規律。文章通過劃分「核心成員」和「邊緣成員」，觀察搭配對象的屬性，歸納出表長狀分類量詞家族成員「條」、「根」、「枝／支」個別的語義特徵（一維性「長度引申」的用「條」、三維長而堅硬的用「根」、長而硬且是圓柱體的則用「支」），看出近義量詞的細微差別，對分類量詞的語義研究有很大啟發。另外，這項研究也符合「原型理論」中「相鄰範疇互相重疊與滲透」的思想，看出「條」、「根」、「枝／支」的界限模糊、重疊。

3 整理複雜的量名關係

漢語分類量詞與名詞關係複雜，常糾結在一塊兒。作者通過原型理論，根據維度為表長狀分類量詞所搭配的名詞進行分類，三維名詞是「核心成員」、二維名詞是「自然引申成員」、抽象名詞是「隱喻引申成員」，處理了量名之間的紊亂關係。這種分類十分具有條理，有助於漢語教學與習得，例如教師們教導表長狀分類量詞時，可以告訴學生個別的語義特徵後，再循序漸進地教分類量詞與「核心成員」的搭配，與「自然引申成員」的搭配，與「隱喻引申成員」的搭配。三維事物、二維事物、抽象事物的漸進學習與學生們的詞彙學習過程相輔相成。

（二）〈分〉應用「原型理論」的缺點

雖然以上開創性的意義值得我們嘉許，但由於這是第一篇以原型

理論探討漢語分類量詞的文章，不可避免地出現了一些問題。以下逐一討論應用上的缺點：

1 不符合「原型理論」的「反本質屬性」

「原型理論」與亞里斯多得的「經典理論」的其中一個不同點在於在「原型理論」下，範疇是靠「家族相似性」來聯繫的，並沒有所謂的本質屬性。而作者揭出「條」、「根」、「枝／支」個別的本質屬性（一維性「長度引申」的用「條」、三維長而堅硬的用「根」、長而硬且是圓柱體的則用「支」），已違反「原型理論」下「反本質屬性」的觀點，無法構成「原型理論」下該有的網狀「家族相似性」模式。按照理論，這些「屬性」應區分為「核心屬性」與「邊緣屬性」。另外，在「原型理論」下，具有更多共同屬性的成員是核心成員，而作者並不是從共同屬性的數量選出核心成員，與理論產生偏差。

2 無法證明分類量詞具有「原型」

雖然作者發現以維度劃分成員符合歷時角度（根據是 Erbaugh 所作的「條」的歷史發展[15]），但是筆者發現這其中有兩個問題：

一、歷史資料。根據筆者所查找的資料，分類量詞「條」剛開始的發展也同非三維名詞搭配，例如與抽象名詞搭配，「今大辟之刑千有餘條」（《漢書·刑法志》）、「又增法五十條」（《漢書·王莽傳》），與二維名詞搭配，「披三條之廣路，立十二之通門」（《西都賦》），這就無法證明其是採用正確的歷時角度劃分成員，無法證明三維名詞是

---

15 Erbaugh (1986).

「條」的原型；

二、分類量詞的搭配是否真有「原型」。這個問題較大，需要一步步進行深思。初步來談，首先「原型理論」中的「原型」是通過定量實證研究獲得，讓被試者從鳥範疇中選出最具代表性的鳥，最不具代表性的鳥；而在〈分〉裡，作者沒讓被試者從「條」範疇中選出最具代表性的成員，如果我們去問被試者，結果可能會是「一條魚」、「一條路」或「一條法律」，我們並不知道。另外，如果真做這項實證研究，還得考慮被試者的背景，魚販可能會說「一條魚」，昆蟲學家可能會說「一條蟲」，交通警察可能會說「一條路」，律師可能會說「一條法律」，一切是那麼模糊且充滿未知數。接著我們可以問：如何獲得分類量詞的「原型」？「原型」著重在「代表性」，我們如何找出「條」範疇裡最具代表性的成員？以下有幾種可能採取的手段：一、假設最先與分類量詞「條」搭配的就是「條」的原型，因此我們去做文獻查考，發現有些較早與「條」搭配的詞如「紘」，現代已經不用了，算是「原型」嗎？另外早期與「條」搭配的名詞有三維的、二維的、抽象的，應該如何歸類？二、假設能讓現代人最先想到的與「條」搭配的名詞是原型，因此我們去做社會調查，結果會發現這與現代社會語境和被試者背景有關，充滿變異性；三、假設最常與「條」搭配的名詞是原型，因此我們去查找語料庫，結果會發現這與詞頻相關，常用的名詞，使用頻率自然高。問題至此，似乎已達致極度複雜的境地。我們最後也許可以提問：分類量詞的搭配是否真有「原型」？原本「原型理論」是為了尋找名詞範疇的原型，那麼分類量詞範疇是否真有「原型」，我們是否有辦法找出代表性的強與弱？依筆者愚見，當被試者想到「條」範疇時，腦裡出現的，極有可能只是一個長狀物，沒有特指，不像人們想到「杯」範疇或「鳥」範疇時，腦裡出現「杯」的原型或「鳥」的原型。

（三）對原型理論的反思

經過以上探討，筆者發現上面所論及的缺點並不全然是作者的錯，「原型理論」實質上存在了一些不足之處，值得我們加以深思：

一、何謂原型。Laurence 和 Margolis 曾舉出例子[16]，當我們接觸奇數範疇時，大家會先想到1、3、5、7、9這些數字。那麼這些是原型嗎？被試者最先想到和「條」搭配的名詞就是「條」的原型嗎？最先想到的和腦裡的「原型」是否可劃上等號？何謂「代表性」？

二、缺乏解釋性。Laurence 和 Margolis 認為「原型理論」不足以成為知識呈現的理論，因為其終究無法解釋為何我們能在不知情的情況下擁有某種概念，例如為何人們總會認為祖母具有「年老」、「滿頭白髮」、「戴眼鏡」的特徵？

三、並非每個範疇都有原型。Laurence 和 Margolis 曾提出這一點，例如 "unsubstantiated (non-existent) categories"（未經證實／不存在的範疇）中的 "US Monarch"（美國君主），我們無法從中找出「原型」，在 "heterogeneous categories"（種類多樣的範疇）中的 "Objects that weight more than a gram"（超過一克重的物體）中根本不可能找到「原型」。正如以上分析，分類量詞範疇是否也存在「原型」，筆者也抱持保留態度。這個問題的產生，主要源於「以偏概全」，世界上有無窮無盡的範疇，Rosch 等人所考察的範疇數量只可說是滄海一粟；

四、「原型」的複雜性。Laurence 和 Margolis 認為一旦範疇交錯複雜，

---

16 Laurence, S., & Margolis, E. "Concepts and Cognitive Science," in E. Margolis & S. Laurence (eds.), *Concepts: Core Readings* (Cambridge, MA: MIT Press, 1999), pp. 3-81.

就無法反映概念中的原型屬性，如寵物範疇的原型屬性是「有毛髮的」、「有深厚感情的」，魚類範疇的原型屬性是「灰色的」、「體型中等的」，那麼為何寵物魚範疇的原型屬性會是「橙色的」、「體型小的」？

五、共同屬性的存在。範疇之所以成為「範疇」，一定是源於它與其他範疇有所區別，範疇內具有某種共同屬性。筆者以為，維特根斯坦從德語 "Spiel"（「遊戲」，"game"）的分析發現 "Spiel" 不存在共同屬性是可以質疑的，下棋、玩紙牌、打球、奧運會等其實都具有「娛樂性」這個共同屬性，因此才能形成 "Spiel" 範疇。人類的普通常識或直覺常可以挑戰沒有共同屬性的說法，例如儘管 "table"、"chair"、"sofa"、"fan"、"telephone" 等的外在共同屬性不多，但還是有共同屬性的存在，即「固定放在家裡的用具」，因此歸類為 "furniture"。人們往往不將 "pen" 歸入 "furniture" 範疇，說明一個範疇的成員之間至少存在著共同屬性，使得該範疇可與其他範疇相區別而存在。〈分〉作者在文章中找出「條」、「根」、「枝／支」的本質屬性來區分三個範疇，雖然與理論相悖，但由此可見，這種做法是一種必然需要，各範疇存在共同屬性。另外，範疇之間的界線有時會模糊不清，出現例外的例子，這一點〈分〉援引原型理論說明是合適的；

六、「原型」與文化的糾葛。「原型」會隨人們頭腦中認知模型和文化模型的變化而變化。例如 Rosch 的實驗中，被試者是美國人，因此「橙」成為水果範疇的原型，如果她的被試者換成澳洲人，結果可能會是「奇異果」，換成馬來西亞人，結果可能會是「西瓜」。又如多數城市人會認為「樹」是基本層次範疇，而生長在多林地區的人可能會把「松樹」、「柳樹」等當作基本層次範疇。不同文化，不同「原型」。由此可見，原型範疇分析往往忽略了語

用文化分析。

總體而言，原型理論初步挖掘漢語分類量詞的本質問題——範疇化。倘若深究下去，我們可以看到，作者其實尚可超越理論，發現理論的不足之處，這是引介理論時常常需要反思的地方。另外，我們也需要時時顧及漢語與英語的差異，有的理論也許並不完全適用，只有一部分概念適用。

五　結語與反思

認知科學的發展確實能幫助我們解釋許多語言現象，因此才有了認知語義學、認知語法學等新興學科。不過當我們採用「現代創新」的認知理論研究漢語時，需要加上「傳統保守」的歷時考證的功夫才能讓自身解釋更站得住腳，僅以「認知」二字輕易解釋並不符合科學角度（當然，以上學界的「大膽假設」也是有意義的，畢竟研究的初步構想必須依靠主觀判斷）。這是〈分〉這篇文章帶給筆者的一大啟發，並讓筆者以此為著眼點開展若干研究。

現代的論文要求常離不開「理論深度」，希望研究結果有「理論價值」。最後我們來談談「借鑒理論」這個研究方法。何謂「理論」？根據《現代漢語詞典》（第五版），「理論」是「人們由實踐概括出來的關於自然界和社會的知識的有系統的結論」。那麼何謂「學術理論」？筆者的定義是「經由專家提出、驗證（不斷修正），用來解釋本質問題的哲學學說，各學科均可視之為一種啟迪。」我們做研究時需要借鑒理論，是為了解釋新發現的或存在已久的現象，從中解決本質問題，例如在語言學方面，我們借鑒理論的終極目標是揭示「人們為什麼這麼說」，用在文學方面，目的則是挖掘「文本的大

義」。當我們借鑒理論前，有三個步驟理應不能忽略：

一、細讀對象：即下苦功瞭解研究對象。例如我們想研究《紅樓夢》，《紅樓夢》的原文至少應讀過一遍，做好細讀文本的工作，之後再去讀經典的《紅樓夢》研究專著與論文；

二、熟諳理論：即徹底瞭解理論。這方面我們需要潛心細讀理論原文（翻譯本次之，最好別讀轉述文章，因轉述時可能有主觀問題），領會其中心意旨和哲學基礎；

三、考究對象與理論的關係：完成前面兩個步驟後，假若認為應用該理論能幫助我們更好地理解對象，探究本質，發掘大義則應當採用，否則不用也罷。借鑒理論時需常常保持一種心態，即我們並非為了應用而應用（即蕭義玲教授所說的「理論的焦慮」），需時時思考該理論和研究目的的關係，別在發現不適用時仍舊「不忍割捨」，「執迷不悟」。有時候，當我們應用某理論時，能發揮理論更大的意義，彰顯理論的可信度；有時，我們卻會發現理論的不足之處，如只是小問題，我們可另撰一文補足，但倘若是哲學基礎的問題，則大可推翻這個理論，提出新的理論。

我們對理論的態度應是時時「存疑」，僅用於「借鑒」——所謂「鑒」，即「審察」，漢語中有「前車之覆，後車之鑒」、「引以為鑒」，都提醒我們需要針對前人而有所「審察」。當我們「借鑒」理論時，可說是一種需要「時時審察的借用行為」。

寫於二〇一〇年四月

參考資料

中文

龍　濤：〈量詞對名詞空間義的表達〉，見《湖南科技大學學報（社會科學版）》第7卷第5期，2004年，頁86-90。

王子春：〈兩類原型理論及其相似性〉，見《西南農業大學學報（社會科學版）》第3卷第2期，2005年，頁139-141。

蕭義玲：〈當「理論」成為「方法論」時——當前學位論文的重大問題〉，見《文訊》第243期，2006年，頁61-63。

張　敏：《認知語言學與漢語名詞短語》，北京：中國社會科學出版社，1998年，頁50-58。

張　敏：〈名量詞「道」與「條」的辨析〉，見《湖北教育學院學報》第23卷第7期，2006年，頁37-38、99。

趙豔芳編著：《認知語言學概論》，上海：上海外語教育出版社，2001年，頁59-63。

周　伊：〈量詞「條」與「根」的辨析〉，見《安徽文學：說文解字》第8期，2008年，頁280-281。

朱曉軍：〈認知語言學視角下的漢語個體量詞搭配——以「條」為例〉，見《語言與翻譯》（漢文）第4期，2006年，頁30-32。

外文

弗里德里希・溫格瑞爾（F. Ungerer）、漢斯-尤格・施密特（H.-J. Schmid）著，彭利貞等譯：《認知語言學導論》（第二版），上海：復旦大學出版社，2009年，頁7-63。

雷可夫（George Lakoff）、詹森（Mark Johnson）著，周世箴譯註：《我們賴以生存的譬喻》，臺北：聯經出版公司，2006年，頁200-205。

榮格（Carl Gustav Jung）著，林宏濤譯：《人的形象和神的形象》，臺北：桂冠圖書公司，2006年。

榮格（Carl Gustav Jung）著，吳康等譯：《心理類型》，高雄：基礎文化創意，2007年。

Berlin, B. & P. Kay. *Basic Color Terms: Their Universality and Evolution* (Berkeley: University of California Press, 1969).

Evans, Vyvyan & Melanie Green. *Cognitive Linguistics: An Introduction.* (London: Lawrence Erlbaum Associates, Publishers, 2006), pp. 249, 254-269, 278, 279.

Fillmore, Charles J. "Towards a Descriptive Framework for Spacial Deixis," in Jarvella, Robert J. & Wolfgang Klein (eds), *Speech, Place, and Action: Studies in Deixis and Related Topics* (Chichester: John Wiley & Sons Ltd., 1982).

Labov, William. "The Boundaries of Words and Their Meaning," in Charles-James N. Bailey & Roger W. Shuy (eds.), *New Ways of Analyzing Variation in English* (Washington DC: Georgetown University Press, 1973), pp. 340-373.

Labov, William. "Denotational Structure," in Donka Farkas, Wesley M. Jacobsen & Karol W. Todrys (eds.), *Papers from the Parasession on the Lexicon* (Chicago: Chicago Linguistics Society, 1978), pp. 220-260.

Lakoff, George. "Classifiers as a Reflection of Mind," in Collette Craig (ed.), *Noun Classes and Categorization* (Amsterdam; Philadelphia: John Benjamins, 1986), pp. 13-51.

Lakoff, George. *Women, Fire, and Dangerous Things: What Categories Reveal About the Mind* (Chicago: University of Chicago Press, 1987).

Laurence, S., & Margolis, E. "Concepts and Cognitive Science," in E. Margolis & S. Laurence (eds.), *Concepts: Core Readings.* (Cambridge, MA: MIT Press, 1999), pp.3-81.

Pulman, Stephen G. *Word Meaning and Belief* (London: Croom Helm, 1983).

Rosch, Eleanor. "Cognitive Representations of Semantic Categories," *Journal of Experimental Psychology: General,* 1975, pp 104, 192-233.

Rosch, Eleanor "The Nature of Mental Codes for Color Categories," *Journal of Experimental Psychology: Human Perception & Performance,* 1.4, 1975, pp.302-322.

Rosch, Eleanor. "Human Categorization," in Neil Warren (ed.), *Studies in Cross-linguistic Psychology* (London: Academic Press, 1977), pp. 1-49.

Rosch, Eleanor. "Principles of Categorization," in Eleanor Rosch & Barbara B. Lloyd (eds.), *Cognition and Categorization.* (Hillsdale, NJ: Lawrence Erlbaum, 1978), pp. 27-48.

Rosch, Eleanor. "Coherence and Categorization: A Historical View," in F. S. Kessel (ed.), *The Development of Language and Language Researchers: Essays in Honor of Roger Brown.* (Hillsdale, NJ; NY: Lawrence Erlbaum, 1988), pp. 373-392.

Rosch, Eleanor & Caroline B. Mervis. "Family Resemblances: Studies in the Internal Structure of Categories," *Cognitive Psychology,* 7, 1975, 573-605.

Rosch, Eleanor, Caroline B. Mervis, Wayne D. Gray, David M. Johnson &

Penny Boyes-Braem. "Basic Objects in Natural Categories," *Cognitive Psychology,* 8, 1976, pp.382-439.

Tai, James H-Y. & Lianqing Wang. "A Semantic Study of the Classifier *Tiao*(條)," *Journal of the Chinese Language Teachers Association* 25.1, 1990, pp.35-56.

Taylor, John R. & Dirven R. "The Conceptualisation of Vertical Space in English: The Case of 'tall'," in B. Rudzka-Ostyn (ed.), *Topics in Cognitive Linguistics* (Amsterdam: John Benjamins, 1988), pp. 379-402.

Wittgenstein, Ludwig. *Philosophical Investigations* (Oxford: Blackwell, 1972).

網路資源

戴浩一「個人網頁」：http://www.ccunix.ccu.edu.tw/~lngsign/Tai.htm，瀏覽日期：2010年2月27日。

美國俄亥俄州立大學東方語文學系網頁，網址：http://deall.osu.edu/programs/graduate/PaperCD.cfm，瀏覽日期：2010年2月27日。

第一輯　華語研究

（二）社會與語言

馬來西亞華語口語中「兒」〔ɚ〕音的演變實證研究：以 PRAAT 語音軟件評測

——語言習得與語言教學視角下的社會語言學意義[*]

一　前言

　　漢語中的「兒」音最近有學者考證是從中國的北方方言中逐漸演變而成[1]。其發展到今天普通話中的「兒」字已即可作為詞根也可以作為詞綴使用，因此「兒」音可分為兒系列字音和兒化音。

　　兒系列字音，即漢語裡的〔ɚ〕音，此名稱最先為李思敬[2]所用：

　　　　本文所稱〔ɚ〕音，不是僅指「兒」這一個字，而是指一
　　　系列字。它們包括《中原音韻》支思部所收的：平聲陽——
　　　兒、而、侕；上聲——爾、邇、耳、餌、珥、駬；去聲——
　　　二、貳、餌。我把這些字總稱為「兒系列字」。[3]

---

*　　本文為作者與高虹（第二作者）合著，寫於2009年。

1　耿振生：〈北京話「兒化韻」的來歷問題〉，《吉林大學社會科學學報》第2期（2013年），頁154-159。

2　李思敬：《漢語「兒」音史研究》（臺北：臺灣商務印書館，1994年）

3　同前註，頁1。

　　鑒於兒系列字的實際音值在學術界仍存在爭議，[4]本文按照李思敬使用中性的「兒系列字音」來指代〔ɚ〕音，而不使用較為通行的「捲舌元音」。[5]兒化音，乃「兒」詞綴通過捲舌方式化入前邊字的韻母的一種特殊語音，其在語音結構上不能自成音節，如普通話裡的「哪兒」，因「兒」詞綴的化入，讀者發出的〔a〕音帶有捲舌色彩。

　　兒系列字音和兒化音，在發音方法上均需要捲舌動作完成。據我們觀察，馬來西亞華人在發出兒系列字音時，捲舌程度普遍不一，如此習慣或許也影響兒化音這種不能自成音節的後綴的發展。進而，此兩種語音在馬來西亞華語中也產生了和普通話發音規範不同的音變現象。故此，本文擬結合語音學和社會語言學的知識來為此音變現象進行初步分析，目的是瞭解馬來西亞華人經過與接受正規的華語教育和

4　前人多認為〔ɚ〕符號表示一個發央元音〔ə〕同時捲起舌尖的單元音，僅存在一個發音動作，參見羅常培、王均：《普通語音學綱要》（北京：商務印書館，2002年），頁81；王力：〈漢語音韻、音韻學初步〉，《王力文集》第五卷（濟南：山東教育出版社，1986年），頁20；趙元任：《語言問題》（北京：商務印書館，1980年），頁25；黃伯榮、廖序東主編：《現代漢語》（上、下冊）（蘭州：甘肅人民出版社，1980年），頁58等。李思敬認為〔ɚ〕的實際音值是複元音〔əɻ〕，即先發央元音〔ə〕（比〔ə〕略高的央元音），隨後再帶一個捲舌元音（略相當於〔ɻ〕而略鬆、略弱），參見李思敬：《漢語「兒」音史研究》（臺北：臺灣商務印書館，1994年），頁97。吳宗濟、徐雲揚等人的觀點與李思敬一致，于珏、李愛軍和王霞的研究發現也與李思敬的觀點一致，他們在幾十個由北京人和上海人念「二」的聲學元音圖上發現F1與F2都明顯地從起始目標值滑動到終點目標值，參見吳宗濟編：《現代漢語語音概要》（北京：華語教學出版社，1992年），頁182；Zee, Eric. "The Phonetic Value of the Vowels, Diphthongs and Triphthongs in Beijing Mandarin," in *The Proceeding of 5th National Conference on Modern Phonetics*, edited by Lianhong Cai, Tongchun Zhou, and Jianhua Tao (Peking: Tsinghua University Press, 2001), p. 55；于珏、李愛軍、王霞：〈上海普通話與標準普通話捲舌元音聲學特徵對比研究〉，《當代語言學》第10卷第3期（2008年），頁213。

5　如按李思敬等人的觀點，〔ɚ〕則並非捲舌單元音，〔ɚ〕中的第二個元音（即近似於〔ɻ〕的元音）才是帶捲舌色彩的元音。

日常生活中以各種方式受到中國普通話影響後，發出兒系列字音的捲舌程度和朗讀兒化音的發展水平。我們的分析將著眼於語言與社會的密切關係，查明說話人的性別、年齡、學業成績、語言和方言使用程度等社會變量是否影響了他們對兒系列字音的捲舌和兒化音的感知和運用，從中探討其中的社會標誌意義和教學意義。

本研究的數據來源於馬來西亞最南部靠近新加坡的柔佛州首府新山市。新山市是馬來西亞主要城市之一。據二〇一〇年馬來西亞人口普查數據，新山總人口為1,334,188，其中馬來人和其他土著人口有634,153（47.5%），華人人口有456,112（34.2%），印度人人口有120,683（9.1%），其他種族人口有7,548（0.6%），非公民者有115,692（8.7%）。[6]由於新山華人人口在馬來西亞相對密集（馬來西亞華人人口占全國人口的24.6%），[7]華文教育興盛，受鄰國新加坡政府「多說華語，少說方言」的政策影響其使用方言的人口日趨減少，[8]華語在新山的使用率和水平普遍高於其他城市。本研究選擇以新山為調查地點，可看出在一個華語水平相對高和相對標準的馬來西亞城市裡，兒系列字音和兒化音的音變現象究竟如何，藉以看出馬來西亞華語的發展特徵。

---

6 馬來西亞統計局的二〇一〇年人口普查數據，參自網址：http://www.statistics.gov.my/ portal/download_Population/files/population/05Jadual_Mukim_negeri/Mukim_Johor.pdf，瀏覽日期：2014年11月3日。

7 馬來西亞統計局的二〇一〇年人口普查數據，參自網址：http://www.statistics.gov.my/ portal/index.php?option=com_content&view=article&id=1215%3Apopulation-distribution-and-basic-demographic-characteristic-report-population-and-housing-census-malaysia-2010-updated-2972011&catid=130%3Apopulation-distribution-and-basic-demographic-charact eristic-report-population-and-housing-census-malaysia-2010&Itemid=154&lang=en，瀏覽日期：2014年11月3日。

8 「多說華語，少說方言」是一九七九年新加坡官方推廣華語委員會為「講華語運動」所提出的口號。

二　研究方法

　　本研究於二〇〇八年進行，採用了訪談法和測試法。在正式訪問和測試受試者前作了前測，以確保測試題的可行性和可靠性。

（一）受試者

　　本研究共有三十七名受試者參與。他們均為馬來西亞華人，母語和日常使用語言為馬來西亞華語，分別來自新山市華文小學與華文獨立中學——寬柔第一小學和寬柔中學。按年齡可以分為三組：第一組為十六名十歲兒童；第二組為十六名十六歲少年；第三組為五名年齡在四十歲以上，居留在新山超過二十年的任教於寬柔第一小學的資深華文教師，均有十五年以上的華文教學經驗。受試者的背景資料收集也包括了性別、家庭方言背景、教育程度、學業成績等。第一組與第二組內的受試者分別盡力控制在男女人數各占一半，學業成績相對好與相對差的人數各占一半。

（二）研究材料

1　兒系列字音

　　在兒系列字中，「兒」（詞根）、「耳」和「二」屬較常用淺白的字，小學生普遍曉得，為適於語料收集，本研究主要以這三個字作為研究兒系列字音的代表字，「而」字則僅在正規語體採用兩次。準備研究材料時，不同聲調的「兒」／「而」（陽平）、「耳」（上聲）、「二」（去聲）等均作了平均分配。

　　我們設定了三種不同的測試法以保證從中得到受試者在三種不同的語體下的發音，即自然語體、半自然語體、正規語體。自然語體的測試是測試者不啟動錄音筆，假扮忙著寫其他東西同時順便問受試者

「請問教師辦公室在哪一層樓？」。此題的預設答案為「二樓」，受試者回答後測試者暗中記下受試者「二」字發音的捲舌程度。半自然語體的測試是測試者啟動錄音筆，向受試者假說我們測試的目的是為了瞭解受試者的綜合知識。然後向受試者提出三道不同類型的問題，測試者分別誘出受試者不可避免地說出帶「二」、「兒」、「耳」的詞（參見附錄一）。

在進行正規語體的測試時，測試者要求受試者完成下列任務：句子朗讀、詞表朗讀、辨音詞對朗讀。句子朗讀的部分包括含「兒」、「耳」、「二」字的句子；詞表朗讀任務包括六個詞，陽平（「兒」、「而」）、上聲（「耳」）和去聲（「二」）各兩個；在辨音詞對中，我們的設計包括了無捲舌的〔ə〕音字和有捲舌的〔ɚ〕音字（兒系列字），讓受試者作對比朗讀，這樣的設計可以更為細緻考察語音變體的出現以及語體變量的影響（參見附錄二）。

2　兒化音

在兒化音的測試中，我們僅選擇在半自然語體和正規語體中收取受試者的發音情況。不收集自然語體中的發音的主要原因是兒化詞過多，訪問起來費時且結果不一定可靠。在半自然語體的測試中，測試者採用結構誘導法，通過近義詞填充和看圖說話兩種途徑進行。近義詞填充的題目印在紙上，提供一個詞給受試者，然後要求受試者說出其近義詞。受試者共需回答十一題，答案均是兒化詞，輔以相關句子和聲母作提示（參見附錄三）；看圖說話部分要求受試者說出十一張圖片中的內容（關鍵詞均為兒化詞），輔以話語或動作誘導（參見附錄四）。

正規語體的測試分為句子朗讀體和辨音詞對朗讀體。在句子朗讀部分，受試者共需朗讀七十二個句子，其中四十八個有「兒」標記，

二十四個無「兒」標記。句子的來源取自韓解況和馬均的《漢語兒化詞學習手冊》[9]，我們從書中選出了四百四十四個受試者應普遍曉得的兒化詞進行造句。之後，我們約請了兩名來自中國的北京人為這些句子分成三類，一類為書面上和口語裡必須兒化的詞（如「那兒」）；二類為書面上有時兒化有時不兒化，口語裡必須兒化的詞（如「小孩」、「小孩兒」）；三類為書面上一般不兒化，但口語裡一般兒化的詞（如「米粒」，念作「米粒兒」）。在此分類基礎上，從各類中選出十六句，盡可能做到了在這十六句之間平均分布不同的語義功能、句中位置、韻母類型（按韻母結構、韻頭與韻腹〔此指四呼〕、韻尾）和兒化韻母變化規律。之後，從這四十八句中選出了二十四句，去掉「兒」標記，以檢驗如在兒化詞後邊不標上「兒」詞綴，則無「兒」意識讀音是否會占多數（參見附錄五）。辨音詞對朗讀部分則要求受試者朗讀二十五對無「兒」標記兒化詞和有「兒」標記兒化詞，藉以瞭解受試者在無語境的單純對立之下（即在最有可能卯足全力朗讀之下），有「兒」意識讀音的平均發音程度（參見附錄六）。

（二）研究假設、驗證標準和手段

1　兒系列字音

　　我們對馬來西亞華語兒系列字音的發音的假設是說話者念兒系列字音時的捲舌變項可分為全捲、半捲和不捲三種變式。這樣的假設前提是需要設定劃分此三種變式的標準。首先，如何從語圖上看出捲舌特徵。西方語言學家如 Fant、Stevens 和 Blumstein、Ladefoged 和 Maddieson 等都曾對捲舌現象的共振峰表現作出精闢細緻的研究[10]，

9　韓解況、馬均：《漢語兒化詞學習手冊》（北京：北京大學出版社，2002年）。

10　如Fant, Gunnar. "Analysis and Synthesis of Speech Processes," in *Manual of Phonetics*, edited by Malmberg, Bertil. (Amsterdam: North-Holland Publishing Company, 1968), pp.

如 Fant 發現齒齦音（alveolar sounds）的捲舌表現為第四共振峰（以下簡稱 F4）降低，靠近 F3；硬顎音（palatal sounds）的捲舌表現則為 F3靠近 F2[11]。若按李思敬的推測，〔ə〕的實際音值為〔ɚ〕，其中〔ɹ〕為舌尖後元音（blade-palatal vowel），屬於顎元音（又稱前元音）的範圍，那麼〔ə〕一般而言是與 F3靠近 F2有關的[12]。將此特徵置於漢語「兒」音來研究的包括林燾與王理嘉。他們認為：

> F3和元音舌位的關係並不十分密切，但是要受舌尖活動的影響，當舌尖抬高捲起發音時，F3的頻率就明顯下降……兒化韻的聲學特性主要表現在 F3頻率大幅度下降，向 F2接近，越是接近，聽感上的捲舌色彩也越重。[13]

李思敬指出：

> 平舌音 F3高，捲舌音 F3低……「兒」音節三條共振峰頻率軌跡的尾部關係是：F2靠近 F3，距 F1較遠。[14]

孫國華從十五名發音人讀的「兒」、「耳」、「二」察覺道：

173-277、Stevens, Kenneth N. & Sheila E. Blumstein. "Quantal Aspects of Consonant Production and Perception: A Study of Retroflex Stop Consonants," *Journal of Phonetics* 3 (1975), pp.215-233、以及Ladefoged, Peter & Ian Maddieson. *The Sounds of the World's Languages.*(Oxford: Blackwell Publishers, 1996) 等。

11 Fant, Gunnar. "Analysis and Synthesis of Speech Processes," in *Manual of Phonetics*, edited by Malmberg, Bertil. (Amsterdam: North-Holland Publishing Company, 1968), pp. 239.

12 李思敬：《漢語「兒」音史研究》，頁97。

13 林燾、王理嘉：《語音學教程》（北京：北京大學出版社，1992年），頁57、169。

14 同註12，頁136-137。

F3 在時域上的大幅度下降，向 F2 靠近，是捲舌元音的重要聲學表現，但並不是唯一的。本實驗表明 F3 存有兩種模式。某些人由於發音時捲舌在先，此時 F3 的起點目標值已經降低，於是在聲譜上看不到 F3 在時域上的不斷下降。由於 F3 的整體降低，因而使得它和 F2 始終都靠得較近。[15]

于珏等研究人員從五十一名上海人的「二」讀音中發現：

上海普通話的捲舌元音 F3 下降速度普遍比標準普通話慢……說明上海普通話中捲舌元音的捲舌色彩沒有標準普通話那麼濃。[16]

另外，他們還發現上海人讀「二」存在兩種表現形式，一為 F3不是一直保持下降走勢，而是先降後升型。從聽辨上講，它已經由〔ɻ〕變成〔ɻi〕或〔ɛɻi〕或〔æɻi〕中的某一個；二為 F3根本不存在下降段，而是始終保持上升趨勢。從聽辨上講，它已經由〔ɻ〕變成〔ɻi〕或者〔æi〕中的某一個[17]。

就以上學者觀點來看，無論 F3是大幅下降、小幅下降、先降後升或始終靠近 F2，似乎可說 F3靠近 F2便是兒系列字音捲舌色彩顯著的特徵，我們將這點整理如下表1（發音人為本文第一作者郭詩玲）：

---

15 孫國華：〈普通話捲舌元音的聲學模式及感知〉，《應用聲學》1994年第4期，頁29。

16 于珏、李愛軍、王霞：〈上海普通話與標準普通話捲舌元音聲學特徵對比研究〉，《當代語言學》，頁217。

17 同前註，頁216。

表一　念捲舌「兒」音的幾種 F3 表現

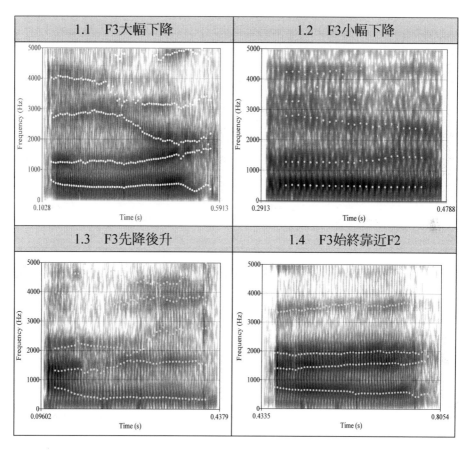

至於捲舌分類的具體標準，以上學者則無談及。我們試圖著眼於 F3 與 F2 的距離，將「F3 靠近 F2」的特徵量化。首先，我們本身念了捲舌的「兒」、半捲舌（略帶捲舌）的「兒」、不捲舌的「兒」各五次，觀察 F3 頻率值與 F2 頻率值之間的最小頻率差（發音人為本文第一作者郭詩玲）：

表二　三種「兒」音捲舌變式的 F3 頻率值與 F2 頻率值間的最小頻率差

捲舌變式	F3頻率值與F2頻率值之間的最小頻率差（赫茲）				
	第一次發音	第二次發音	第三次發音	第四次發音	第五次發音
捲舌	151	108	223	222	197
半捲舌	563	773	670	634	728
不捲舌	1146	1086	1156	1440	1264

根據上表，可明顯看出捲舌的「兒」的最小頻率差小，不捲舌的「兒」的最小頻率差大，半捲舌的「兒」的最小頻率差則中等，屬兩者之間。由此，我們擬定出三條界定標準：「捲舌三變式界定標準」：

一、全捲＝F3頻率值與 F2頻率值之間的最小頻率差＜500赫茲；

二、半捲＝500赫茲≤F3頻率值與 F2頻率值之間的最小頻率差＜1000赫茲；

三、不捲＝F3頻率值與 F2頻率值之間的最小頻率差≥1000赫茲。

除了自然語體採用無輔助自然聽力判斷之外，其餘部分我們將依據以上三條標準來判斷受試者的發音屬何種捲舌變式。下表三為其中三次發「兒」音的語圖，謹供參考。

表三 三種「兒」音捲舌變式的語圖

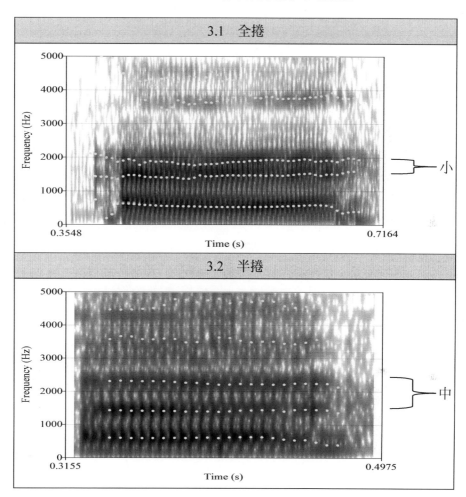

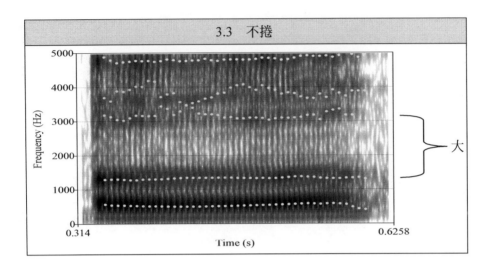

2 兒化音

對於半自然語體和正規語體（此指句子朗讀的部分）下的兒化音驗證，我們採用的是本身的自然聽力和辨音能力，將有讀「兒」的讀音（不論「兒」的讀音是否捲舌，只要聽出受試者有讀出「兒」音即可），歸為有「兒」意識讀音；完全不讀「兒」的讀音，則歸為無「兒」意識讀音。

以上述方式初步作出受試者的讀音歸類之後，我們邀請了四位從中國到新加坡求學不久的南洋理工大學中國籍中文系研究生，為受試者在正規語境中的辨音詞對朗讀結果評分。[18]四位評估者均以中國普通話為母語，兩男兩女，年齡介於二十六至二十九歲，其中三位在普通話水平測試獲一級乙等，一位獲二級甲等。我們提供的評分規則如下：

---

18 哈爾濱師範大學張瓏等人發明了「漢語普通話兒化音發音質量評測方法與系統」（2013年），關於系統說明可參見：http://www.google.com/patents/CN103177733A?cl=zh，瀏覽日期：2014年11月4日。

A 等＝與普通話兒化音相同或有八成／九成相近；

B 等＝與普通話兒化音有五成／九六成相近；

C 等＝與普通話兒化音有兩成／九三成相近；

D 等＝「兒」已成為一個獨立音節，如將「那兒」念成「那‧兒」；

E 等＝無「兒」語音，如將「那兒」念成「那」。

　　下面我們將對依據上述方法得出的結果作具體的分析。

三　結果分析

（一）兒系列字音

1　捲舌三變式：全捲、半捲、不捲

　　我們根據前面歸納的「捲舌三變式界定標準」劃分受試者讀兒系列字的捲舌程度。首先，運用 PRAAT 軟件中 Edit-File-Extract Selected Sound 的功能切分出所有受試者的兒系列字音，然後據已切分的兒系列字音，為每個受試者製作數據表，找出每個兒系列字音中的如下特徵：

一、出現 F3 頻率值與 F2 頻率值之間的最小頻率差的時間點；

二、構成最小頻率差的 F3 頻率值；

三、構成最小頻率差的 F2 頻率值；

四、F3 頻率值與 F2 頻率值之間的最小頻率差；

五、捲舌程度；

六、各語體平均最小頻率差；

七、各語體平均捲舌變式。

為便於討論，以下將簡稱 F3 頻率值與 F2 頻率值之間的最小頻率差為「捲舌指數」。根據三組受試者（十歲小學生、十六歲中學生、小學華文老師）的平均捲舌指數，我們得出以下捲舌變式結果：

表四　中小學生兒系列字音的捲舌變式情況

平均捲舌變式	人數	百分比（%）
全捲	1	3
半捲	14	44
不捲	17	53
總數	32	100

兩組受試者的總平均捲舌指數為一千零二十七赫茲，屬於不捲的變式。

以下表五為小學華文教師的發音情況。總平均捲舌指數為一千一百九十五（赫茲），同樣屬於不捲的變式：

表五　受試華文教師兒系列字音的捲舌變式情況

平均捲舌變式	人數	百分比（%）
全捲	0	0
半捲	0	0
不捲	5	100
總數	5	100

根據以上數據，我們可以看出馬來西亞華人華語母語者念兒系列字音時，確實存在全捲、半捲和不捲三種變式，其中半捲和不捲較普遍，全捲比例極少；至於小學華文教師部分，僅存在一種不捲的變式，與兒童和少年的情況不同。

2　不捲舌和半捲舌普遍的原因

　　馬來西亞兒童和少年讀兒系列字音時不捲舌和半捲舌的原因可從幾方面來檢視：

（1）方言歷史與語言滲透

　　郭錦桴認為：

> ər，在漢語北方方言區中，大多數地區都有 ər 元音韻，但是昆明、蘭州、武漢均無這一元音韻。在漢語南方方言區均沒有這一韻母。[19]

　　老一輩的馬來西亞華人的母語多為中國南方方言，其華語不僅受方言影響，而且多沒學過漢語拼音，他們並不清楚如何發捲舌音，這一點我們可以理解，但為何兒童和少年讀兒系列字時不捲舌和半捲舌的情況高踞百分之九十七呢？我們認為這和受試者生活的地區的方言歷史有關。馬來西亞的新山市素有「小汕頭」之稱，這是因為新山的潮洲人素來較多。從一九四七年柔佛州內的中國方言群分布表上看，當時新山市的潮洲人就占了百分之三十六，廣東人百分之二十、福建人百分之十七、海南人百分之十、客家人百分之十、其他百分之七[20]。在二十世紀八〇年代以前，新山華人的母語多是本身的方言。方言歷史於是影響了這些兒童與少年的發音。五名深諳方言的華文教師的不捲舌更是體現了如此的影響。

19　郭錦桴：《綜合語音學》（福州：福建人民出版社，1992年），頁368-369。另外，《漢語方音字彙》一書的記錄亦如此，南方方言無〔ər〕這一韻母（頁70）。

20　麥留芳：《方言群認同：早期星馬華人的分類法則》（臺北：中央研究院民族學研究所，1985年），頁89。

　　老一輩的新山人，都曾經歷方言使用普遍的階段，現在已是這群兒童和少年的父母或爺爺奶奶。而現在的新山兒童和少年正處於方言式微的社會，大城市區裡會講的人不多，常講的更是不多。我們以為，口語只要曾發展到大多人會講與常講的階段，語言影響力將一直滲透在人們口中，至少達致無人常講的情況，影響力才會慢慢消失。以此理解，兒童和少年在家庭環境的影響下，出現不捲舌或半捲舌的音變現象就不稀奇了。另外，學生們半捲舌變式的普遍化似乎亦預示著漢語拼音的普及和現今中國普通話對新馬地區華語發展的影響，這些變化將使馬來西亞的華語向標準華語（普通話）靠攏。

（2）兒系列字的義和音

A　詞義獨立

　　由於〔ə〕音詞裡（如「鵝」、「惡」、「餓」）並非普通話常用詞「兒、耳、二」和次常用詞「而、爾」的同義詞或近義詞，可以說各自詞義本位獨立且不衝突，無明顯交集，因此，即使念常用的兒系列字「兒、耳、二、而、爾」的時候不捲舌，如不捲舌地念「嬰兒」、「左耳」、「十二」裡的兒系列字，也並不會引發聽者產生歧義。從信息論上看，只要成功傳遞信息，兒系列字音捲舌與否在某種程度上可被忽略不計。

B　省力原理

　　語音的發展大體是走向簡化的，因為說話是每天一般人常做的事，如若發音方法複雜，遲早會被更簡單的發音方法取代。Bloomfield 認為，人們說話時總要求盡可能快捷省力，但他們同時會將發音控制在不讓對方要求自己重複說的底線內[21]。以上也就是討論音變原因時所

21　Bloomfield, Leonard. *Language*. (Chicago: University of Chicago Press, 1984), p.386.

常談及的省力原理（the principle of least effort）。讀兒系列字時，需要抬高舌尖捲起後再發音，是相對複雜的發音方法，根據省力原理，產生不捲或半捲的音變也是自然的。

　　Labov 對省力原理曾進一步探討，認為造成省力傾向的內因在於人們的惰性（laziness）、疏忽（carelessness）和無知（ignorance）[22]。參與本研究的學生受試者自小深諳漢語拼音，已曉得正確的捲舌發音，因而可排除「捲舌無知」因素。故此，他們不捲舌可說多是受「捲舌惰性」和「捲舌疏忽」的影響。

　　西方語言學理論中有個術語叫"derhotacization"，意指〔r〕捲舌色彩的消失，其中包括輔音〔r〕和捲舌的央元音如〔ɜ〕和〔ə〕[23]；Romaine 也曾發現蘇格蘭英語中元音後的〔r〕的消失現象（deletion of post-vocalic /r/）[24]。由此可見，許多語言的捲舌央元音都面臨捲舌式微的情況。因此，儘管馬來西亞華語漸向捲舌靠攏，但估計難以發展至全捲。

3　變量分析

　　受試者的兒系列字音的捲舌變項可分為全捲、半捲和不捲三種變式，那麼影響捲舌變項的變量為何？結果請見下表：

22 Labov, William. *Principles of Linguistic Change: Social Factors* (Oxford: Wiley-Blackwell, 2001).

23 Bauman-Waengler, Jacqueline. *Articulatory and Phonological Impairments: A Clinical Focus*, Third Edition (Boston: Allyn & Bacon, 2007), p.47.

24 Romaine, Suzanne. "Postvocalic /r/ in Scottish English: Sound Change in Progress?" in *Sociolinguistic Patterns in British English*, edited by Trudgill, Peter (London: Edward Arnold, 1978), pp. 144-158.

表六　影響受試學生兒系列字音的捲舌變項的變量對比圖表

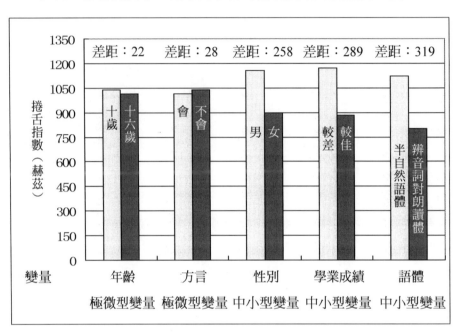

我們可以先設定一至兩百五十的差距為小型變量，兩百五十至五百為中型變量，五百以上為大型變量，然後根據以上圖表對比，可以發現語體、學業成績和性別皆屬於中型變量裡的中小型變量，方言和年齡則屬於小型變量裡的極微型變量。

（二）兒化音

1　兩種兒化變式：有「兒」意識讀音和無「兒」意識讀音

受試者的兒化變項主要可分為有「兒」意識讀音和無「兒」意識讀音這兩種變式：

表七　受試學生在半自然語體和正規語體下的兩種兒化變式

語體	有「兒」意識讀音的平均百分比	無「兒」意識讀音的平均百分比
半自然語體	16.5%	83.5%
正規語體：句子朗讀體（無「兒」標記）	4.26%	95.74%
正規語體：句子朗讀體（有「兒」標記）	84.5%	15.5%

　　「兒」標記大大影響受試者兒化的發音，如在兒化詞後邊標上「兒」詞綴，有「兒」意識讀音明顯增多，否則，無「兒」意識讀音占多數。簡而言之，是「有兒有兒化，沒兒沒兒化」的情形。受試的華文教師的兩種兒化變式比例與學生所差未遠，「兒」意識在半自然語體下僅多了百分之七點六九，在無「兒」標記的句子朗讀體多了百分之二十點〇七，在有「兒」標記的句子朗讀體中多了百分之七點一七。

表八　受試華文教師在半自然語體和正規語體下的兩種兒化變式

語體	有「兒」意識讀音的平均百分比	無「兒」意識讀音的平均百分比
半自然語體	24.19%	75.81%
正規語體：句子朗讀體（無「兒」標記）	24.33%	75.67%
正規語體：句子朗讀體（有「兒」標記）	91.67%	8.33%

2　五種兒化發音程度

　　根據四位中國研究生的評分，學生受試者的兒化發音程度確實包

含 A、B、C、D、E 五等。我們為每個等級設定權數以便計算：A 等為10，B 等為8，C 等為6，D 等為4，E 等為2；次數與權數相乘便得出積分。平均權數則是總積分除以總次數。結果顯示，受試者平均權數為5.19，約屬於權數6（C 等）與權數4（D 等）之間，即介於「與普通話兒化音有兩成／三成相近」和「『兒』已成為一個獨立音節」之間。另外，教師的平均權數為8.01，約屬於 B 等（與普通話兒化音有五成／六成相近），兒化發音程度比學生強，但仍不符合這些評估者心目中的A 等。

3　變量分析

影響受試者有「兒」意識讀音的平均發音程度的主要變量為何？請見以下結果：

表九　影響受試學生兒化發音程度的變量對比圖表

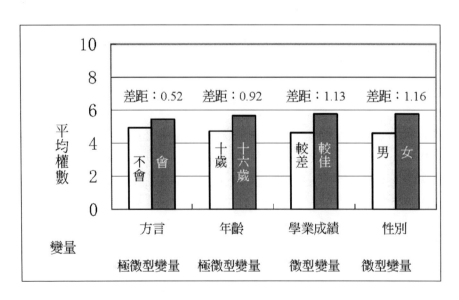

　　總體而言，四個變量構成的影響程度並不大，如胡明揚所言：「影響語言的社會因素是多種多樣的，並且往往是交叉重疊的，有時候難分主次。」[25]

　　順序結果則與之前兒系列字音捲舌變項類似，性別和學業成績居前位。也因此，性別和學業成績可視為在「兒」音研究上相對具有標誌意義的變量。

4　兒化詞的難度歸類

　　接下來我們對數據進行更進一步的分析，試圖查明究竟哪個兒化詞最易或最難發音，結果如下：

表十　受試學生兒化詞朗讀的難度歸類[26]

難度	兒化詞	
容易 （平均權數5.79以上）	哪兒（6.02）	
相對容易 （平均權數5.39至5.78）	那兒（5.69） 一會兒（5.64） 準沒門兒（5.58）	有點兒（5.69） 沒底兒（5.58） 一塊兒（5.42）
中等 （平均權數4.99至5.38。 注：總平均權數為5.19）	小鳥兒（5.36） 油畫兒（5.33） 膽兒（5.28）	模特兒（5.34） 玩意兒（5.28） 打滾兒（5.23）
	瓶蓋兒（5.18） 哥兒倆（5.11） 出錯兒（5.02） 小孩兒（5.00）	沒法兒（5.17） 木刺兒（5.03） 針的眼兒（5.01）

25　胡明揚：《北京話初探》（北京：商務印書館，1987年），頁54。

26　表中兒化詞旁括號內的數字為平均權數。

難度	兒化詞
相對困難 （平均權數4.59至4.98）	變樣兒（4.88）　奶嘴兒（4.67）
困難 （平均權數4.59以下）	寫個字兒（4.55）手印兒（4.39） 頭兒（4.38）

其中的難度是否有跡可循？我們可從音節內部著手分析。經過一一分析兒化字的韻母特徵，從中歸納分類，然後採用計算的方法將屬於該類的兒化詞的平均權數的總和除以該類的兒化詞總數，得出以下結果：

表十一　二十五個兒化字的各韻部分析與平均權數對比圖表

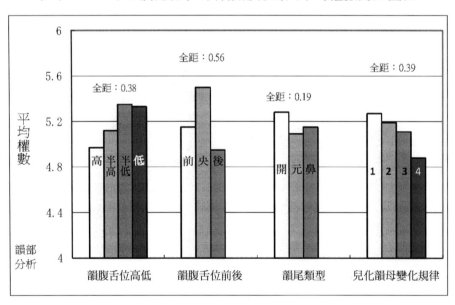

注，韻尾類型：開＝開尾韻母；鼻＝鼻音尾韻母；元＝元音尾韻母。兒化韻母變化規律：1＝兒化時在韻母後直接加捲舌作用的；2＝兒化時韻母失掉韻尾的；3＝兒化時在元音後增加〔ə〕；4＝兒化時丟掉鼻韻尾使元音鼻化的，參考自吳宗濟「兒化韻母變化規律表」：《現代漢語語音概要》（北京：華語教學出版社，1992年），頁188-190。

根據上表十一，可大致歸納出四個受試學生較易發好的兒化字音節特點（按全距大小排列）：

（1）兒化字的韻腹舌位前後：居中

　　〔ɚ〕裡的〔ə〕原本就為央元音，因此居中的元音捲舌時可按自然衝力將舌尖移前至目標〔ɻ〕的位置，不必擔心衝力問題。如容易類的「哪兒」；相對容易類的「那兒」、「準沒門兒」；中等類的「油畫兒」、「打滾兒」、「沒法兒」。

（2）屬第　種兒化韻母變化規律：兒化時在韻母後直接加捲舌作用相較於兒化時韻母失掉韻尾、在元音後增加〔ə〕、丟掉鼻韻尾使元音鼻化，這是四條規律裡最簡單的規律，讀者較容易記得其發音方法，不需死記硬背，學起來不會那麼彆扭吃力。如容易類的「哪兒」；相對容易類的「那兒」。

（3）兒化字的韻腹舌位高低：半低／低

　　與第一個特點同理，捲舌動作包括向前移和抬高舌尖向後捲，十分需要空間。如主要元音舌位居於半低位或低位，便可無阻地進行抬高舌尖向後捲的動作。如容易類的「哪兒」；相對容易類的「那兒」、「有點兒」、「一塊兒」。

（4）韻尾類型：開尾韻母

　　普通話有〔n〕、〔ŋ〕、〔i〕、〔u〕四種韻尾，前三種遇到兒化詞都得消失，較為難記，〔u〕則是圓唇音，在轉變至不圓唇的〔ɻ〕時顯得較為困難。故此，沒有韻尾的兒化詞相對容易進行兒化。如容易類的「哪兒」；相對容易類的「那兒」、「沒底兒」。

另外，我們發現兒化韻母變化規律與平均權數之間也很有「變化規律」，即第一條至第四條象徵著從易至難，平均權數一直往下跌。

我們相信這項發現對今後的華語教學會有很大的幫助：一是可提高教學的有效性，比如可按兒化韻母變化規律第一條至第四條的順序來教；二是教授新規律時可先挑韻腹舌位居中（不前不後）且無韻尾的〔ʌ〕、〔ɐ〕、〔ɘ〕來進行。

（三）兒系列字音與兒化音的關係

以上我們分別探討了兒系列字音與兒化音的音變現象和其教學與社會意義。下面我們將兩項數據合在一起討論，以便有利於分析討論兒系列字音與兒化音之間的關係，瞭解以捲舌來讀兒系列字音究竟會否對兒化發音程度產生影響。

表十二　兒系列字音捲舌程度與兒化發音程度的關係

兒系列字音的捲舌程度	平均權數總和	評分總次數	兒化發音程度
全捲＋半捲（15人）	9,090	1,500	6.06
不捲（17人）	7,500	1,695	4.43

據上表十二的統計結果，捲舌來讀兒系列字音的受試學生的兒化發音程度較高，比總平均五點一九高，高出〇點八七；且比不捲舌的學生高出一點六三，接近劃分等級的差數（權數2），比任何一個影響兒化發音程度的社會變量都高（最大的性別變量僅為1.16）。故此，我們可以把兒系列字的捲舌比作基本功，學好兒化的大前提是學好兒系列字的捲舌，此實證發現與周翠琳、徐振峰等人的觀點一致[27]。

---

27 周翠琳：〈漢語普通話的特殊韻母及其教學〉，孫德金主編：《對外漢語語音及語音教學研究》（北京：商務印書館，2006年），頁335、徐振峰：〈臺灣華語師資培訓生兒化正音研究〉，「第十二屆臺灣華語文教學年會暨國際學術研討會」（2013年12月27-

四　結論

　　綜上所述，本研究針對馬來西亞華語母語者中的十六名小學生、十六名中學生、五名華文教師進行調查後，基本得出以下結論：（一）兒系列字音：1. 普遍不捲舌和半捲舌；2. 學業成績和性別具有社會語言學標誌意義；（二）兒化音：1.「有兒有兒化，沒兒沒兒化」，受試者在書面上看到「兒」標記才會發兒化音；2. 即使學生見到「兒」標記發出兒化音，其兒化發音程度非常低，華文教師兒化發音程度相對高；3. 無明顯社會語言學標誌意義，性別和學業成績如之前兒系列字音居前二位，但不顯著；4. 相對而言，受試學生較易發好的兒化字音節特點為：（1）兒化字的韻腹舌位居中；（2）屬第一種兒化韻母變化規律，即兒化時在韻母後直接加捲舌作用；（3）兒化字的韻腹舌位半低／低；（4）韻尾類型為開尾韻母；（三）學好兒化的大前提是學好兒系列字的捲舌。

　　因社會固有條件所囿，我們認為不可能也沒有辦法令全部新山學生朗讀和交談時都捲舌和兒化，[28]如新加坡資深教育工作者陳耀泉先生所言：

　　　　作為遠離北京的海外閩粵人士，我們完全沒有必要強調這種語音現象，也不必刻意去模仿。雖然兒化確能使我們的說話聽起來更有京味，然而模仿得不像，卻只能收到畫虎不成反類犬的

29日），頁283，參見網址：http://www.speedprint.com.tw/~conference/data/B27.pdf，瀏覽日期：2014年11月4日。

28 王冠也通過實驗語音的方法，發現中國與泰國學生在發單音節兒化音方面存在一定的差異，反映泰國學生在習得兒化音節方面存在的問題，參見王冠：〈中級漢語水平泰國學生習得兒化音的實驗研究〉（廣州：暨南大學碩士論文，2012年）。

效果，叫人笑話。[29]

　　兒系列字音的捲舌和兒化就如同球賽的規則，在正式比賽時球員有必要遵守規則，學生朗讀時可儘量做到捲舌和兒化，而負責傳授規則的教師的水平則有待加強，在球賽外，即非朗讀或其他正式場合，則不必過於苛求。儘管如此，我們認為馬來西亞華語的發展會漸漸更多地受到中國普通話的影響。就讀馬來西亞華文中小學的在籍學生在現今社會都會或多或少地有機會直接和說普通話的華人交流，又或者受到中國影視等方面的影響。這些潛移默化的影響首先會促進一種語言在語音和詞彙語義方面的發展變化，有待觀察。

---

29 陳耀泉：《華語語音教學說論》（新加坡：創意圈出版社，2005年），頁146。

參考資料

中文

北京大學中國語言文學系語言學教研室編：《漢語方音字彙（第二
　　版）》，北京：文字改革出版社，1989年。

曹志耘：〈漢語方言語音的社會語言學研究——濟南話若干聲母的分
　　布和演變〉，趙金銘編：《語音研究與對外漢語教學》，北
　　京：北京語言文化大學出版社，1997年，頁36-52。

陳錦源：〈馬來西亞華語調值的演變兼與普通話比較〉，《現代語文
　　（語言研究）》，2007年第5期，頁34-35。

陳耀泉：《華語語音教學說論》（新加坡：創意圈出版社，2005年）。

耿振生：〈北京話「兒化韻」的來歷問題〉，《吉林大學社會科學學
　　報》，2013年第2期，頁154-159。

郭錦桴：《綜合語音學》，福州：福建人民出版社，1992年。

郭　熙：〈普通話詞彙和新馬華語詞彙的協調與規範問題——兼論域
　　內外漢語詞彙協調的原則和方法〉，《南京社會科學》2002年
　　第12期，頁78-83。

郭　熙：〈馬來西亞檳城華人社會的語言生活〉，《中國社會語言學》
　　2003年第1期（創刊號），頁107-114。

郭　熙：〈馬來西亞：多語言多文化背景下官方語言的推行與華語的
　　拼爭〉，《暨南學報（哲學社會科學版）》第27卷第3期，2005
　　年，頁87-94。

韓解況、馬均：《漢語兒化詞學習手冊》，北京：北京大學出版社，
　　2002年。

胡明揚：《北京話初探》，北京：商務印書館，1987年。

黃伯榮、廖序東主編：《現代漢語（上、下冊）》，蘭州：甘肅人民出
　　　版社，1980年。

李思敬：《漢語「兒」音史研究》，臺北：商務印書館，1994年。

林　燾、王理嘉：《語音學教程》，北京：北京大學出版社，1992年。

羅常培、王均：《普通語音學綱要》，北京：商務印書館，2002年。

麥留芳：《方言群認同：早期星馬華人的分類法則》，臺北：中央研究
　　　院民族學研究所，1985年。

孫國華：〈普通話捲舌元音的聲學模式及感知〉，《應用聲學》1994年
　　　第4期，頁25-29。

王　冠：〈中級漢語水平泰國學生習得兒化音的實驗研究〉，廣州：暨
　　　南大學碩士論文，2012年。

王　力：《王力文集》（第五卷：漢語音韻、音韻學初步），濟南：山
　　　東教育出版社，1986年。

吳宗濟編：《現代漢語語音概要》，北京：華語教學出版社，1992年。

熊子瑜：《Praat 語音軟件使用手冊》，網址：http://ling.cass.cn/yuyin/st
　　　aff/praat_manual.pdf/，瀏覽日期：2008年5月16日。

徐大明、陶紅印、謝天蔚：《當代社會語言學》，北京：中國社會科學
　　　出版社，1997年。

徐振峰：〈臺灣華語師資培訓生兒化正音研究〉，「第十二屆臺灣華語文
　　　教學年會暨國際學術研討會」，2013年12月27-29日，頁275-
　　　286。參見 http://www.speedprint.com.tw/~conference/data/B27.
　　　pdf，瀏覽日期：2014年11月4日。

于珏、李愛軍、王霞：〈上海普通話與標準普通話捲舌元音聲學特徵對
　　　比研究〉，《當代語言學》第10卷第3期，2008年，頁211-219。

趙元任：《語言問題》，北京：商務印書館，1980年。

周翠琳：〈漢語普通話的特殊韻母及其教學〉，孫德金主編：《對外漢語語音及語音教學研究》，北京：商務印書館，2006年，頁329-337。

祝畹瑾：《社會語言學概論》，長沙：湖南教育出版社，1992年。

鄒嘉彥、游汝傑：《漢語與華人社會》，上海：復旦大學出版社；香港：香港城市大學出版社，2001年。

外文

Bauman-Waengler, Jacqueline. *Articulatory and Phonological Impairments: A Clinical Focus*, Third Edition (Boston: Allyn & Bacon, 2007).

Bloomfield, Leonard. *Language* (Chicago: University of Chicago Press, 1984).

Boersma, Paul & David Weenink. *Praat: Doing Phonetics by Computer* (Version 5.0.23) 〔Computer program〕, 2008. Retrieved May 16, 2008, from http://www.praat.org/.

Fant, Gunnar. "Analysis and Synthesis of Speech Processes," in *Manual of Phonetics*, edited by Malmberg, Bertil (Amsterdam: North-Holland Publishing Company, 1968), pp. 173-277.

Labov, William. *The Social Stratification of English in New York City* (Cambridge: Cambridge University Press, 2006).

Labov, William. *Principles of Linguistic Change: Social Factors* (Oxford: Wiley-Blackwell, 2001).

Ladefoged, Peter & Ian Maddieson. *The Sounds of the World's Languages* (Oxford: Blackwell Publishers, 1996).

Romaine, Suzanne. "Postvocalic /r/ in Scottish English: Sound Change in Progress?" in *Sociolinguistic Patterns in British English*, edited by Trudgill, Peter (London: Edward Arnold, 1978), pp. 144-158.

Stevens, Kenneth N. & Sheila E. Blumstein. "Quantal Aspects of Consonant Production and Perception: A Study of Retroflex Stop Consonants," *Journal of Phonetics* 3 (1975): 215-233.

Zee, Eric. "The Phonetic Value of the Vowels, Diphthongs and Triphthongs in Beijing Mandarin," in *The Proceeding of 5th National Conference on Modern Phonetics*, edited by Lianhong Cai, Tongchun Zhou, and Jianhua Tao (Peking: Tsinghua University Press, 2001), pp. 54-60.

附錄一 半自然情境下誘導兒系列字音的訪問題目

受試者組別	訪問題目
小學組	1. 數學題：6加什麼等於8？（二） 後備題：8加什麼等於10？（二） 後備題：9減什麼等於7？（二） 2. 常識題：你知道給小朋友慶祝的10月1日是什麼節日嗎？（兒童節） 後備題：你知道你是爸爸媽媽的什麼人嗎？（兒子／女兒） 後備題：小孩子唱的歌叫什麼？（兒歌） 3. 科學題：我們人用哪一個器官聽聲音？（耳朵） 後備題：大象身體的哪個部分很大？（耳朵） 後備題：兔子身體的哪個部分很長？（耳朵）
中學組和教師組	1. 數學題：345減143等於多少？（兩百零二） 後備題：279加13等於多少？（兩百九十二） 2. 華文題：請猜一句成語，形容孩子孫子都很多。（兒孫滿堂） 後備華文題：少小離家老大回，鄉音無改鬢毛衰。接著第三句是什麼呢？（兒童相見不相識） 後備常識題：你知道10月1日是什麼節日嗎？（兒童節） 後備常識題：你知道為小孩子創作的文學，叫什麼文學嗎？（兒童文學） 3. 常識題：你知道音樂家貝多芬的哪個器官有問題嗎？（耳朵） 後備常識題：你知道大象身體的哪個部分可用來散熱降體溫嗎？（耳朵） 後備華文題：請猜一句成語：形容見得多聽得多了之後，無形之中受到影響。（耳濡目染）

受試者組別	訪問題目
	後備華文題：請猜三個字，比喻聽過後不放在心上的話。（耳邊風） 後備華文題：請猜一句成語：聽到的、看到的都換了樣子，感到很新鮮。（耳目一新） 後備華文題：請猜一句成語：指親眼聽到和看到。（耳聞目睹）

附錄二　正規情境下兒系列字音的朗讀材料

正規語體	朗讀材料				
句子朗讀體	王寶兒有兩個兒子，其中第二個兒子的耳朵有耳病，二十二歲那年耳朵就聽不見了。				
詞表朗讀體	女兒	耳環	十二	而且	右耳 二胡
辨音詞對朗讀體	鵝／兒	惡／二	額／而	鱷／耳	

附錄三　半自然情境下誘導兒化音的近義詞填充題目

序號	近義詞填充
1	用力＝你都不瞭解情況，跟你解釋起來很（費　　　）。（*暗示：聲母為 "j"*）
2	不中用＝他又惹媽媽生氣了，真（差　　　）。（*暗示：聲母為 "j"*）
3	塔頂＝你看那（塔　　　）上有個人！（*暗示：聲母為 "j"*）
4	一下子＝請你再等多（一　　　），他很快就會出來了。（*暗示：聲母為 "h"*）

序號	近義詞填充
5	弟兄們＝我們（　　們）的感情好得很。（*暗示：聲母為* "g"）
6	枯燥＝那位老師上課真（沒　　），讓我覺得很悶。（*暗示：聲母為* "q"）
7	找麻煩＝我的老闆總愛在發薪水前（找　　），以拖遲發薪日期。（*暗示：聲母為* "ch"）
8	用不正當的手段＝他靠（走後　　）來發達，太不應該了！（*暗示：聲母為* "m"）
9	玩具／東西＝他手裡拿的是什麼（玩　　）？看起來好有趣！（*暗示：聲母為* "y"）
10	首領＝首相阿都拉是馬來西亞的（　　）。（*暗示：聲母為* "t"）
11	針孔＝那支針的（　　）好小，線總穿不進去。（*暗示：聲母為* "y"）

附錄四　半自然情境下誘導兒化音的圖片

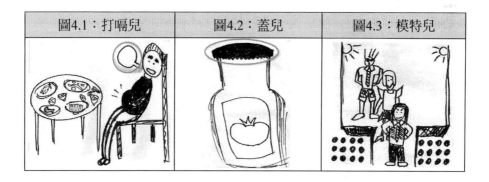

圖4.1：打嗝兒	圖4.2：蓋兒	圖4.3：模特兒

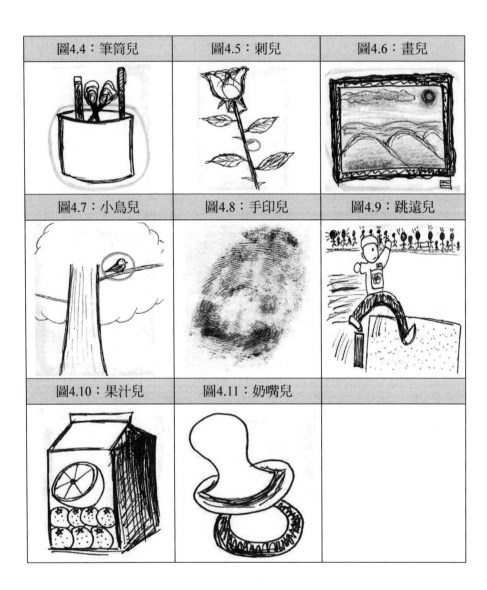

圖4.4：筆筒兒	圖4.5：刺兒	圖4.6：畫兒
圖4.7：小鳥兒	圖4.8：手印兒	圖4.9：跳遠兒
圖4.10：果汁兒	圖4.11：奶嘴兒	

附錄五　正規情境下兒化音的朗讀材料（句子朗讀體）

序碼	朗讀材料	序碼	朗讀材料
1	年底老闆總愛找碴不讓我們拿獎金。	19	果汁真好喝。
2	我對這孩子真是沒法了。	20	他靠走後門兒來考得好成績。
3	我們哥倆感情好得很。	21	奶嘴不見了！
4	打嗝後真舒服。	22	我們哥兒倆感情好得很。
5	她耳根都紅了。	23	那條蟲讓她嚇破了膽。
6	請你再等一會。	24	關於這件案子，我心裡也沒底。
7	他這會又變主意了。	25	我有點兒後悔。
8	他靠走後門來考得好成績。	26	和他的技術相比，我還是差一點。
9	你跑去哪？	27	早點到那裡等人吧。
10	那有棵樹。	28	她說話總帶刺兒。
11	真沒趣！	29	我找不到那枚蓋。
12	你也太不識趣了吧！	30	雷聲把我的魂嚇飛了。
13	我已經知道了，你別再兜圈。	31	你看那塔尖！
14	他竟然在這節骨眼上出事。	32	那條蟲讓她嚇破了膽兒。
15	這種小玩意真可愛。	33	跟你說話很費勁。
16	這有東西！	34	我們一塊去學法語！
17	我給木刺弄傷了。	35	小鳥兒飛走了！
18	她說話總帶刺。	36	關於這件案子，我心裡也沒底兒。

序碼	朗讀材料	序碼	朗讀材料
37	老師叫我別再出錯。	55	他學的專業是冷門。
38	我有點後悔。	56	你想娶她？准沒門兒！
39	我今天上班一直打盹。	57	模特都長得很漂亮。
40	年底老闆總愛找碴兒，不讓我們拿獎金。	58	我找不到那枚蓋兒。
41	他的樣子讓我笑得直打滾。	59	筆筒可拿來放文具。
42	這兒有東西！	60	我最喜歡畫油畫兒。
43	我喜歡小孩。	61	首相阿都拉是馬來西亞的頭。
44	看在他的面子上，你行行好吧。	62	我們一塊兒去學法語！
45	我最喜歡畫油畫。	63	他的樣子讓我笑得直打滾兒。
46	那兒有棵樹。	64	他做的牛排很夠味。
47	你想娶她？准沒門！	65	那支針的眼好小。
48	請你再等一會兒。	66	首相阿都拉是馬來西亞的頭兒。
49	小鳥飛走了！	67	老師叫我別再出錯兒。
50	你好像變了個樣。	68	你寫個字作證！
51	我對這孩子真是沒法兒了。	69	那支針的眼兒好小。
52	他臉上有手印！	70	看在他的面子上，你行行好兒吧。
53	你跑去哪兒？	71	你看那塔尖兒！
54	跳遠是我喜歡的運動。	72	模特兒都長得很漂亮。

附錄六　正規情境下兒化音的朗讀材料（辨音詞對朗讀體）

序碼	朗讀材料	序碼	朗讀材料
1	那／那兒	14	針的眼／針的眼兒
2	一會／一會兒	15	有點／有點兒
3	一塊／一塊兒	16	模特／模特兒
4	哪／哪兒	17	頭／頭兒
5	哥倆／哥兒倆	18	寫個字／寫個字兒
6	瓶蓋／瓶蓋兒	19	打滾／打滾兒
7	油畫／油畫兒	20	奶嘴／奶嘴兒
8	準沒門／準沒門兒	21	變樣／變樣兒
9	小鳥／小鳥兒	22	沒法／沒法兒
10	木刺／木刺兒	23	手印／手印兒
11	膽／膽兒	24	小孩／小孩兒
12	沒底／沒底兒	25	玩意／玩意兒
13	出錯／出錯兒		

誤打誤撞的存古：
淺談新馬的「吸管」名稱
——「水草」、「吸草」、「吸水草」[*]

　　吸管，乃人們借用氣壓原理，用以吸取液體至體內的圓柱中空物。使用時，含著吸管吸走管內部分空氣，造成管內氣壓變小，管外的大氣壓力因而大於管內氣壓，於是大氣壓力迫使管內液體上升。

　　古人老早已懂得使用吸管飲水，其在古代多為天然產物，通常用於吸酒，如唐代詩人杜甫有詩〈送從弟亞赴安西判官〉寫道：「黃羊飫不羶，蘆酒多還醉」，[1]其中的「蘆酒」，按明代文人楊慎的說法，是指以蘆管插入酒桶中吸而飲之——「蘆酒，以蘆為筒，吸而飲之。今之咂酒也」（《藝林伐山・蘆酒》）。[2]北宋醫學家莊綽在《雞肋編》也曾寫道：「關右塞上有黃羊無角，色類麛麃，人取其皮以為裘褥；又夷人造嚼酒，以荻管吸於瓶中」，[3]其中的「荻管」即植物荻之莖。荻形似蘆葦，生於水邊。由明代醫學家李時珍所撰的《本草綱目》中，關於蘆與荻的記載為：「蘆有數種，有長丈許，中空皮薄色白者，葭也，蘆也，葦也。短小於葦，而中空皮厚色青蒼者，菼也，薍

---

* 　本文刊於：《語文建設通訊（香港）》第104期，2013年9月號，頁41-43。

1 　〔唐〕杜甫撰，〔清〕錢謙益箋注：《杜詩錢注》（臺北：世界書局，1998年），頁85-86。

2 　〔明〕楊慎：《藝林伐山》（臺北：臺灣商務印書館，1965年）。

3 　〔宋〕莊綽撰，蕭魯陽點校：《雞肋編》（北京：中華書局，1983年），頁53。

也，荻也，萑草也。」[4]

除了有以蘆葦、荻等水邊植物飲用咂酒的方式，[5]據古籍記載尚有以藤管與竹枝的飲用方式。[6]

除了中國，古代其他地區也可見以植物枝莖飲水的例子，例如使用麥稈飲水，這種就餐方式最早見於美索不達米亞平原上的古老先民，這在岩石畫中有所顯示。考古學家也曾發現一枚蘇美爾人的印章上刻有人們用吸管飲啤酒的圖案，據說是因為當時的啤酒黏稠且略帶苦味與殘渣，因此只能以吸管飲用啤酒。

而吸管作為一種正式的發明物，則是始自一八八八年，由美國的煙捲製造商馬文・史東（Marvin Stone）發明。英國《金融時報》（*Financial Times*）還在二〇一三年慶祝報慶一百二十五年之餘，也同時紀念吸管的發明。在其被發明之前，美國人以中空的天然麥稈來吸飲冰酒，以避免口中熱氣降低酒的冰凍程度，然麥稈易斷，本身味道亦會影響酒味。於是馬文・史東從煙捲中獲得靈感，製造了一支紙吸管，試飲之下既不會斷裂也無怪味，從此人們喝冰涼飲料時都喜歡使用紙吸管，後來塑膠發明，塑膠吸管就逐漸取代了紙吸管。吸管的英語 "straw"，其原意指收割後乾燥的禾稈、麥稈、稻草，即如上所述吸

4　〔明〕李時珍撰，張紹棠重訂：《本草綱目・草部四・蘆》第十三冊，卷十五（上海：上海商務印書館，1930年），頁59。

5　咂酒，古稱蘆酒、咂麻酒、筒酒、竿兒酒、鉤藤酒等，因其飲用工具不同而有多種名稱，是一種極富民族特色的酒及飲酒方式的總稱。咂酒最早蓋源於南方少數民族地區。據《遵義府志》記載，咂酒的釀製，已有兩千多年的歷史，是古代苗族人民特有的一種傳統飲料，常在重大節日，婚喪嫁娶、宴迎賓客等隆重場合飲用。三國時吳人沈瑩《臨海異物志》稱臺灣土著居民「以粟為酒，木槽貯之，用大竹筒長七寸許吸之。」這也是關於咂酒飲用的較早紀錄。其中木槽即為釀器，大竹筒則是咂酒工具。以上取自閻豔：〈釋「咂酒」〉，《阜陽師範學院學報》（社會科學版）第5期（2002年），頁19。

6　閻豔：〈釋「咂酒」〉，頁19。

管的前身。在二○○八年由日本著名雜貨品牌無印良品舉辦的設計競賽"Muji Award 03"中，日本設計師 Yuki Iida 就憑麥稈作為吸管的設計作品"Straw straw" 抱走金獎，這份作品從「塑膠耐用」的枷鎖中「復得返自然」，不為土地造成負擔。

圖一

出土於伊拉克北部Tepe Gawra的印章，顯示大約西元前四○○○年在美索不達米亞飲用啤酒的方式——兩個人正利用彎曲的麥稈從酒壺裡吸飲啤酒。此文物現存美國賓夕法尼亞大學考古學與人類學博物館[7]

圖二

日本設計師Yuki Iida在 "Muji Award 03" 中的金獎作品 "Straw straw" [8]

　　在新馬一帶，人們通常不如中國大陸和臺灣那樣稱吸管為「吸管」，而是稱「水草」、「吸草」、「吸水草」，又或者直接用福建話「草 cao2　吸 guh4」或英語 "straw" 來指稱，不瞭解的外國人聽到這個「水

7　圖片來源為Ian S. Hornsey. *A History of Beer and Brewing* (Cambridge: The Royal Society of Chemistry, 2003), p.77, figure 3.1。

8　圖片來源為無印良品官方網站，參見網址：http://www.muji.net/award/03/eng_nwpiece01.html，下載日期：2013年4月14日。

草」常會以為是指魚缸裡的水草而一頭霧水，鬧出笑話。此外，聽說也有一些馬來西亞人稱「吸管」為「麥管」。在香港，說粵語的人們則通常稱「吸管」為「飲 yam2 筒 tung4」，也稱「飲 yam2 管 gun2」。

為何新馬人會稱吸管為「水草」？這是一個有趣的問題，而筆者暫時尚未在資料中找到答案，因此揣想有以下兩個答案——「水邊之草」與「水中之草」：

一、**水邊之草**：新馬祖先早在發明吸管的一八八八年以前就從中國來到新馬，如果需要使用吸管飲水，可能是像古人那樣利用水邊之草如蘆葦、荻等來吸水，所以在新馬福建話中以「草吸」指稱吸管。筆者在網上就看到有一名臺灣部落客 "VeronicaMars" 寫道「馬來西亞朋友說，叫水草是有典故的，話說先輩們在古早以前是用水草來喝飲料，因為水草是空心的啊，然後『水草水草』地叫就這樣一代傳一代」。[9]

二、**水中之草**：英語 "straw" 即稻草，直譯的話出現「草」這個字也不稀奇（像 "strawberry" 的中譯為「草莓」），而這種「草」是放在飲料裡用來吸飲，因此在福建話中稱「草吸」，以與英語 "drinking straw" 對應。後來隨著教育制度與社會風氣的改變，大家漸漸開始說華語後，有鑒於「草吸」中「草」與「吸」這兩個語素的構詞方式是屬「正偏結構」，即中心語在前，修飾語在後，不符合華語一般的修飾語在前，中心語在後的「偏正結構」，因此從方言改成說華語時，人們只好將「草吸」改說成「吸草」（如潮州話中的「雞 goi1 母 bho2」、廣東話「雞 gai1 𤬃 na2」、客家話「雞 gê1 嫲 ma2」與

9　部落格「Lookout：站在分水嶺的Jo」，參見網址：http://joworldwide.pixnet.net/blog，瀏覽日期：2013年4月14日。

華語的「母雞」相對），後來又出現了「吸水草」或「水草」的說法。關於此說，筆者在網上也看到有一名新加坡部落客「紫曦雨」寫道：「為什麼會叫水草呢？就新加坡人愛把英文直譯翻咯，吸管的英文翻譯是 'Straw'，直譯翻的話就變『草』，喝水用的就變成『水草』」。[10]

個人認為第二個說法「水中之草」，即與翻譯有關的說法的成立可能性比第一個說法高，原因有二：

一、以吸管飲水在古代是屬於因飲料本身需要而採取的飲用方式，如上文所述，在古代吸管通常是用來飲酒，而一八八八年以前從中國移居新馬的先輩多是因為在家鄉無法生活下去而被迫離鄉背井來到新馬從事勞力工作，這些在新馬的先輩是否有需要或有閒錢又或者有閒情到河邊摘水草來飲酒，是可以再討論的。

二、新馬華人祖先從中國南方而來，口操南方方言，而福建話「草吸」這個用來指稱吸管的名稱流傳於新馬區，筆者認為這個「草吸」較像是英語 "drinking straw" 的直譯。「水草」是之後才出現的指稱吸管的新馬華語用詞，倘若一開始新馬祖先是用水邊的草來飲水，那麼福建話何不一開始即用「水草」來稱吸管，而是用「草吸」？

新馬地區以「水草」、「吸草」或「吸水草」指稱吸管的語言現象非常普遍且自然出現在人們的交談之中，其普遍自然程度可謂是幾乎多數人並不曉得這個東西在其他地區如何稱呼，不像捲舌音現象那樣，不少新馬人明知「吃飯」的「吃」應該捲舌，但總禁不住發音如「刺飯」，這個「刺」入聲且不捲舌──「明知不可為而為之」，而「水草」現象則屬完完全全的「渾然不知」。無論如何，這個現象再次讓新馬華語「誤打誤撞的存古」，[11]即順便也告訴了我們：中國人的老祖先是

---

10 部落格「紫曦雨」，參見網址：http://www.wretch.cc/blog/zixiyu/4437314，瀏覽日期：2013年4月14日。

11 其他的「存古」現象是指因方言影響華語而讓該區華語保留古漢語特點的情況，例

利用「水邊的草」來作為吸管飲水的，以「水邊草」作「水中草」。

　　當然上文只是在下淺見，野人獻曝，所提出的兩個理由也非常薄弱，還需求教於各位。尤其即便證實新馬先輩是否利用水草吸飲液體，似乎都難以證明其與翻譯毫無關係，淵源歷史與外語詞義的相同為這個問題帶來了複雜性，除非能找到確鑿證據指出新馬祖先早在"drinking straw"這個詞語出現之前就稱吸管為「草吸」，否則依筆者愚見，第一個說法「水邊之草」難以成立。

　　最後要提出的是，為了撰寫此文，筆者翻閱了一些詞典查找相關詞義，結果發現在《現代漢語詞典》（2012年第六版）中並無收錄一八八八年已發明且普遍流行於城市社會的「吸管」一詞，建議未來可以收錄於詞典內。《全球華語詞典》與《時代新加坡特有詞語詞典》中也沒有收錄在新馬一帶表示吸管的「水草」一詞，這些編錄地域特色詞彙的好詞典未來再版的時候，建議可以加上此條以利大中華地區與新馬華人之間的溝通，尤其飲食文化交流是一件平常的事。

如因為南方方言中的「你行先」在社會的根深柢固，不少新馬人說華語時總「情不自禁」地多說「你走先」而難以說出符合華語或普通話語法的「你先走」，這就保留了古漢語的特點。

參考辭書

李宇明主編：《全球華語詞典》，北京：北京商務印書館，2010年。

李宇明主編：《新世紀全球華語詞典》，新加坡：新加坡怡學出版社；北京：北京商務印書館，2010年。

歐陽覺亞、饒秉才、周耀文、周無忌編著：《廣州話、客家話、潮汕話與普通話對照詞典》，廣東：廣東人民出版社，2005年。

汪惠迪編著：《時代新加坡特有詞語詞典》，新加坡；聯邦出版社，1999年。

中國社會科學院語言研究所詞典編輯室編：《現代漢語詞典》（第六版），北京：北京商務印書館，2012年。

階級意識的助長？
淺談「女傭」等傭類詞[*]

　　最近新馬一帶傳出的虐傭案一宗比一宗還觸目驚心。如二〇一四年秒兩位馬來西亞華裔高級白領女性被揭發酷虐印尼女傭：拳打腳踢、藤條猛鞭、電蚊拍電擊、喉嚨塞物、私處塞物、不給食物、強灌熱水、逼食糞便、逼飲尿液、強拔三牙等，堪比滿清十大酷刑，彷彿回到毫無人權的蠻荒時代，被救出時已「不似人形」。[1]為了應付國內勞力需求與保障婦女權益，印度尼西亞政府打算在五年內（2019年前）停止輸出女傭到其他國家，總統佐科威甚至認為應該馬上停止，以表示「我們應該有點自尊和尊嚴」。[2]

　　本文將借助報章材料，分析「女傭」等傭類詞在現代新馬的使用情況，並輔與其他中文社會比較，從而提出相關建議，探討詞彙與社會的關係，思考能否從詞彙入手改善此種主僕階級意識分明的情形。

一　現今「女傭」等傭類詞的使用情況

　　「傭」在《現代漢語詞典》（第五版）裡有兩個義項：雇用；僕

---

[*]　本文刊於：《語文建設通訊（香港）》第108期，2015年4月號，頁40-44。

[1]　〈2女魔10刑虐傭〉，馬來西亞《中國報》。參見網址：https://www.chinapress.com.my/20141222/%E5%A5%B3%E9%AD%94%E5%88%91%E8%99%90%E5%82%AD/，發布日期：2014年12月22日。社會也有零星幾起雇主被害新聞。

[2]　〈佐科威：印尼擬停輸出女傭〉，馬來西亞《星洲日報》（2015年2月15日）。

人。在《古代漢語詞典》中，相關義項有二：受雇傭，出賣勞力[3]；雇用。

我們借助道瓊斯 Factiva 新聞數據庫，搜索了過去三個月（2014年11月16日至2015年2月16日），「女傭」及其他用以表達「受雇處理家務的人員」的詞（也包括學者建議使用的詞）在各地主流中文報章的使用量，整理成表一。選用的新加坡報章有四：《聯合早報》、《聯合晚報》、《我報》、《新明日報》；馬來西亞報章有七：《星洲日報》、《南洋商報》、《光明日報》、《中國報》、《光華日報》、《東方日報》、《詩華日報》；臺灣報章有五：《中國時報》、《聯合報》、《自由時報》、《經濟日報》、《蘋果日報》；香港報章有七：《明報》、《東方日報》、《星島日報》、《成報》、《蘋果日報》、《太陽報》、《文匯報》；澳門報章有二：《市民日報》、《現代澳門日報》；中國大陸報章有六：《參考消息》、《人民日報》、《揚子晚報》、《廣州日報》、《羊城晚報》、南都網（《南方都市報》網站）。

根據表一，至少可歸納以下幾種現象：

一、與學者、個別地區的官方提倡或使用的家務工人或助理類詞相比，傭類詞最常為各地主流中文報章使用（98%）。

3　《史記·季布欒布列傳》：「欒布者，梁人也……窮困，賃傭于齊，為酒人保。」

表一　「女傭」等備類詞及其他用以表達「受雇處理家務的人員」的詞在新加坡、馬來西亞、臺灣、香港、澳門、中國大陸主流文報章的使用量（2014年11月16日-2015年2月16日）

類別	用詞	新加坡	馬來西亞	臺灣	香港	澳門	中國大陸
備類詞	女傭	213	290	10	163	0	16
	男傭	0	1	2	0	0	0
	幫傭／家庭幫傭（臺灣官方）	13	8	8	2	0	5
	家傭	1	7	0	97	6	2
	外傭（臺灣官方）	3	7	18	245	0	7
	國籍＋傭	14	24	17	295	0	7
	・菲傭	・12	・9	・5	・73	・0	・4
	・印傭	・2	・15	・12	・219	・0	・3
	・緬傭	・0	・0	・0	・1	・0	・0
	・泰傭	・0	・0	・0	・2	・0	・0
	傭工／家庭傭工（香港官方）	2	2	0	41	0	3
	傭人／家庭傭人（中國大陸政府）	12	25	17	74	0	16
	小計	258	364	72	917	6	56
家務工人或助理類	幫工／家庭幫工（新加坡政府：foreign domestic worker）	1	0	2	0	0	2
	家務勞工（藍佩嘉2002；新加坡政府：foreign domestic worker）	0	0	0	0	0	0
	家務移工（藍佩嘉2002）	0	0	2	0	0	0
	家務助理（香港官方：foreign domestic helper；馬來西亞政	0	0	0	23	0	0

類別	用詞	新加坡	馬來西亞	臺灣	香港	澳門	中國大陸
詞	府：pembantu 助 理　rumah 住家　asing外國）						
	家庭助理（香港官方：foreign domestic helper；馬來西亞政府：pembantu 助理　rumah 住家　asing外國）	0	0	0	0	0	0
	家政助理（香港官方：foreign domestic helper；馬來西亞政府：pembantu 助理　rumah 住家　asing外國）	0	0	0	0	0	0
	家務工作者	0	0	0	1	0	0
	家庭工作者	0	0	0	0	0	0
	家戶工作者（林秀麗2000）	0	0	0	0	0	0
	家政工作者	0	0	0	0	0	0
	家務勞動者（林津如2000）	0	0	0	0	0	0
	家政勞動者	0	0	0	0	0	0
	小計	1	0	4	24	0	2

資料來源：道瓊斯Factiva新聞數據庫，瀏覽日期：2015年2月16日。

　　二、新馬一帶最常使用「女傭」且非常集中（新加坡：82%；馬來西亞：80%）；臺灣則不集中使用某詞：「外傭」（24%）、「傭人」／「家庭傭人」（22%）、「國籍＋傭」（22%）、「女傭」（13%）；香港也不集中使用某詞，多使用「國籍＋傭」（31%）、「外傭」（26%），也使用「女傭」（17%）、「家傭」（10%）；澳門則都使用「家傭」；中國大陸也不集中，使用「傭人」／「家庭傭人」（29%）、「女傭」（29%）等傭

類詞。[4]

　　三、香港官方英文採用 "foreign domestic helper"，中文報章也出現二十三次與其對應的「家務助理」（2%），其他地區並不使用此詞。

二　建議與討論

　　二〇一一年日劇《家政婦三田》火紅，按字面來看，「家政婦」便是「打理家政事務的婦女」，即「專業＋性別」，而並非如在各地泛用（尤其是新馬）的「女傭」一詞，僅是「性別＋被雇用幹勞力活兒」，毫無專業性可言。雖說家務幾乎人人會做，但如何做得又快又好，絕對是一門學問與專業，更何況其中大部分均受過相關訓練才能擔任（至少新加坡是如此）。正所謂「名不正則言不順」，我們建議社會應儘量避免使用這些傭類詞，而改用「家政員」或「家政助理」，以更能凸顯這項職業的專業性質，從而提升行業地位。希望通過詞彙，慢慢修正幾千年來階級傳統（如中西方均有的「貴族─僕人」、「莊園主─黑奴」、「主子─奴才」等制度）對這個行業的滲入，避免助長雇主意識的可能性（當然最關鍵的還是需要相關法律制度的保障）。

　　在新加坡，儘管政府人力部的英文用詞為 "foreign domestic worker"，馬來西亞政府也採用「pembantu 助理　rumah 住家　asing 外國」（此為馬來詞，可翻譯為「外籍家庭助理」），但兩地的中文主流報章並無「家庭幫工」、「家務勞工」、「家務助理」之類的翻譯，而一面倒地使用以「女傭」為主的傭類詞。甚至還常聽見人們使用「maid」

4　在中國大陸，「保姆」一般指受雇照顧孩童或從事家務勞動的人員，究竟指向何者或兩者兼有需視語境而定。在新馬一帶，「保姆」一般專指照管兒童，「女傭」則指向從事家務勞動、照管兒童（如需），倘若純粹家務勞動則一般不使用「保姆」。因內容與篇幅關係，表格中暫不加入「保姆」與討論此種使用情況。

（即「女僕」）指稱「女傭」。由此可見，民間尚未趕上政府的步伐（比起"domestic worker"，當然更理想的英文用詞應為強調專業性質的"household worker"），仍使用無專業性質或具有階級色彩的「女傭」或「maid」。新馬「女傭」一詞的普及可能與其英殖民歷史有關，十九世紀的英國還保有僕人制度。[5]此外，這應該也與中國女性下南洋從事家務活兒的歷史有關：

> 在晚清時期，不少女子出洋去做女傭，尤以華南沿海為甚。珠三角地區多自梳女，即女子把頭髮梳起表示終身不嫁，沒有家庭羈絆，她們更容易出洋謀生。「初入境的自梳女大部分擔任家傭工作，當家內僕人、保姆、廚子等，加入著名的『順德女傭』行列，以廚藝、乾淨、勤快、盡爽、有紀律著稱。」[6]南洋女傭構成了近代中國出洋群體的重要組成部分。[7]

香港的情況則較為可喜，其官方英文用詞為 "foreign domestic helper"（即「外籍家務助理」），三個月來主流中文報章的「家務助理」使用量達二十三次。儘管數量仍少，但這是值得鼓勵的現象。

臺灣如新加坡、香港一樣，正邁向大都市發展，雙薪富裕家庭漸多，對家政員的需求也隨之增加。目前世界各地的家政員（尤其是亞

5　關於近代西方家庭女僕的情況，可參看宋嚴萍：〈西方工業化進程中家庭女傭的社會境遇〉，《學海》第6期（2010年），頁149-153。

6　夏坤：〈晚清廣州女傭研究〉（廣州：暨南大學碩士論文，2006年），頁43。

7　黃晶晶：〈淺談近代女傭與中國社會〉，《蘭臺世界》第4期（2013年），頁88-89。按此文，當時女傭還細分為貼身娘姨（貼身女傭）、廚傭、奶娘、梳傭；另外，「每個地方對女傭有不同的稱謂，不同年齡段的的女傭也有不同的稱呼，如女僕，指在家庭裡做一切雜事的女傭；大小姐則指未婚女傭；大姐是蘇州地對女傭的稱呼；媽姐是廣州和香港地區對女傭的稱呼」。

洲國家）多無更換雇主的自由，法律上也受到不平等對待，除非自行逃脫，否則不可能解決經濟困境（如遭到雇主或中介的薪金苛扣）或脫離被虐的處境。[8]不少臺灣社會學家（恰巧均為女性）特別關懷此課題，通過田野調查來深入探討家政員面對的問題，並不約而同地反對使用傭類詞，建議使用「家務勞工」、「家務移工」[9]、「家戶工作者」[10]、「家務勞動者」[11]等詞。如林秀麗所言：

> 這群來自東南亞的婦女被引進臺灣之後，並不被視為是一位工作者，甚至契約上也沒有明訂她們出賣勞動力給雇主的時間（亦即俗稱的上下班時間），結果導致雇主可以隨意地安排她們的工作與時間，因此，我認為唯有清楚地將她們標示為「家戶工作者」（household worker）而不是女傭（maid）或家庭幫傭，才可能釐清其與雇主的關係……在字典上「家務」（domestic）一詞有持家的、喜愛家庭生活的意思，也不適用於這些進駐到家庭裡的「工作者」。[12]

---

8 張晉芬：〈女人幫助女人：東南亞籍女性幫傭在臺灣——評介藍佩嘉：*Global Cinderellas: Migrant Domestics and Newly Rich Employers in Taiwan*〉，《女學學志：婦女與性別研究》第24期（2007年），頁176。

9 藍佩嘉：〈跨越國界的生命地圖：菲籍家務移工的流動與認同〉，《臺灣社會研究季刊》第48期（2002年），頁169-218。然張晉芬認為 "migrant workers"（移工）並不適用於亞洲國家，「客工」（無移民機會的工人）比較合適。若在美國或一些歐洲國家，則有機會成為合法或非法的移民。

10 林秀麗：〈來去臺灣洗BENZ：從臺中地區菲籍女性家戶工作者的日常生活實踐談起〉（臺中：東海大學社會所碩士論文，2000年）；林秀麗：〈私領域裡的勞動力買賣與危機：從臺中地區菲籍女性家戶工作者的日常生活實踐談起〉，《社區發展季刊》第101期（2003年），頁200-212。

11 林津如：〈「外傭政策」與女人之戰：女性主義策略再思考〉，《臺灣社會研究季刊》第39期（2000年），頁93-151。

12 林秀麗：〈私領域裡的勞動力買賣與危機：從臺中地區菲籍女性家戶工作者的日常生

　　儘管臺灣學者們十餘年前已積極發聲振聵，但根據本文調查，強調專業性的非傭類詞在臺灣仍極少為人們使用。

　　著名思想家米歇爾・傅柯（Michel Foucault）認為，權力透過知識或語言來建構事實與賦予意義，並通過不斷的監控來維持社會對男女、主從、強弱、問題、病態等各種論述的生產與操控。[13]後結構主義認為當人們應用主導文化論述來描述自身經驗或認識現實世界時，主導文化論述的語言詞彙也調整了人們對其經驗與世界的理解。[14]回到本文開頭提到的案件，現代有些人「嚴以律人，寬以待己」，在職場上期待遇到好老闆，自己卻不當個好老闆，放大自我，以奴役他人為樂為榮，十分矛盾。同為地球人，這種不平等現象有待反思、檢討、改善。我們建議可以從強調家政員這份職業的專業性質來正名開始。

　　活實踐談起〉第一章。其引用Sanjek, Roger & Shellee Cohen, "Introduction - At Work in Homes I: Orientations," *At Work in Homes: Household Workers in World Perspective.* (Arlington, VA: American Anthropology Association, 1990)。

13 Foucault, M. *Power/Knowledge: Selected Interviews and Other Writings* (New York: Pantheon Books, 1980).

14 何芝君：〈個人就是政治：女性主義與敘事治療的契合〉，梁麗清、陳錦華編：《性別與社會工作：理論與實踐》（香港：香港中文大學出版社，2006年），頁40。

第二輯　文學評析
（一）詩與小說淺論

拒絕襪色主義：
淺析呂育陶詩作的政治抵抗[*]

　　呂育陶，馬華六字輩詩人，一九六九年生於馬來西亞檳城州喬治市，畢業自美國康貝爾大學電腦科學系，現為投資銀行資訊部經理。其詩作曾囊獲多項文學獎，如全國大專文學獎（第六屆至第八屆的首獎）、花蹤文學獎（第二屆、第五屆、第六屆的佳作；第七屆的首獎）、臺灣《中國時報》詩情愛意情詩比賽入選獎、臺灣《中國時報》文學獎（第廿三屆的三獎）等。作品曾獲選入《跨國界詩想：世華新詩評析》（楊松年、楊宗翰編）、《馬華當代詩選（1990-1994）》（陳大為、鍾怡雯、黃暐勝編）、《馬華文學大系：詩歌（二）1981-1996》（沈鈞庭編）、《赤道形聲：馬華文學讀本I》（陳大為、鍾怡雯編）。目前，呂育陶著有詩集《在我萬能的想像王國》（1999）、《黃襪子，自辯書》（2008）、《尋家》（2013）、《一個人的都市》（2023）。

　　本文集中討論前兩部詩集。閱畢二書，不難發現，馬來西亞政治命題一直為詩人所重視，感時政治詩為數不少。其中，詩人特別不滿政府的種族政策，如在〈後馬來西亞人組曲〉中曾寫道：

---

* 　本文刊於：第十一屆新加坡大專文學獎籌委會編：《思念在咖啡裡：第十一屆新加坡大專文學獎獲獎作品集》（新加坡：第十一屆新加坡大專文學獎籌委會，2009年），頁103-109。

只是因為穿了黃色的襪子

他不獲准參加

外星資本家主辦的自由餐會……[1]

又如〈只是穿了一雙黃襪子〉：

只是穿了一雙黃襪子

獎學金悄然掉落另一個不同膚色的杯子裡

海報中文字體不可過於肥大

以免傷害國家主義教徒狹窄的瞳孔[2]

黃襪子，是詩人鍾愛的喻體，用以借喻華人的黃皮膚。「只是穿了一雙黃襪子」，詩人將千噸重的憤恨化為一雙輕襪，以輕寫重，更顯種族政策命題的沉重和詩人凝重的心。愛之深，責之切，可見詩人深愛馬來西亞這片土地，也正因此，才如此不厭其煩地頻繁創作政治詩，企圖發出怨懟，以文字進行抵抗。那麼，怎麼寫才能徹底地抒發對政治的不滿？怎麼寫才能盡情地一澆心中塊壘？以下，本文將針對詩人的文學抵抗手法作一淺析。

政治手段的淫化

食欲和性欲，是人們最原始的欲望，滿足時往往能讓人們擁有最

---

1 呂育陶：〈後馬來西亞人組曲〉，見呂育陶：《在我萬能的想像王國》（吉隆坡：千秋事業社，1999年），頁110。

2 呂育陶：〈只是穿了一雙黃襪子〉，見呂育陶：《黃襪子，自辯書》（吉隆坡：有人出版社，2008年），頁68。

極致的洩欲感。除了洩欲，食物和性愛也能安慰一個個孤獨疲憊的靈魂，擦舔滿身無奈的傷口。其中，兩者均存在支配與被支配的模式，不過對於性愛而言，被支配者在法律的蔭護下有權控訴，在維護人權的國度中，被支配者將普遍受到同情，支配者將受到懲罰和鄙視。因此，擁有萬能想像力的詩人看中此種性愛的特質，在幾首政治詩中，把馬來霸權比作性愛霸權，想像自己和人民被政治姦污。在詩人筆下，施暴者就是政府，自然不會受到懲罰和鄙視，反而可擁有權力逍遙法外，可姦污了人民後，棄之不顧，即使重犯也行。如此的寫作手法，也許可視之為將政治淫化（eroticize politics）。利用詩歌將政治淫化，一來，可凸現支配者的霸道、被支配者的悽楚無奈，引發讀者人神共憤的情緒；二來，也可拯救詩人，詩人就像與詩歌造了一場愛，發洩對於政治的種種不滿，達到最極致的洩欲感，藉以療傷；三來，也可同充斥「口交」、「肛交」、「雞姦」等字眼的當今馬來西亞政治舞臺呼應，既然馬哈迪政府指責時任副首相安華犯上以上罪刑，詩人亦「以其人之道還治其人之身」，指責政府對人民的心靈也犯上了這些罪刑，狠狠地向政府潑出幾盆冷水，發出如火龍般最猛烈的怨懟與抵抗。

如在〈與攝影機的無盡遊戲〉裡，詩人寫道：

> 在他們口述的自然界法則裡
> 請裸體我請物化我請
> 困獸籠內觀賞我
> 別人權我
> 在莊嚴聖潔如火炬卻又粗壯陽剛如性器
> 口述的傳統條規裡啊
> 我等皆為女流之輩

　　請Ａ片我請舞女我哦哦請娼妓我

　　……別道德我[3]

「他們口述的自然界法則」，即暗指馬來霸權主義是用「口述」的，並無徵求其他自然界同胞的同意，並無法律的明文規定。在如此「莊嚴聖潔如火炬卻又粗壯陽剛如性器」的法則下，詩人將自己比作「女流之輩」，熱情邀請這些馬來霸權主義者把他當作Ａ片中的女主角、舞女、娼妓、困獸籠裡的畜牲，「裸體他」、「物化他」、「觀賞他」，不用給他人權，不用跟他講道德，在性愛場景中好好支配他就行了。這可說是詩人近乎絕望的控訴。倘若心情僅是失望，也許詩人會採用正寫的方式「我只是舞女、娼妓」；然而詩人反寫自己心情，邀請當權者盡情侮辱他，對政府近乎絕望的心情表露無遺。「請××」我的語句模式，是將名詞動詞化，不按正規語法說「請把我當作××」，可猜想憤怒的詩人在此處已不想多用言語，只想以最少的字眼發出最淒厲的抵抗：在如此的國家體制下，他深感自己沒有人權，只是活在種族政策下的畜牲，讓當權者對他極盡侮辱姦淫之能事。被支配者不反抗反倒邀請侮辱，讓讀者深感當權者已將詩人的心燒成灰燼。

　　當然，以男性性器比作馬來霸權條規，以Ａ片女主角、舞女、娼妓比作被支配者，適宜與否，則有待商討。另外，「女流之輩」字眼的使用也過於彰顯男權主義，這和馬來霸權主義並無分別，似乎與詩人追求的平等背道而馳。

　　另外，在〈選舉的盡頭〉裡，詩人寫道：

　　看見一群手持准證的資本家連夜策劃如何

3　呂育陶：〈與攝影機的無盡遊戲〉，見呂育陶：《黃襪子，自辯書》，頁54。

犁開童年貧瘠的子宮，播種
因夢想而偉大的夢想
更聽見窗外廣場、機場、水壩、塔尖
斷續傳來一陣陣叫床聲：
我能　能我　哦我　能能
能喲　我唷　嗨我　能能
（別縱欲我請禁忌我）
但我豈非僅有蟲或蟻的選擇……

而我終於明白我性冷感的主因
在選舉的盡頭
當我握著一支陽痿的圓珠筆
的時候[4]

在這首詩裡，詩人不知道該將選票投給「雄渾有力領航國家艦隊的旗艦」還是「骨瘦碌碌頑強爭取航海版圖的舢板」。[5]前者指的是當時的執政黨國民陣線（Barisan Nasional），後者指的是反對黨。「雄渾有力」在這裡是個明諷，也許在金錢和權力上國民陣線確實實力雄厚，但在執政方面，詩人諷刺政府的無能為性無能，政府的陽痿是他性冷感的主因，是他在選舉時徘徊不定的原由。被支配者嫌棄支配者「陽痿」，可謂反賓為主。

「馬來西亞能」（Malaysia Boleh！）是前首相馬哈迪發明的政治口號，然而在詩人看來，這不過是一陣斷斷續續的叫床聲，一把自我滿足欲望的聲音。廣場、機場、水壩、塔尖等不過是性愛場景中的幻

4　呂育陶：〈選舉的盡頭〉，見呂育陶：《在我萬能的想像王國》，頁132。
5　同前註，頁131。

象，是政府展現國家發展和富強的表面，是「因夢想而偉大的夢想」。「別縱欲我請禁忌我」，詩人再次不合語法地發出控訴，反諷人民在馬來霸權下受到各種禁忌的包圍，人民無法「縱欲」地爭取權力。

歷史碎片的撿拾

美國文化批評家弗雷德里克・傑姆遜（Fredric Jameson）曾言：「在後現代主義中，關於過去的這種深度感消失了，我們只存在於現時，沒有歷史」。[6]雖然在語言運用上，呂育陶的詩作常被文學評論家佩戴「後現代」的別針，然就內容而言，詩人重視歷史，關注真相，不似後現代主義者般懷疑真理是否存在。[7]馬來西亞許多歷史事件已在政府的壓榨下支離破碎，因此完整的歷史不可能重現眼前，重現眼前的歷史也只是政府選擇性地將碎片拼湊的組合，已抹上一層名叫官方的色彩。無奈的詩人，只能撿拾一些歷史的碎片，哀悼一番，怨憤幾回。

例如在〈後馬來西亞人組曲〉中寫道：

> 那夜，我們吸食大量知識的迷幻藥／注射理想的麻醉劑／，靈魂虛脫的那一刻／我走到最初的方位／刻意打擾在體育場揚手高喊的長老／，以及群眾／說：／／「都是政治的錯。」[8]

---

6 〔美〕傑姆遜講演，唐小兵譯：《後現代主義與文化理論》（北京：北京大學出版社，1997年），頁205。

7 如對後現代主義產生深遠影響的尼采（Friedrich Wilhelm Nietzsche）曾說過「究竟什麼是人的真理？──不可駁倒的謬誤便是」，見〔德〕尼采著，黃明嘉譯：《快樂的科學》（上海：華東師範大學出版社，2007年），頁265。

8 同註1，頁109。

一九五七年馬來西亞第一任首相東姑阿都拉曼在獨立廣場高喊
「Merdeka」，在國家歷史敘述上是振奮人心的事件，而「我」穿梭時
空，回到那時搶走「長老」的話語權，想告訴歷史，想告訴「長老」
和「群眾」，獨立後的日子並不簡單，錯誤的政治會影響國家發展。
獨立的歷史在官方論述上極為重要，屬「大歷史」（grand history）的
範疇，因為這段歷史能有助於召喚國民的愛國意識，展示一幅三大民
族齊心協力向英國爭取獨立的合樂融融畫面。然而，在「後馬來西亞
人新樂園遊戲規則表皮色素結構主義」[9]（即馬來霸權主義）下，憤憤
不平的詩人撿起這塊大碎片端詳，然後將之與現今千瘡百孔的社會進
行比照，忍不住大喊「都是政治的錯」，企圖消解歷史的美好，突出現
實政治的問題。

　　同獨立日相反，一九六九年的五一三種族暴亂事件一直被政府列
為敏感課題，對召喚愛國意識無益，故打入「小歷史」（petite history）
的冷宮，淡化處理。關於五一三事件，其歷史碎片錯亂、零散、近乎
粉碎，在官方壓力下，勇於追究之人少之又少。根據官方說法，此次
馬來人與華人發生衝突的原因在於各族間政治與經濟能力的差異，因
此事件結果是執行「新經濟政策」，鞏固土著特權；民間也有另外的
說法，認為這是一場人為的流血政變，用以推翻以首任首相東姑阿都
拉曼為主的馬來貴族政權。詩人對官方的說法，還有影響至今的土著
特權有著濃烈的怨懟，他曾在多首詩作中撿起這些粉末般的碎片，零
碎地提及，運用其繁複想像，以各種比喻表達不滿。如〈獨立日〉：

　　　　木槿花的紅。淌血的街道
　　　　軍警的皮靴硬生生把械鬥的巨響

9　同註8，頁110。

踩入泥土的肉裡。獨立日，在人生的平原盡頭

鬆脫的土壤升起都是無色無味的靈魂

當年唯一的一次爭執已經長大成一棵木麻黃

血跡傷痂結成滿天褐黃的枯葉

在類似秋天的早晨，飄然凋落。[10]

木麻黃，根系具根瘤菌，能在瘦瘠沙土上迅速生長，抗風力強，材質堅重。詩人以如此堅毅的樹種比喻「當年唯一的一次爭執」，表示詩人已將此事扎根於心；所有「無色無味的靈魂」只是詩人諷刺政府的說法，抗議政府讓這一條條的生命顯得「無色無味」，好像莫名其妙地死去似的。

又如〈只是穿了一雙黃襪子〉：

逼視歷史課本：

國民同色的血液總安排在5月13日流出體外

場地換在海對岸赤道上真理被騎劫的島嶼

陽具上膛的暴民踢開法律的鐵柵

把無政府主義的精液播種在

一個不允許野狗般使用自己母語的少女子宮裡

僅僅，是為了她母親穿過一雙黃襪子？[11]

詩人於此嚴厲批判了參與這場種族暴動的暴民，也暗中斥責政府縱容這群暴民「踢開法律的鐵柵」，容許這群「無政府主義」的暴民反對華人使用母語，對詩人而言，華人猶如被「陽具上膛」的暴民侮辱了。

---

10 呂育陶：〈獨立日〉，見呂育陶：《在我萬能的想像王國》，頁130。

11 同註2，頁68-69。

　　僅是零星提及五一三事件，自然不足以讓義憤填膺的詩人洩憤。詩人有一首詩作即名為〈我的五一三〉，批評政府對人民的消音行動，因為這已埋葬了一場流血事件的真相：

　　　　絕望冷卻的屍體以及
　　　　活人提問的嘴唇
　　　　──被法令埋葬

　　　　噤聲的童年噤聲的公路
　　　　噤聲的軍營噤聲的咖啡廳
　　　　噤聲的電話亭噤聲的圖書館
　　　　噤聲的羽球場噤聲的日記
　　　　噤聲的精神病院
　　　　噤聲的母親[12]

除了批判當時的消音行動，詩人也批評當今政府淡化五一三事件的作為，因為這已等於抹掉歷史，造成年輕一代無從瞭解：

　　　　舅父的骨灰和許多被暗夜收割的頭顱
　　　　在中學歷史課本
　　　　簡化成輕輕帶過的一行文字[13]

詩末，詩人寫道：

---

12 呂育陶：〈我的五一三〉，見呂育陶：《黃襪子，自辯書》，頁74。
13 同前註，頁75。

城市承受太多歷史的負擔

淤積的心事

無法停下

定格一塊五一三紀念公園

讓陽光

盛大的陽光澆在視野寬闊的草地[14]

英文有一句俗語叫 "There is nothing new under the sun"，意即世界上本來就沒有什麼新鮮事。從這段可看出，詩人希望五一三事件能早日攤在陽光下，別再如幽靈般躲在城市無明的角落。甚且，詩人尚提議建立一座「五一三紀念公園」，提出正視歷史，好讓和平的陽光灑在這片土地，使人民的視野更為開闊。筆者認為此段可視為詩人的神來之筆，是詩人解放自己（免於怨懟），解放歷史（免於遺忘）的表現。雖說五一三事件是「馬來西亞歷史上的『頭號雷池』，也是創作的重要資源」，[15]但如果僅是一味的譴責，至多換個比喻譴責，筆者覺得這對人民的思考無多大裨益，因為在馬華文學中，譴責五一三事件的創作已多如牛毛，除非詩人對此課題有新看法和新發現，那倒值得一寫。「五一三紀念公園」的提出就極富實際意義，它既可記錄歷史，也可作為提醒種族應彼此包容的精神象徵。

結語

儘管華人族群在馬來西亞國家體系中屬「非土著」（Bukan Bumiputera），處於邊緣位置，但是，總得發出抵抗的聲音。也許主流群體

---

14 同前13，頁76-77。

15 陳大為：〈風格的煉成〉，見呂育陶：《黃襪子，自辯書》序，頁11。

聽後選擇自我檢討、充耳不聞或積極消音，也許邊緣群體聽後會奮發抵抗或無奈認命，這些實際效用的問題我們可姑且不論，因為唯有抵抗，才能擁有獲勝的機會，對談的籌碼。

在不同的國家語境下，作家的抵抗策略自然也會隨之不同。因此可說，抵抗，講求的是智慧；抵抗國家體制，講究的是大智慧。在馬來西亞政治語境下，寫作力道的拿捏尤其重要，就像行走在鋼絲索一樣，腳步過重將徒墜深淵。從以上政治詩中可看出，詩人呂育陶已運用了不少文學手法折射自己的怨艾與抵抗。這可說是智慧的表現，因為口號式或煽動式的書寫抵抗大抵很快遭受扼殺，引發其他族群的誤會，畢竟目前馬來西亞的族群關係尚未成熟，如琉璃般易碎。以上筆者只是探討詩人的兩種文學抵抗手法，其詩作尚有許多空間供讀者探索。

綜上所述，儘管拒絕襪色主義的詩人憤恨：

　　五十年，我們被指示
　　要奉獻，要
　　愛國旗愛國語愛黨愛國歌
　　愛憎恨狗的鄰人愛依靠拐杖長大的哥哥
　　愛傾斜的天秤愛兩種門檻的國立大學
　　愛水供局愛收費站愛長官慢兩拍的掛鐘
　　愛愛愛
　　大規模地
　　政治正確地，愛[16]

---

16 呂育陶：〈兩種速度旋轉的螺旋槳〉，見呂育陶：《黃襪子，自辯書》，頁82。

儘管詩人無奈至極：

> 終於，虧待過我們的歷史也坦然領首
> 所謂平等
> 都必須搭建在所有不平等的上端[17]

但終究，詩人深愛著馬來西亞，期待政府實現「馬來西亞人的馬來西亞」，希冀政府能不分襪色地公平對待各種族：

> C，我決定留守於此
> 讓我生於斯、長於斯
> 葬於斯
> 當我死後，親愛的C
> 如果你回來
> 不妨順手摘一朵木槿花
> 我，以及這行星全部不同膚色的居民
>
> 都　在　裡　頭[18]

　　擁有懂得反抗不公不義的國民，亦等同於擁有懂得思考的國民，如此國家才有希望。筆者認為馬華抵抗文學，可說是一把彌足珍貴的聲音，既展現華人任性的抵抗，也凸顯了他們抵抗的韌性，這種文明精神是可貴的。

17　同註1，頁130。
18　同註1，頁112。

參考資料

傑姆遜講演，唐小兵譯：《後現代主義與文化理論》，北京：北京大學
　　出版社，1997年。

劉育龍：〈詩與政治的辯證式對話——論八〇和九〇年代的兩本政治
　　詩集〉，見陳大為、鍾怡雯、胡金倫編：《馬華文學讀本Ⅱ：
　　赤道回聲》，臺北：萬卷樓圖書公司，2004年，頁203-211。

呂靜慈：〈呂育陶《在狂喜和哀傷交錯的十字路口》析論〉，見臺灣佛
　　光大學網站：http://www.fgu.edu.tw/~wclrc/drafts/Taiwan/wu-
　　jing-z/wu-jing-z_02.htm，瀏覽日期：2009年2月27日。

呂育陶：《在我萬能的想像王國》，吉隆坡：千秋事業社，1999年。

呂育陶：《黃襪子，自辯書》，吉隆坡：有人出版社，2008年。

尼采著，黃明嘉譯：《快樂的科學》，上海：華東師範大學出版社，
　　2007年。

潘碧華：〈參與的記憶：建國中的馬華文學〉，見《中外文化與文論》
　　第2期，2008年，頁181-194。

許文榮：《南方喧嘩：馬華文學的政治抵抗詩學》，新加坡：八方文化
　　創作室；士古來：南方學院出版社，2004年。

張光達：〈馬華政治詩：感時憂國與戲謔嘲諷〉，見《人文雜誌》第12
　　期，2001年，頁101-107。

張光達：〈新生代詩人的書寫場域：後現代性、政治性與多重敘事／
　　語言〉，見曾翎龍編：《有本詩集：22詩人自選》，吉隆坡：
　　有人出版社，2003年，頁289-297。

張光達：〈九〇年代以來馬華詩中的後現代／語言轉向——以林若隱、
　　呂育陶詩為例〉，見臺灣佛光大學網站：http://www.fgu.edu.

tw/~wclrc/drafts/Malaysia/zhang-guang-da/zhang-guang-da_02. htm，2004年發表於臺灣佛光人文社會學院文學研究所主辦的「新世紀華人文學與文化學術研討會」，瀏覽日期：2009年2月27日。

詩與黑洞：讀賀爾詩集《左邊》[*]

本文是筆者第一次為詩集寫的序。據說第一句往往行路難，還好現在沒有這個煩惱啦（抄用賀爾欣賞的波蘭詩人辛波絲卡〔1923-2012〕的〈詩人與世界：一九九六年諾貝爾文學獎得獎辭〉[1]的方案）。

一　從黑洞說起

二〇一九年四月十日，以觀測星系中央超大質量黑洞為目標的計劃機構「事件視界望遠鏡」（Event Horizon Telescope），發布了人類歷史上的第一張黑洞照片。

三天後的四月十三日，新加坡詩人賀爾先生（此「先生」也含「教師」義，他是一位中學華文教師），發來他即將出版的第四本詩稿，正好滿足我「敲碗」許久的期待，以序之名，先睹為快。

黑洞無法直接觀測，只能間接得知其存在、質量、影響等。詩亦如此，難以破解直測，講求心領神會，命懸於「緣」，打動鐵心了就有緣，就是可以剪貼珍藏於心件匣的好詩。

如果沒寫詩，今生該是和賀爾無緣結識的。初遇是在二〇一七年二月二十六日，本地獨立書店——城市書房舉辦第一屆「購買新加坡文學書運動」（BuySingLit）之「詩生活：每當靈光閃爍」座談會，

---

[*]　本文刊於：賀爾：《左邊》（新加坡：新文潮出版社，2021年），頁8-19。

[1]　辛波絲卡著，陳黎、張芬齡譯：〈詩人與世界：一九九六年諾貝爾文學獎得獎辭〉，《辛波絲卡》（臺北：寶瓶文化，2011年），頁214。

我們是其中兩位分享人。記得賀爾在座談會中提及曾在大學時自印詩集分給朋友，多熱血浪漫的青春情懷，香港畫家智海（1977-）在大學時也做過這樣的事（智海在2016年新加坡作家節中提到）。

　　請教賀爾後，這本《左邊》詩集（2019年）是他的第四本詩集，兼第一本交由出版社出版的詩集；前三本自印詩集是：《叫風》、《herr poetry》、《溫暖紙上》（2012年）。他是能用中英雙語創作的才華家，《溫暖紙上》的二十一首詩裡，就有十首是英文詩。

二　「最體貼的殆盡」：天文的詩意

　　說到黑洞，很巧地賀爾的詩中就使用了一些天文的意象，像這首〈天宮一號〉：「不記得／是什麼時候開始／我被你吸引／卻發現距離好遠／／有一天／你會脫序／分心／開啟自由模式／誰也沒把時間算準／究竟是哪一天你決定轉身／／不能不信星辰命理的安排／你成功避開冰冷的隕石／不曾捲入巨大宇宙黑洞／落葉總該歸根／／是什麼時候開始／你慢慢劃入我仰望的軌道／好多人說／當年你上升時的壯美／即使化成粉碎／也是體面／／今天你／決定／熱鬧噴灑／在沙灘、遊樂場或屋脊／和乏人問津的海島／完成最體貼的殆盡。」

　　「天宮一號」是中國大陸的實驗型軌道飛行器，二〇一一年發射升空，二〇一六年停止運行，二〇一八年再入大氣層，大部分器件燒蝕銷毀，最後墜入南太平洋。

　　賀爾善於從現象中提煉詩意，「即使化成粉碎／也是體面」與「完成最體貼的殆盡」二句，讓整首詩體面又體貼。天文學是宇宙的詩學，奧妙荒渺而迷人。

　　又如這首〈逃生〉：「天體運行和身體運行差不了多少／地心吸引力從不手軟／其他星球人怎麼命名／這惹人厭的扯後腿／／垂老的身

體表面／斑點有如印尼千島／別陷入某種哲學思考／但也有可能某天日出／星體剎那爆炸成／大大小小碎石脫離軌跡／被其他引力／將八方飛散的他／合成少壯流星」。將地心引力妙喻為一種「從不手軟」的「扯後腿」行為，足見賀爾的幽默。老了，老人斑多如千島之國印度尼西亞，真是哎喲老天。人生的意義，是窮讀哲學理論也參不透的，最終的結果，該是如星辰碎石脫軌，流星般逃生。

賀爾的思路與眼界，經常繫於時間與空間。時間，幾乎是每一位詩人、作家、藝術家永恆的創作命題之一。只要小叮噹的時光機還沒發明出來，連接時空區域的狹道——「蟲洞」[2]還沒創造出來，走在這條單向道的我們，注定永遠回不到過去，無法上演穿越劇，彌補不了任何的「早知道」。像他在〈無題〉首段寫的：「販賣時間／不斷投幣也掉不出來」，正是「寸金難買寸光陰」的白話版。販賣機內的商品應有盡有，就是沒賣時間。又如〈錯位〉：「把過去的包袱放在現在的位置／再把現在的時間留給從來／都不靠站的時間／時間一截／一截經過了／自己的座位／又過了頭」，敲響一記「活在當下，避免錯位」的警鐘。

邁入不惑與知天命之間的壯年，難免對於過去與未來，有所感懷，更何況是一位善感的詩人。賀爾這首〈奈何〉，即是一首致青春的詩：「你是湯／液體不會渴／保持濃稠和溫度／華麗的平衡感／我雙手捧碗／示意／要摔破／你冷冷說／我還是湯／你沒喝／我已淌入你食道／碗是個假動作／／玻璃／愛理不理／青春慢得很／薯條推擠／兼職薪水好多／就買張演唱會的票／／如今青春像聖誕樹裝飾／被催著／過了節就拆／入沙的眼／荷爾蒙隔著快餐店的玻璃門／從縫裡竄出來的刺」。明明成人打工仔的薪水比學生兼職工多，學生卻「富

2　關於蟲洞，可參見史蒂芬・霍金（Stephen Hawking）著，郭兆琳、周念縈譯：〈蟲洞與時間旅行〉，《圖解時間簡史》（臺北：大塊文化，2012年），頁202-217。

裕」得可以買演唱會門票；再回首，青春正是揮霍的代名詞，「不會渴的液體」，隔著快餐店玻璃門跳躍的荷爾蒙。常和中學生相處的教師詩人，觀察細緻，冶煉出「液體不會渴」這樣的佳句。

三　「前方是錯落掌紋」：生活與閱讀

在新加坡政府中學擔任全職教師，工作量是很可觀的，尤其是華文教師，在培養學生興趣和批改作文方面，腦細胞應該燒了千萬回，同時也背負著「任重道遠」的壓力。

賀爾說，他自新加坡國立大學中文系畢業後，「十年不詩」，他在第三本自印詩集《溫暖紙上》的自序中寫道：「教學工作繁重或婚後生活寫意無法充當不寫的藉口」。儘管如此，他在社會浸泡十年後，還是重投詩的懷抱。人生無常，寫詩終究是穩住自己的力量，自我的出口，相信他一定是「偏愛寫詩的荒謬」吧。他熱愛閱讀，偶爾簡訊聊天時，他滿腹學問，我的淺陋盡顯無遺。例如這首〈蚊子文字〉，就可顯示他海量的閱讀習慣了：「蚊子觸耳叮嚀前一日所欠文字／中指、腰間、太陽穴／防不勝防林書豪／夜間寫日記／姜文騎驢找馬／春短日子長／讓子彈慢慢飛過紀伊國屋／深夜食堂釣鱈魚子／以董橋七十為尺／已走到橋中央回頭還是探前／都是一樣的距離」。根據此詩的後記，原來是家住八樓的賀爾被「不辭勞苦攀飛」的蚊子「神風式夜襲」，便將白天看的三本書《董橋七十》、《騎驢找馬》、《深夜食堂》[3]入詩。由此可見，生活無詩不可，詩人還能在蚊群中靜心解愁，頗有生活禪意。

3　胡洪俠編選：《董橋七十》（北京：海豚出版社，2012年）、姜文：《騎驢找馬：讓子彈飛》（北京：長江文藝出版社，2011年）、安倍夜郎著，丁世佳譯：《深夜食堂》（臺北：新經典文化，2011-2018年）。

然而「吾生也有涯，而知也無涯，以有涯隨無涯，殆已！」[4]，書是看不完的，賀爾對這點了然於心：「追求知識是一場驚心動魄的過程，／越追就發現眼前展開的岔路越多，蔓延無度。／你停駐，喘氣，回頭看是斷崖，／前方是錯落掌紋。」（〈無題〉第三段）各門知識脈絡如掌紋般盤根錯雜，又暗通款曲，我們不是文藝復興人如達文西（Leonardo da Vinci, 1452-1519），自然得停駐喘氣，避免身心俱殆。

四　「時代誰在微笑」：心繫本土文史

賀爾是土生土長的新加坡人，對於本地社會的文化與歷史，自有一番點滴上心頭，並不因為長年累月的社會化而變得冷漠麻木。像這首〈新謠〉：「一代人／砌起的沙堡敵不住／那幾掠覆手為雨／／孩子的臉還沒長開／已經被撕裂／／點一盞小燈／心曲是一首挽歌」，「新謠」即是「新加坡民謠」的簡稱，特指一九八〇年代的新加坡青少年自創的歌謠，它是民間自發興起的音樂運動，從現在的眼光看來，是具有國家、族群、世代等身份認同意義的文化運動。過去幾年刮起「新謠熱」，「新謠演唱會」場場爆滿，賺的是生長在一九八〇與一九九〇年代的中年人士的集體回憶。新加坡導演鄧寶翠（1971-）在二〇一五年推出的紀錄片《我們唱著的歌》，深度展現「新謠」的發軔歷程，賀爾詩中的「那幾掠覆手為雨」與「心曲是一首挽歌」，與《傳燈》作曲人張泛（1956-）在該紀錄片中擦拭的眼淚交相呼應。「砌起的沙堡」，則讓人想起新加坡導演巫俊峰（1983-）在二〇一〇年首部執導的電影《沙城》。一代人建起的沙堡，滾滾浪潮唰一下就捲走了，彷彿不曾存在。新加坡青年作家荊雲（1979-2018）的生命

4　出自〈莊子・內篇・養生主第三〉。

也在去年倏地被洪流吸沒，引發詩人以其本名撰詩〈張淑華〉深情紀念：「你還沒寫完／就戛然而止／你就在雲裡／看著可憐的地球人／把未竟之歌唱完吧」。

五　「站成一輩子的岸」：詩情與夢想

賀爾寫起情詩來也很有一手。像「愛」是什麼？「你曾忍住盛放的時刻／歎息時／把燦爛開在我眼裡」（〈愛〉）。「情人眼裡出西施」，傾心的對象，在眼裡總是燦爛。

當然寫感情，最怕濫情，畢竟肉麻與噁心僅在一線之間，拿捏不易。要點小幽默絕對是妙招，像這首〈Haiku 石爛（悲劇版）〉：「你明白就算／站成一輩子的岸／也等不到她」。這首詩無論是形式還是內容，都令人拍案叫絕。"Haiku"（俳句）是一種日本古典短詩體裁，由三句十七個音節組成（五音節、七音節、五音節）。這首詩的音節與分行，符合俳句的基本格式，詩題更與「海枯石爛」諧音，內容切題，「站成一輩子的岸」一句令人過目難忘，彷彿一尊「望她石」。

此外，將中國古典文學與當代新詩並置穿插，非但不違和，甚且和樂融融，更是賀爾的「殺手鐧」，例如這首〈殊不知〉：「子非顏回焉知／道／貧中帶一瓢甘／／子非莊子焉知／飛蛾偽裝成／撲身火海的偽莊子／／子非松齡焉知／狐／不及人做鬼祟狀／／子非長吉焉知／瘦驢啼血／斑竹藏有曲折鬼胎」，仿擬了莊子與惠子的「濠梁之辯」（「子非魚，安知魚之樂」），將顏回（公元前521-前481）、莊子（約公元前369-前286）、蒲松齡（1640-1715）、李賀（790-816），與其人其文的典故入詩類比，回環反復，別有意趣。另外，將《紅樓夢》入詩的〈讖語〉，奇想聯翩，引人入勝：「每個人心裡住著一個薛寶釵／每個人心裡住著一個林黛玉／她們的口袋裡都有一包煙／還好打火機

不在她們身上／否則自焚也好，自戀也好／亦近亦遠／都是一場雪崩」。大家閨秀與煙鬼美眉，下場不外是「白茫茫一片大地真乾淨」，雪崩無痕，滿滿的虛空席地而坐。

六 「一方蠕動趨前／一方風光敗壞」：存在的理由不假外求

常有人告訴我，現在的新加坡華文文學不怎麼行。只能說，他們應該是還沒讀過英培安、殷宋瑋、黃凱德、陳晞哲、李青松等本地上乘作家的作品，如今名單上還得加上賀爾的詩。當然還有更多新晉作家即將湧上，拭目以待。

賀爾和我在上個月（2019年3月）都出席了上海作家金宇澄在新加坡的講座。金氏認為，好的文學該像超級市場一樣，可以讓讀者各取所需；我想道理用在這本《左邊》詩集也是可行的，例如讀者可以從中收割哲學的尋思，情感的酣暢，寫詩的荒謬，戲謔的幽默，捲入黑洞之中密度趨近於無限的奇點──「山的巍巍並沒有拉直／河的彎彎／反倒是曲折了彼此的追逐」（〈纏繞〉），進而領略生命的「種種可能」。

寫於二〇一九年四月

神隱的呻吟：簡評當代馬來西亞華文文學的性少數書寫

——以許通元編《有志一同：馬華同志小說選》為例

> 不敢說出名字的愛，在本世紀，是年長男性對年輕男性的
> 偉大的愛，如同大衛和喬納森之間的，如同柏拉圖為他的哲學
> 而做的根本，如同你在米開朗基羅和莎士比亞的十四行詩中找
> 到的。正是那般深深的心靈的愛才如完美一般純淨……而這個
> 世界卻不能理解，這個世界嘲笑它，有時竟然讓這愛中之人成
> 為眾人的笑柄。
>
> ——王爾德庭上辯詞（1895）

一　中國古代的「性少數」

　　當前英語世界以 LGBT 指稱性少數現象：L 為 Lesbian（女同性戀）、G 為 Gay（男同性戀）、B 為 Bisexual（雙性戀）、T 為 Transgender（跨性別）[1]。從人類古代文獻可知，這些性少數現象與異性戀一樣亙古存在，「同性戀的現象在動物生活史裡就有它的地位。它和人類的歷史是同樣的悠久」[2]。根據施曄[3]的研究，中國最早的同性戀

1　紀大偉：《正面與背影：臺灣同志文學簡史》（臺北：臺灣文學館，2012年），頁11。
2　靄理士（Havelock Ellis）著，潘光旦譯註：《性心理學》（北京：生活·讀書·新知三聯書店，1987年），頁516。

記載是《商書》〈伊訓〉中的「比頑童」之說（「敢有侮聖言，逆忠直，遠耆德，比頑童，時謂亂風」），稍後的《逸周書》卷二「武稱解第六」中有「美男破老，美女破舌」句，這裡的「美男」有解作外寵，也有解作頑童，都是指向男風。之後中國各時期的文本都有提到這種男風現象。

　　與法律掛鉤的一夫一妻婚姻制度，是中國與東南亞地區在十八至十九世紀開始受到西方入侵或殖民後所引進的概念。當時西方所謂的婚姻法制度，即：對象必須是異性，彼此婚後忠貞不二。在中國古代，「不孝有三，無後為大」觀念根深柢固，男了在此生必娶一女子為妻（之後可自由選擇是否納妾，數量通常不限），因此即使酷好男風，只要完成了傳承家族香火的使命，在不影響家國發展的大前提下，並不構成「社會議題」。如果男風進行得較為激烈徹底或張揚，至多被視為淫亂，受到旁人告誡與勸告，並不至罪[4]，不像當時西方宗教規定那般會被定罪（如著名愛爾蘭作家王爾德為此入獄兩年的遭遇）。就中國近代而言，明代陳維崧、袁枚、清代鄭板橋等都是酷愛男風的文人代表。

　　中國古代女子方面，則在此生必與一男子結婚，婚後從夫，即使丈夫去世，也不被鼓勵甚至不獲允許改嫁，尤其清代「貞節牌坊」的設立蔚為風氣，對女子貞操之控制與注重可見一斑。女同性戀在中國古代文獻紀錄則為數不多，只有幾例境遇型，如後宮出現「對食」現象，深宅中出現「磨鏡」行為[5]，但由於不影響生養後代以及婚後從夫的社會大秩序，因此一般也不被當時人們視作罪惡或非法行為。

3　施曄：《中國古代文學中的同性戀書寫研究》（上海：上海人民出版社，2008年），頁15。
4　同前註。
5　同前註。

中國宗教方面，儒、釋、道均為中庸之道，不如基督教、回教等神權宗教一律將非異性戀行為視為一種罪名來審判處理（若按原教旨主義），至多是不鼓勵這方面的淫亂以免影響家庭聲譽與前程，因此中國古代從來沒有同性戀與異性戀這種二元化分概念[6]，這是從西方引進的概念。

二　《有志一同：馬華同志小說選》中的性少數書寫

隨著婚姻自由的發展，當代發達國家與不少發展中國家的人民均可自行選擇是否結婚，不如古代那般「必婚」，因而絕對同性戀者就可以避開與異性通婚的難題。然而即使避開了異性婚姻，他們與一般少數群體一樣，承受著來自多數群體程度不一的迫害與歧視。面對有形或無形且無孔不入的眼光與聲浪，男同性戀者、女同性戀者、雙性戀者、跨性別者的境況可想而知，尤其馬來西亞是遵守這方面原教旨的回教國家。例如二〇一一年，旅居美國的馬來西亞華裔牧師兼作家歐陽文風教授，欲回馬來西亞與男友結婚的新聞惹來風風雨雨，尤其政府與宗教界人士均極力禁止與反對，於是他們改在當時剛承認同性合法婚姻的紐約州註冊結婚。[7]

因此，他們在馬華作家筆下的面貌是如何的？擁有性別與族裔雙重少數身份的他們，國家認同會否連帶受到影響？馬華作家對此本身的書寫態度或策略又是如何？從歷時角度來看，或作家本身的背景來

6　Song, Geng. *The Fragile Scholar: Power and Masculinity in Chinese Culture* (Hong Kong: Hong Kong University Press, 2004), p.126.

7　自由亞洲電臺普通話網站：〈同志牧師歐陽文風吉隆坡婚宴引抨擊〉，參見網址：http://www.rfa.org/mandarin/yataibaodao/ma-08092012145026.html，瀏覽日期：2015年9月27日。

看，會否影響他們的書寫？這種種課題，都值得仔細探索，尤其世上每個被性別化的個體其實在某種程度上都受到或多或少的傷害或扭曲，被迫生造天生欠缺的陽剛或陰柔以符合社會的性別期待。我們也可從這些文本觀察人物與作家本身的關係，側耳傾聽那些隱藏在文本中的性少數群體的呻吟，理解他們內心的雞蛋與高牆。

　　本題中的「神隱」一詞源自日語，意思為「被神怪隱藏起來」，可能是被誘拐、擄掠、或受到招待而行蹤不明，好發於兒童，當他們無故失蹤，遍尋不著的話，即被認定遭到神隱，被神祇、狐仙、天狗等鬼魅妖精帶走。在此，我們的「神隱」是指向性少數群體在壓迫下理應發出更大更多的呻吟聲，而在這個社會裡，這把聲音似乎顯得微弱，彷彿被莫名的神力隱藏起來或誘拐了。以目前唯一的馬來西亞華文同志小說選集《有志一同：馬華同志小說選》為例[8]，多數澎湃洶湧的愛戀在光天化日下就像被神隱起來，好像沒發生過這件事，雲淡風輕，結局多只是無言。如陳蝶〈落馬壇烽煙錄〉中同志戀情無法獲得母親認可的男主角「我」、李天葆〈暗紅的灰燼〉中男主角「我」未曾敢於告白的暗戀、許通元〈數夢〉中曖昧而不告白反倒離開對方的男同性情誼等，此集中不見有多少獲得大眾祝福的「大團圓」結局，王子與王子，或是公主與公主，似乎難以過著幸福美滿的日子。作品多發出似有若無的呻吟，雖然程度不一，但都滿溢著不被理解的心情。以下我們將集子中的故事情節以加減號簡單分析成下表（「＋」表示有，「－」表示無）：

8　許通元編：《有志一同：馬華同志小說選》（吉隆坡：有人出版社，2007年）。

《有志一同：馬華同志小說選》的情節簡析表

文本	性少數類型	相戀	成為（地下）情侶	結尾在一起	父母祝福	身體描寫	身體接觸	性行為	有關性的描寫	社會歧視／親屬壓力	內心痛苦呻吟	控訴社會
商晚筠〈街角〉	L	+	−	−	－（無提及父母）	－				+	+	+
翁弦尉〈遊走與沉溺〉	G、B	+	+	−	－（無提）	+	+	+	+	+	+	+
梁偉彬〈剩下是全部〉	G	?（似性伴侶）	−	−	－（無提）	+	+	+	+	+	+	−
陳志鴻〈養〉	G	+	+	+	－（無提）	−	+	+	+	+	+	+
黎紫書〈裸跑男人〉	B、G	+	+	+	－（無提）	−	+	+	+		+	−
許通元〈數夢〉	G	−	−	−	－（無提）	−	−	+	+	+	+	+
李天葆〈暗紅的灰燼〉	G、L（疑似）	+	−	−	－（無提）	−	+	−	−	?	+	?
陳蝶〈落馬壇烽煙錄〉	G	+	+	+	−	−	+	−	−	+	+	+
夏紹華〈日影〉	G	?（曖昧中）	?（曖昧中）	?（曖昧中）	－（無提）	+	−	−	+	+	+	+

　　根據上表，明顯可見集子中存在以下幾種現象。雖然管中窺豹如瞎子摸象並不全面，但這樣的觀察有助於我們日後進行深入研究：

一、男作家多（六位），女作家少（三位）。這也是文壇趨勢。至於讀者群的男女比例，則有待考究；

二、男同性戀多（八篇），女同性戀少（一篇），雙性戀只有兩篇（一篇是配角，一篇是男主角談異性戀後就全情投入同性戀），無跨性別相關作品。「女同志和男同志的人口可能是差不多的，但因為主客觀因素（主觀因素，包括可能取樣偏頗；客觀因素，包括書市可能偏好某些同志作品而冷落另一些），被看見以及被討論的男同志文學比女同志文學多」[9]；

三、多數包含控訴社會的內容（〈剩下是全部〉與〈裸跑男人〉在這方面的控訴較少）；

四、無任何一篇的結局是提到獲得家人祝福，過著幸福美滿的日子；

五、多數包含社會的歧視或家屬給予的壓力（除了〈裸跑男人〉。〈暗紅的灰燼〉雖不顯著，但男主人公從小到大都愛得偷偷摸摸以及不敢向心上人告白都隱約透露了這一點）；

六、全部作品都展現了主人公們內心痛苦的呻吟，原因包括不獲家人認可、因社會不認可而分開、為自己身陷肉慾／幹著社會不認可的事而懷有負罪感、害怕與對方沒有未來而不敢展開戀情、害怕嚇著對方而不敢告白等；

七、三位女作家的作品均不描寫身體，〈遊走與沈溺〉與〈日影〉則極盡描寫男性肉體之能事，尤其〈日影〉簡直是肌肉展示簿。兩位女作家不涉及描寫性事，一位也只是點到即止，不作

9　紀大偉：《正面與背影：臺灣同志文學簡史》（臺北：臺灣文學館，2012年），頁13。

細緻描述，其他男作家作品如〈遊走與沈溺〉、〈剩下是全部〉、〈日影〉則花費諸多筆墨於肛交、勃起等相關性事上。

三　研究展望

我們期待日後閱讀更多文本後作出更細緻的研究。其他地域的華文文學世界如中國大陸、香港、臺灣等都對此課題已有相當程度的關注。[10]而目前針對馬來西亞華文文學性少數群體的專門系統研究還不多，如許通元〈假設這是馬華同志小說史〉、楊啟平《當代大陸與馬華女性小說論》一章〈當代大陸／馬華女性小說中的他者話語與異化主旨〉、紀大偉〈馬華與同志〉與〈性別的濕度：張悅然，張貴興，臺灣經驗〉、張斯翔的碩士論文〈論馬華同志小說與同志文化〉、林俊庭的本科論文〈「櫃裡櫃外」：從馬來西亞同性戀小說看現代社會的人際關係〉、張玉珊的本科論文〈當我們「同」在一起——論馬華同志小說特點〉、梁雅婷研討會文章〈馬華女同志文學的曖昧邊緣：商晚筠小說中的女女情慾〉等。

以上文章多是蜻蜓點水地呈現同志作品概貌、或專門分析某位作家的作品、或專門針對某種文類（如小說），且對雙性戀、跨性別方面的文學作品缺乏更深入的研究，有待後來研究者填補空白，引起關

---

10 在這些華文世界裡，不只是性少數文學作品受到關注，公眾媒體亦然。以臺灣流行綜藝節目為例，《康熙來了》的男主持人蔡康永早已出櫃，此節目多年來深受歡迎，並無影響，甚至近期也有跨性別藝人Kiwebaby因上了幾次節目而爆紅推出MV。另外，臺灣名主持利菁為變性人，今年八點檔連續劇也出現女同性戀情節（《世間情》），另一部連續劇《兩個爸爸》中也討論多元成家的可能性，足見當地觀眾對於LGBT的接受程度，並於2019年在立法院的通過之下，成為亞洲第一個、世界第27個可實行同性婚姻的地方。反觀馬來西亞，據《當今大馬》2015年5月14日報導，丹絨武雅區州議員鄭雨周邀請其他朝野議員商討設立跨性別委員會，但一再因議員缺席而流會，他承認宗教問題是性少數課題在馬來西亞難以跨步前進的主因。

注，尤其：

> 到了二十一世紀初，從書籍期刊的出版、文藝副刊的大肆報導
> 及作品發表、參賽小說的同志書寫及馬華重要作家不避諱嘗試
> 書寫同志題材等，馬華小說同志書寫的質量明顯地提升，同志
> 題材趨向多樣化，逐漸邁入眾聲喧嘩的階段。[11]

　　隨著性少數群體課題在世界各地逐漸受到關注與尊重（同性婚姻
受到越來越多國家的承認，如愛爾蘭在二〇一五年五月二十二日的公
投中批准同性婚姻合法化），這正是研究此課題的「黃金時代」，可以
重點分析那些別具藝術與哲學意義的作品，思考文本本身的開拓性／
顛覆價值及困境，細聽幽微神隱的呻吟聲，從而觀照人性的亮度。

　　　　　　　　　　　　　　　　寫於二〇一五年九月二十七日

---

11 許通元：〈假設這是馬華同志小說史〉，許通元編：《有志一同：馬華同志小說選》
　（吉隆坡：有人出版社，2007年），頁246。

參考資料

中文

郭建樹：〈論許通元《數夢》同志的心理語言及身份認同〉，金寶：拉
　　曼大學中文系學士論文，2014年。

郭詩玲：〈欲和罪的反思：論黎紫書〈裸跑男人〉的揭示性、批判性
　　與警戒性〉，第十屆新加坡大專文學獎編委會編：《我就喜歡
　　寫：第十屆新加坡大專文學獎作品集》，新加坡：第十屆新
　　加坡大專文學獎編委會，2008年，頁128-132。

紀大偉：〈馬華與同志〉，「博客來 OKAPI 閱讀生活誌」網站。參見網
　　址：http://okapi.books.com.tw/article/943，瀏覽日期：2015年
　　5月23日。

紀大偉：〈性別的濕度：張悅然，張貴興，臺灣經驗〉，中國作家網，
　　參見網址：http://www.chinawriter.com.cn/2011/2011-10-26/10
　　3797.html，瀏覽日期：2015年5月23日。

紀大偉：《正面與背影：臺灣同志文學簡史》，臺北：臺灣文學館，
　　2012年。

〈紀大偉：臺找到同志文學立足點〉，馬來西亞《星洲日報》，2014年
　　7月27日。

梁雅婷：〈馬華女同志文學的曖昧邊緣：商晚筠小說中的女女情慾〉，
　　宣讀於「馬臺華語語系文學文化學術交流會」，馬來西亞博
　　特拉大學外文系中文文學碩博課程莊華興教授與臺灣清華大
　　學臺灣文學研究所聯辦，吉隆坡：博特拉大學，2015年4月
　　21日。

林春美：《性別與本土：在地的馬華文學論述》，吉隆坡：大將出版
　　社，2009年。

林俊庭：〈「櫃裡櫃外」：從馬來西亞同性戀小說看現代社會的人際關
　　係〉，北京、新加坡：北京師範大學及新躍大學漢語言文學
　　學士論文，2008年。

歐陽文風：〈同志（gay）／酷兒（queer）神學與詮釋學〉，《蕉風》
　　第493期，2005年2月。

施　暉：《中國古代文學中的同性戀書寫研究》，上海：上海人民出版
　　社，2008年。

孫宜學編譯：《審判王爾德實錄》，桂林：廣西師範大學出版社，2005
　　年。

許通元：〈假設這是馬華同志小說史〉，許通元編：《有志一同：馬華
　　同志小說選》，吉隆坡：有人出版社，2007，頁209-247。

許通元：〈新加坡完全沒有同志文學？〉，《Why Not 不為什麼》（新加
　　坡新文潮文學社出版）第二期，2014年6月，頁19-25。

許通元：〈新加坡完全沒有同志文學？──《騷動》算是新加坡同志
　　文學〉，《Why Not 不為什麼》第三期，新加坡：新文潮文學
　　社，2015年1月，頁18-22。

許文榮：《馬華文學類型研究》，臺北：里仁書局，2014年。

楊邦尼：〈罔兩的馬華同志小說〉，馬來西亞《南洋商報》，2012年12
　　月12日。

楊啟平：《當代大陸與馬華女性小說論》，臺北：秀威資訊科技公司，
　　2012年。

游俊豪：《移民軌跡和離散論述：新馬華人族群的重層脈絡》，上海：
　　上海三聯書店，2014年。

張光達：〈同志書寫、酷兒論述與異性戀（霸權）體系〉，《蕉風》第
　　493期，2005年2月。

張斯翔：〈論馬華同志小說與同志文化〉，臺北：臺灣大學中國文學系碩士論文，2012年。

張玉珊：〈當我們「同」在一起——論馬華同志小說特點〉，金寶：拉曼大學中文系學士論文，2008年。

外文

Song, Geng. *The Fragile Scholar: Power and Masculinity in Chinese Culture,* Hong Kong: Hong Kong University Press, 2004.

靄理士（Havelock Ellis）著，潘光旦譯註：《性心理學》，北京：生活・讀書・新知三聯書店，1987年。

桑梓蘭著，王晴鋒譯：《浮現中的女同性戀：現代中國的女同性愛慾》（*The Emerging Lesbian: Female Same-Sex Desire in Modern China*），臺北：臺大出版中心，2014年。

欲和罪的反思：
論黎紫書〈裸跑男人〉的
揭示性、批判性與警戒性*

　　在基督教的教義裡，世人皆有罪，而罪是來自人們不克制欲望。聖經教導人們只要禱告向主認罪並悔改，就能得到心靈的救贖。作者黎紫書曾在訪問上說過「寫到最後，還是在寫人性。人性的描寫對我本身的觸動最深，探討人性的掙扎和無望，比較黑暗的，消極的，無奈的。可能我是基督徒，原罪的說法很深地影響了我和我的作品」[1]，因此本文將通過〈裸跑男人〉寫作手法的分析，來探究作者對「欲望的氾濫等同罪」的揭示性、批判性和警戒性。

　　黎紫書，原名林寶玲，出生於馬來西亞霹靂州怡保市。她是最被看好的馬華七字輩作家之一，其短篇小說曾多次獲得花蹤文學獎馬華小說首獎，並獲馬華文學大獎，二〇〇〇年獲得第四屆大馬優秀青年作家獎，且她也是兩屆臺灣聯合報文學獎首獎得主，也曾獲紅樓夢獎專家推薦獎、南洋華文文學獎等，獲獎無數。多數馬華作家曾留學於中港臺，而她不同。黎紫書長駐家鄉，時而在國外寫作，曾在《星洲

---

* 本文刊於：第十屆新加坡大專文學獎編委會編：《我就喜歡寫：第十屆新加坡大專文學獎作品集》（新加坡：第十屆新加坡大專文學獎編委會，2008年），頁128-132。

1 葉孝忠：〈衝破種族隔膜，經營馬來西亞特色──訪馬來西亞華人作家黎紫書〉，見新加坡《聯合早報》，參見網址：http://www.zaobao.com/chinese/region/malaysia/pages/malaysia_culture300801.html，發表日期：2001年8月30日。

日報》怡保辦事處擔任記者十年。她已出版微型小說集《微型黎紫書》（1999）等、短篇小說集《天國之門》（1999）、《山瘟》（2001）、《野菩薩》（2011）、《未完・待續》（2014）等、長篇小說《告別的年代》（2010）、《流俗地》（2020）。〈裸跑男人〉原發表於臺灣《聯合報》〈聯合副刊〉（2000年9月1日），後收入短篇小說集《山瘟》。

　　〈裸跑男人〉的故事主要是說一種暗戀舅母的心境一直籠罩著男子矜生，這種現象維持到他中年都無法結束，在故事尾聲寫道「每次提起『幸福』這個字眼，我腦海裡極深極暗之處，總會捲起一個小小的漩渦。嗯，就像酒窩一樣」，這大概是指舅母小璐的酒窩，因為作者只寫過她的酒渦。在這種心境籠罩下，他不斷尋找舅母的影子來填補情欲。只要能讓他憶起舅母，對象可以不分男女。由於矜生不克制對舅母的情欲，因而導致其欲望氾濫，行為包括沉浸女色和展開同性相戀。作者寫此故事，在某種程度上，反思了欲和罪的關係。

戀母情結的放大

　　從心理分析看，欲望的產生就是原罪，欲望的氾濫就是罪。根據奧地利精神分析學家西格蒙德・佛洛伊德（Sigmund Freud）的說法，「原欲」（Libido）是指一種本能的、與社會文明約定相牴觸的衝動，常被歸類與「性」有關。在佛洛伊德晚年作品裡，他提出心理可分為三部分：「本我」（id）、「自我」（ego）和「超我」（superego）。潛意識的「本我」代表滿足需求的原始思緒；同屬潛意識的「超我」代表社會引發生成的良心、道德和倫理思想，用來牽制「本我」；而「自我」屬於意識層次，存於原始需求和道德倫理之間並加以平衡之。他認為「自我」為解決「超我」與「本我」的衝突時會啟動「防衛機制」（defense mechanisms）。〈裸跑男人〉裡的男主角矜生就運用

了「防衛機制」中的「補償」（compensation）。「補償」是由於無法達成某種行為而代之以另一種行為的行為。由於矜生無法達成與舅母小璐結合的願望，他便尋找和舅母有相似之處的理想愛情，藉此發洩欲望，如桑妮同舅母一樣擁有女身，以往他只能用「後腦勺貼著小璐薄薄的胸部」，而後來他在桑妮身上，發覺自己「喜歡把臉深深埋入女人的乳溝，那裡黑暗、擠逼、燒痛，有窒息的痛楚與快感」。後來他之所以與桑妮的堂哥喬恩展開同性戀情，是因為喬恩的「藍色眼珠裡瞳孔深深地黑了下去，誘矜生失衡，一頭栽下」。作品開頭就曾寫道「小璐哀怨迷蒙的眼神，憂傷如一尾銀色錦鯉，噗通，潛入幽幽泛綠的深處」，而且他也在喬恩看電視的神情上「憶起十二少年時，舅母小璐在電影院虔敬而專注的神情」。其實，也就是桑妮的胸部和喬恩的深眸是矜生補償自己對舅母的欲望的移情工具。說到桑妮和喬恩，也許我們會問為什麼矜生不願和桑妮復合，桑妮還寫了兩封信給他。我覺得是矜生在感情上還是像個孩子，曾出走的桑妮再也無法給他安全感，反而是喬恩的承諾「一起遊遍整個歐洲」和誠懇的眼神更能打動他，別忘了我們在作者的敘述中可以讀到好多矜生對他人眼睛的觀察。

另外，佛洛伊德也認為男性天生具有弒父娶母的戀母情結（即伊底帕斯情結，Oedipus Complex）。他認為男童經歷口欲期（oral stage）、肛欲期（anal stage）、陽具期（phallic stage）後，隨之而來的是固著性欲於母親的時期，但因欲望的禁忌本質，必須予以壓抑。故事裡，在舅父的壓制（如看電影時不打算給他買票）和「超我」（倫理輩分）「耗盡心力抑制心頭火勢」下，正值血氣方剛時期的矜生克制自己對舅母的愛欲，「一大片的年少歲月都乾竭荒蕪了」，矜生也因此「反而木訥，反而靦腆」。不是每個人面對戀母情結時所採用的「防衛機制」都是「昇華」（sublimation，即將衝動導引至社會認同的行為上），像矜生就採用了「補償」來平衡之。選擇以「補償」來平衡，可能同都

市的性質有關，文中曾提及都市是辛辣、令人沉溺的，也許因此令矜生無法抵抗這種誘惑。作者抓住「防衛機制」的不同，不結束描述這段戀母情結，相反的，作者把這情結放大。這大概與作者的意識形態有關，作者不僅要揭示戀母愛欲的情形，更要通過矜生對戀母情結克制不當的後果，來批判人性欲望的氾濫和警戒讀者克制欲望，使之合乎社會和一些宗教的原教旨主義的認同。

通篇故事裡，作者只敘述矜生的夢一次，那是桑妮離開他以後的事了，「很長的時期，矜生失去了舅母小璐的消息。母親來書說她帶著孩子遷離小鎮，聽說回娘家那裡了。矜生每日流連在各種主義和派別的畫展上，夜裡夢見自己被線條捆綁、被顏料淹沒」。佛洛伊德曾稱夢為「通往潛意識之王道」，而潛意識的活動內容往往通過扭曲變作為象徵的形式出現，故夢都是象徵的。在矜生的夢裡，「線條」可解讀成象徵「倫理道德」，「顏料」則象徵「欲望」。一般上，夢可以實現受壓抑的願望，因此我們可看得出矜生壓抑欲望的痛苦，他連做夢都還在平衡「本我」和「超我」。

意識形態的流露

除了人物心理分析角度之外，在〈裸跑男人〉中，我們可從一些意象和反諷窺探出作品的意識形態，進而推演出其揭示性、批判性與警戒性。「喬恩像他所有的同志朋友一樣，長期以來情感處於邊緣垂危的狀態」、「醫生說喬恩神經衰弱精神分裂，現在矜生看到了酒、尼古丁和大麻怎樣切割好好一個人的身體與靈魂」，這些作者建構的同志形象，都是一般大眾對同志的主流負面形象。這樣的意識形態利於作者去揭示同性戀是讓人墮落的行為。如果矜生不克制自己的欲望，就會和喬恩一樣發瘋沉淪。「欲望的氾濫等同罪」，作者在此流露強烈

的批判和警戒。

　　此外，作者通過「蚯蚓」的意象來批判矜生的欲望。其實，「蚯蚓」明顯表現作者的意識。每次矜生感到內疚不安時，總會出現「蚯蚓」，如對舅母懷孕而感到「悲傷、羞辱、嫉妒、愛憐、憤怒」時，他「如蚯蚓雌雄同體又絞作一團」，認為自己不該愛上舅母；和喬恩歡愛之後，「矜生經常聯想到獨自完成交媾的蚯蚓，他什麼時候也變成雌雄同體的爬蟲，享受沒有性別的愛情、肉欲、或甚至婚姻」，他也認為自己不該愛戀同性。和喬恩歡愛的第一次，矜生還「無來由地感到恐懼」，接下來和喬恩同住的一段時期，「矜生形容這一段日子陰暗潮濕，感覺如同回歸母親的胎盤」。作者通過這些描寫來召喚讀者感受矜生流於愛欲橫流的空虛和不安，進而揭示欲望的黑暗面和罪的誘惑都是讓人不快樂的，讓人一輩子活在陰暗裡。

　　「毛髮」、「顏料」的意象也可在故事中看到。小說開頭是舅母小璐為矜生剪髮，矜生還為舅母在其頸項後邊吹出的暖氣而感到酥癢。耳背附近一直被視作性欲敏感帶，矜生的欲望從此展開。接著在故事裡，小璐也曾說「嗯，昨天才替你剪的，一夜就不安分了」，而且小說最後是矜生為喬恩刮鬍子。是的，我們可解讀這些每天都在皮膚底層爭相生長的毛髮為「欲望」，欲望的出現無所不在，就好像人的毛髮一樣。另外，「矜生覺得他對繪畫和用色的欲望，像一隻畏縮的生靈被桑妮哄騙出來」、「大紅混雜寶藍，總出於潛意識」、「他說他不要回馬來西亞了，自從他決定拿起畫筆以後，便都顯得格格不入」裡頭的「色彩」和「畫筆」也和「毛髮」一樣象徵著他的性欲。馬來西亞的民風不及巴黎那麼自由，既然他決定「拿起畫筆，揮灑色彩」（暗示放縱情欲），自然就顯得格格不入了。之前也說到，他曾在夢裡「被顏料淹沒」，這又是一種對「欲」和「罪」的揭示、批判和警戒。

　　以上只探討了「蚯蚓」、「毛髮」和「顏料」三種意象，其實小說

裡還有許多意象值得討論。接下來我們來談談小說裡的反諷手法。最淺而易見的例子就是「矜生」這個名字，其中「矜」讓人感覺「慎重、拘謹」，故事開始確實如此，他克制了自己對舅母的欲望，但接下來他就放縱情欲了。這種「欲」演變成「罪」是源自「欲」的放縱，也正是作者要讀者關注的。另外，宗教式的諷刺也是值得一提的，如「聖母子像」、「馬爾他十字架」、代表喬恩重新做人的另類「洗禮」儀式、地獄、死神等一一都是對矜生和喬恩的諷刺。矜生猜想「聖母子像」裡的聖子也和小時候的他一樣渴望長大，「褻瀆」了聖子也和他一樣有戀母的欲望；喬恩詮釋「馬爾他十字架」為同性之愛，「褻瀆」了十字架；喬恩通過裸跑而完成的另類「洗禮」儀式，「褻瀆」了宗教「洗禮」儀式的含義和當初上帝造亞當和夏娃時赤身裸體的深意；地獄和死神則是作者的意識流，如果矜生繼續「墜入愛欲的橫流內」，依據基督教原教旨主義的說法，死後將面對神的審判，並被判入地獄。這裡的警戒意涵十分濃且重。

結論

　　儘管作者筆下揭示的是生命無明的角落，人性欲望的氾濫，但從寫作手法上來看，〈裸跑男人〉不僅僅只是揭示而已，其中也隱含了作者對進步文明的現代社會的批判性和警戒性，提醒讀者勿成為「蚯蚓」，勿在欲望的誘引下迷失自己。此小說發表於二〇〇〇年，即二十多年前了，如此黑暗憂鬱滿是原罪陰影的寫法，和如今臺灣小說家陳雪、李屏瑤等供應的陽光書寫，截然不同，也由此可見時代風氣和當時作者的思考在文學作品留下的痕跡。同樣的題材與情節，經過歲月的洗禮，也許如今的作者再次處理起來也會不同了。

參考資料

中文

黎紫書：《山瘟》，臺北：麥田出版社，2001年。

外文

薩福安（Moustafa Safouan）著，懷宇譯：《結構精神分析學：拉康思想概述》，天津：天津社會科學院出版社，2001年。

佛洛伊德（Sigmund Freud）著，葉頌壽譯：《精神分析引論‧精神分析新論》（二冊合訂本），臺北：志文出版社，1993年。

佛洛伊德（Sigmund Freud）著，廖運範譯：《佛洛伊德傳》，臺北：志文出版社，1993年。

佛洛伊德（Sigmund Freud）著，林克明譯：《性學三論‧愛情心理學》，臺北：志文出版社，1991年。

佛洛伊德（Sigmund Freud）著，賴其萬、符傳孝譯：《夢的解析》，臺北：志文出版社，1990年。

榮格（Carl Jung）著，鴻鈞譯：《榮格分析心理學‧集體無意識》，臺北：結構群出版社，1990年。

第二輯　文學評析

（二）散文賞讀

生活就像一簿冒險家的手札：讀魯白野《獅城散記（新編註本）》人物卷、沿革卷、風物卷[*]

做人難，相信在讀這一句的您也一定深有體會──不然怎會如此「獨具慧眼」，打開這一本鮮人問津的歷史散文集《獅城散記》，遠離人煙，遁入書鄉？

一　人物卷：好好做人

寫人亦難。一人千面，對人物事蹟的描寫取捨，如瞎子摸象，因取角不同，足以造出不同的相；形神具備的要求，更是考驗著創作者的功夫。「人物研究」是人文社科的重要研究方法，尤其在歷史敘述方面，正如新加坡文史學者柯木林所言：「如果要研究像新華社會這樣只有一百多年的歷史，先從研究歷史人物著手……可以清楚地看出早期新華社會的歷史輪廓。這是一項從點到面的研究方法，值得提倡。」[1]魯白野的文章，就也不妨可視作歷史的補筆，參考之材料。

在這本《獅城散記》人物卷裡，共收錄了魯白野寫人的七篇文章：

＊　本文刊於：魯白野著，周星衢基金編註：《獅城散記（新編註本）》（新加坡：周星衢基金，2019年），頁73-77、159-165、209-214。

1　柯木林：〈新華歷史與人物研究〉，《亞洲文化》第10期（新加坡：亞洲研究學會，1987年10月），頁17-20。

〈星洲的總督〉、〈史各脫和狄更斯〉、〈萊佛士與華僑〉、〈陳澤生這個人〉、〈和平老人林文慶〉、〈吾僑怪傑胡亞基〉、〈美麗的噴水池〉。通過這些篇章，我們可以（重新）認識十八至十九世紀在新加坡呼風喚雨的顯赫人物，日後攜友漫步文慶地鐵站（Boon Keng MRT Station）、金聲路（Kim Seng Road）、史各脫路（Scotts Road）、黃埔路（Whampoa Road）時，除了談論美食娛樂，還有故事可說，數典而不忘祖；到濱海藝術中心（Esplanade – Theatres on the Bay）時，也可走到濱海公園的陳金聲紀念噴泉（Tan Kim Seng Fountain），佇在新加坡河前，作一些不合時宜的緬懷喟歎——這座花園城市並非乾淨到連人物傳奇都闕如的地方，街道上曾蕩漾著私會黨喊打喊殺聲，先賢登高一呼聲，殖民者與被殖民者之間的窸窸窣窣或大大咧咧聲。

（一）殖民者面目：星洲總督・史各脫與狄更斯・萊佛士

新加坡歷史雖不如大國史章波瀾壯闊，但確是一個文化大熔爐，中國、印度、馬來、歐洲等古文明交匯其間，別具個性。一九六五年獨立前，這座獅子島被各種名堂的王國統治，包括七至十四世紀時的三佛齊帝國、十五至十六世紀的馬六甲蘇丹王朝、十六至十九世紀的柔佛蘇丹王朝，再到一八一九年萊佛士開埠至二十世紀中葉的英國殖民時期。

〈星洲的總督〉一文列出曾執掌新加坡的總督的名字，其中著墨較多的是首任總督法夸爾（William Farquhar, 1774-1839）、克勞福（John Crawfurd, 1783-1868）、白德浮斯（William John Butterworth, 1801-1856）、奧德（Harry St. George Ord, 1819-1885）、金文泰（Cecil Clementi, 1875-1947）、瑞天咸（Frank Athelstane Swettenham, 1850-1946）、祺勒瑪（Laurence Nunns Guillemard, 1862-1951）、克利福（Huge Charles Clifford, 1866-1941）、楊格（Arthur Henderson Young,

1854-1938）。這些總督性格不一，大多數多才多藝，經營業餘愛好；約莫因為作者是文人關係，其特別關注有著述能力的總督，如瑞天咸除了有政績（「籌募了鉅款建築本坡維多利亞紀念堂，及籌劃建立橫貫全馬之鐵路」），也還著有學術書籍、小說，並編寫馬來字典。不少政治領袖還是植物學家、歷史專家、翻譯家等，都是「斜槓前輩」，那是個網絡尚未開發的時代，許多事情常常事倍功半，他們卻能如此碩果累累，應是具有強大的專注力，六便士之餘亦不忘看月亮，值得我們見賢思齊。另，當時統治者與人民之間語言不通，消息來源有限，常導致誤解紛爭不斷，如總督白德浮斯「不信械鬥已趨嚴重，還騎了白馬到市區視察，為石塊擲中」，一個「還」字，足見隔閡之鉅。

　　除了總督級人物，作者還在〈史各脫和狄更斯〉一文中別具創意地以兩位英國文豪史各脫（Walter Scott）和狄更斯（Charles John Huffam Dickens）為引子：「這兩位英國作家，都很熟稔星洲和馬來亞的情形。這是因為他們都有親戚到東方來掘金」，為讀者介紹兩位漸被遺忘的人物：葬於福康寧（Fort Canning）的新加坡港務司兼郵政局長威廉・史各脫上尉（William G. Scott, 1780-1861）、馬來亞第一位法官約翰・狄更斯（John Dickens，1801至1805年任檳城法官）。史各脫在新加坡「烏節律警察署對面」蓋了一座小屋"Hurricane Cottage"（文中譯為「風雨樓」），「搜羅東南亞的異草奇葩」；作者說史各脫是個「讀書不求甚解，生活不拘小節的人」，頗有意思，此人不生於此卻葬於此，深諳草木有情，不禁令人想起陶淵明〈五柳先生傳〉：「閒靜少言，不慕榮利，好讀書，不求甚解，每有會意，便欣然忘食。」而約翰・狄更斯是「釐訂本邦施行的基本法律及規則……成為星馬現行法律的藍本……兼任警察總監及監牢檢察官」。身為法官的他認為警察應在其管轄範圍，萊斯總督（George Alexander William Leith）卻認為該歸總督管理，兩者因而產生矛盾，狄更斯只好按當地習俗將司

法權交給不同族群的首領，以維持和諧局面。目前馬來西亞沿用英國
的相互制衡的三權分立制，包括行政（內閣，首相領導）、立法（國
會，上議院主席和下議院議長領導）、司法（法院，聯邦首席大法官
領導），三個機制之首腦直屬最高元首。狄更斯是有遠見的，警察若
服務於行政，恐怕人權問題會層出不窮。

　　新加坡海港開埠人萊佛士（Thomas Stamford Bingley Raffles, 1781-
1826）雖然僅在世四十五年，一生事蹟卻恆河沙數。泛談太無聊，作
者深諳「弱水三千，只取一瓢」的寫作之道，在〈萊佛士與華僑〉中
記錄了萊佛士與華僑的關係，展現其不分膚色而願意關注華僑的先進
思想，如其欲設立萊佛士學校以「推行與英文同居重要地位的華文教
育」、「委任華僑領袖一名充任委員」、「主張取締星洲時行的奴隸制
度」、「極力反對華僑從政府領取開設酒店煙館之准字」，因為駐紮官
「法古哈偏要開賭，兩人爭執良久」，「屢屢上書印度總督府及英倫最
高當局，痛陳煙賭之害，並責星政府為了稅收犧牲人民利益之不當」，
結果是「萊氏走後，賭館繼續在開」。這些內容主題，讀來心有戚戚
焉，語文教育、族群參政、賭業發展等無一不是這數十年來熱議的話
題，例如萊佛士曾大力禁賭，但新加坡已於二〇〇五年解除為時四十
年的賭禁，兩家賭場在二〇一〇年燦爛開幕。

（二）黑白大哥大：陳澤生、胡亞基

　　弱肉強食，一群狼追著羊是自然，在早期教育未普及的獅城，一
票人舉著刀喊打喊殺的畫面並不鮮見，十八至十九世紀便是私會黨盛
行的時代。不過，讀者們能說出多少叱吒風雲的「黑社會老大」名字
呢？作者就為我們介紹了〈陳澤生這個人〉。陳澤生（1763-1836）是
「星洲天字第一號的財神爺」、「星洲開埠以來的第一位華僑領袖」、
「當時唯一的私會黨魁」，大情大性，怪不得作者會以其作為寫作素

材，與其他所寫人物截然不同。文章開頭引人入勝，從一件偽案談
起，接著通過幾件事蹟將陳澤生這個人描寫得栩栩如生，例如：「他
的錢，大半是在賭場贏來的，他是著名的吝嗇鬼，有一次大輸，使他
痛心之至，竟拔刀斬了無名指，誓言戒賭」，甚至向駐紮官法夸爾要
求「願出五十萬元換取星洲之五年收入」及「在直落亞逸自資建築市
場，條件是在初初十年間政府不得徵稅」，都被回絕了。這位被尊稱
「送叔」的陳澤生，又名陳志生、陳送，為新加坡最早的華人富商、
私會黨首領，有指凡華人在此討生活都得經過他的同意。

　　以上是黑道頭目，那麼在「白道」上，不可不提胡亞基（1816-
1880）這一號響噹噹人物——「十九世紀的華僑，曾經發生過數次的
動亂，胡亞基暨當年僑賢陳金鐘等人，皆能仗義挺身，曉以大義，勸
導同胞停止騷擾，事方平息。」正如作者在〈吾僑怪傑胡亞基〉所述，
胡亞基著實是一位令人「饒有興趣的人物」，政治上「中國政府委任
胡亞基為駐星領事」、「俄國亦任他為駐星領事」、「又擔任了日本的駐
星領事」，一人任三國領事，作者稱其為「空前絕後的怪傑」很是貼
切。一提及日本，曾飽受二戰之苦的作者筆鋒一轉，忍不住斥責日本
人可曾想到「首任日本駐星領事，正是星洲屠城之千萬華僑冤魂的同
胞否？」另外，有意思的是胡亞基在「實龍崗律二條半石之處建立南
生別墅，內有假山魚池，奇花異草，果樹，紫竹，及畜有馴獸珍禽多
種，如稚鹿，孔雀，白鶴等等，池中還栽有暹王所賜之異種荷花，隨
時開放」，而且「在一八六三年，曾把在東陵區之六十畝地贈給政府，
作為開辦植物園之用。」已於二〇一五年被列入聯合國教科文組織世
界文化遺產的新加坡植物園設於一八五九年，此前胡亞基的「南生別
墅」可謂新加坡的景點，儼然是一家博物園。眼下寸土如金，除了總
統府，社會賢達的私家花園能成為景點簡直不可思議，有學者就曾建

議再建於一九六〇年代被拆除的南生別墅。[2]另，在冰箱未發明的年代，胡亞基膽識過人，是自美洲採辦冰塊來星發售的第一人，雖然最後不敷成本，但卻是一項有意義的嘗試，體現果敢精神。當時第一代中國移民普遍懷有魂歸故土的觀念：「其遺骸被載回祖國，葬於廣州對面小島，時返國船資不過是三元半，而把屍首載回中國，起碼需要二百大元，生與死之距離，竟是如此巨大。」生死的距離本來就巨大，不可逆轉，作者在此以錢衡量，甚妙。

（三）峇峇的魄力：林文慶、陳金聲

在〈和平老人林文慶〉裡，作者直言如果要寫林文慶（1869-1957），「資料確是太多了，正如一部二十四史，不知應從何說起」。誠然，林文慶這位超級多面手，無論在教育、醫學、社會、商業、文化等各領域都可以見到其蹤影，而且他常是扮演先鋒的角色，敢為別人所未為，例如種植橡膠、拓展保險業與銀行業、創辦女校、重視發揚孔子學說，甚至英譯《離騷》等。作者訂題巧妙，如此作為深廣的林文慶，歸根結柢，無非是希望世界趨向美好與和平，其以「和平老人」四字概括，十分精到。

「該時代最富有的峇峇」，陳金聲（1805-1864）亦貢獻良多。作者在描寫陳金聲的文章〈美麗的噴水池〉中，不以名字為題，其中的「美麗」，應不僅指向陳金聲紀念噴泉表面的美麗，也包括了人心的美麗。富甲一方的陳金聲不願當個守財奴，熱心公益事業，捐地皮建路建橋、建校建醫院，甚至不忍平民在大旱期間飽受水供之苦（早期新加坡居民飲水靠牛車從外地運入），還於一八五七年掏出一萬三千元敦促英殖民政府興建麥里芝（MacRitchie）自來水庫，由武吉知馬（Bukit Timah）引水至新加坡市區。可惜的是，當局收了錢卻遲遲不

2　柯木林：〈重建「南生園」芻議〉，《聯合早報・言論》（2011年7月15日），頁20。

處理，一八七七年方完成第一期工程，而陳氏早已於一八六四年離世——「這噴水池還未能吐出一滴明晶的水珠來。我們整天只能見到美麗的歌女，拿著樂具疲憊地靠著水池，彈出一支無聲的憂愁的悲歌。」一記幽默優雅的諷刺，反襯出英殖民政府除了冠冕堂皇的功績之外，亦存在缺乏效率與憐憫心的一面。

儘管做人難，「難於上青天」，既然上天安排我們不做動植物，而是人，或許我們該不負用意，大小作為均能涓流成淵，為社會作貢獻。新加坡能成為發展拔尖的城市，如同金字塔般，先輩的努力是為基礎。林文慶早在辛亥革命爆發前十餘年，在新加坡發起剪辮子運動；來自新加坡的今人陳達生，因為感念陳金聲的無私奉獻，而將陳金聲在馬六甲的故居改裝成旅館，並建立馬六甲鄭和文化館，為文化事業努力。所謂「前人種樹」，「後人乘涼」之餘還得持續種樹。關愛社會，加上獨立思考，才能達臻「己欲立而立人，己欲達而達人」的理想境界。

二　沿革卷：生活就像一簿冒險家的手札

日文有句俗諺「七転八起」，意即「跌倒七次，爬起八次」，勉勵人們效仿不倒翁（日文漢字寫作「達磨」，即歷經七災八難的達摩祖師）般保持堅毅的精神，不癱趴在失敗的泥沼裡。

這句俗諺也頗適於形容十九世紀期間所有在新加坡獻力開荒的人們。那時的新加坡社會是如何的？據本書作者、「新馬印通」作家魯白野剪下的影：

> 星洲開埠不久，生活就像一簿冒險家的手札，裡面充滿了暗殺，欺騙，械鬥，拐帶。（〈十九世紀的生活剪影〉）

　　在這本《獅城散記》沿革卷裡，共收錄了魯白野的十一篇文章：
〈十九世紀的生活剪影〉、〈星洲的甘榜〉、〈奴隸之鄉〉、〈奴隸制度的
盛行〉、〈星洲警察的沿革〉、〈火的洗禮〉、〈消防隊的故事〉、〈第一間
郵政局〉、〈第一個攝影師〉、〈錢底零篇〉、〈賭馬史略〉。這些文章，
述說著新加坡社會一則則沿襲與變革的故事，在在表明著一個硬道
理——變是大宗。在新加坡即將邁入開埠兩百周年之際（若從萊佛士
〔Stamford Raffles〕1819年登陸計起），提醒我們摩天大樓、璀璨煙
火背後的摸爬滾打，篳路藍縷。

（一）十九世紀跑馬燈：生活、甘榜、貨幣

　　十九世紀通訊不便，各樣事故又層出不窮，若要向人民發布消
息，管道遠不如現在多元，主要是仰賴福康寧山（Fort Canning）的
炮聲，以及聖安德烈教堂（St. Andrew's Cathedral）的鐘聲：

> 生活永遠停滯在半開化的階段。在海上，馬來海盜在殺人越
> 貨。在島上，攜械搶劫之案件時常發生。因此，每當傍晚八
> 時，康寧炮臺必鳴炮告訴市民開始戒嚴的時辰。而聖安得烈教
> 堂也敲鐘附和，次早五時，康寧炮臺又鳴炮啟示戒嚴之終了，
> 一天的生活便重新開始了。（〈十九世紀的生活剪影〉）

　　魯白野在此文中接著繼續為我們介紹電燈的發展（椰油燈－瓦斯
燈－煤氣燈）、昔日潛水撈錢的海民故事、因漲潮與獄牆下沉而經常
上演的「越獄記」、大馬路吊橋、街頭械鬥，甚至提及了獅城第一隻
烏鴉與青蛙的引進。此文極具跳躍的詩意，段落之間並無明顯的連貫
性，正如文題中的「剪影」，如斷簡零篇般上演一部皮影戲。雖然說
「生活在他方」，可是當時島國的質樸生活就仿似被他的筆吹了氣

般，而有了歡逬亂跳的生命。在科技尚未發達、無虛擬世界可上癮的
時代，實實在在的生活是人們極盡聚焦的生命軸心。

談及生活，「住」是大事。在組屋未興建之前，當時在新加坡討生
活的人民是住在甘榜（馬來語 "Kampung" 的音譯）的，即小村落。

> 目前我們還在使用甘榜加薄（木棉村），甘榜加覽（白樹村），
> 加榜爪哇，和甘榜峇魯（新村）等名詞。回想這四個鄉村都是
> 歷史的康莊大道上煙消雲散地成為了陳跡，倒使我禁不住要發
> 些「世事無常，人生幾何」的牢騷。（〈星洲的甘榜〉）

「甘榜」雖是早期新加坡普遍的住屋形式，主要指稱「硬體」，
但是隨著人民逐步在一九六○至一九八○年代新加坡大興土木期遷進
了組屋，現代社會「鄰居相見不相識」的情況日益普遍，事不關己的
自私冷漠四處渲染，不少人開始緬懷起過往的「甘榜」的「軟
體」──「甘榜精神」。現任新加坡總理李顯龍就曾指出，當年甘榜
人民重視的社區互助精神鼓勵人們不斷向上，組屋區裡仍應維持甘榜
精神，推動進取。[3]魯白野在〈星洲的甘榜〉中提及的甘榜名字，或
許對現今不少年輕人而言極其陌生，其實不少甘榜的名字，早已溶入
地方或街道之名；現代建築物腳下踩的，就是一座又一座的甘榜。

《錢不夠用》是一九九八年新加坡導演梁智強編寫的賣座電影，
「『錢』世『金』生」，「錢」事亙古至今都牽動著人們的神經，即便
現今在博彩投注站排隊的人龍仍總是源源不絕。那麼在一九六七年新
加坡政府發行新加坡元以取代馬來亞與英屬婆羅洲元時之前，大家是
使用什麼貨幣呢？

3　〈李顯龍：組屋區裡仍應維持甘榜精神〉，《聯合早報》（2013年9月1日）。

> 星洲在一八一九年割讓給英國，至一九〇六年才有自己的紙
> 幣。在這整整一個世紀的時間，都是由形形色色的外幣橫行稱
> 霸。萊佛士與天猛公締約的時候，他償還後者的錢幣是西班牙
> 銀元……在一八五〇年，星洲市上的通貨，計有墨西哥鷹洋，
> 西班牙銀元，荷盾，香港銀元，有秘魯，波爾維亞，印度及其
> 他地方的銀幣。(〈錢底零篇〉)

原來在英殖民政府統一使用海峽殖民地發行的貨幣（叻幣，1826
年至1939年通用）前，是貨幣混用的時代。獅島上的過客多僅顧念謀
生之路，落地生根的念頭或許還不那麼深，但隨著日子久了，終日紛
亂始終不便，英殖民政府才開始加強管理，統一貨幣。「錢」這樣東
西，始終磨煉著一生坎坷的魯白野——憑微薄的收入，經營著需要耗
費大量心神的寫作，還有嗷嗷待哺的妻兒等，包袱沉重。或許有所感
念，令他在文中禁不住感慨：「我一向以為人類發明了很多東西，最無
益，最有害的，不合理，愚笨，可笑的產物就是貨幣。一件不能吃，
不能穿的壞東西，反過來人類還要向牠屈膝，崇拜它，遷就它。」

（二）聽見落淚的聲音：奴隸、火患

> 世界各先進國家都有產生過奴隸社會的史略，落後的馬來亞自
> 然不會在例外……萊佛士把馬來半島的奴隸來源分析為以下幾
> 種：海盜行為，戰爭的俘虜，個人綁架，馬來古法規定的責
> 罰，和以奴役償還債務。星洲成為英屬之後，這個風尚未被禁
> 絕。(〈奴隸之鄉〉)

正如魯白野在〈奴隸之鄉〉一文所言，「奴隸」確是一個「可咒的
名詞」。其想法先進，在文章開頭幾段，點出堂皇藝術或言論之下藏納

的汙垢，分別指出古時候的雅典在文藝與政治全盛期時，「每一個公民則擁有十八個奴隸及兩個保護民」；至於簽署《美國獨立宣言》（United States Declaration of Independence）的華盛頓（George Washington）和約斐生（Thomas Jefferson）的家中亦蓄有不少黑奴。魯白野顯然極其重視這個人權議題，再作一篇〈奴隸制度的盛行〉：

> 一八二二年，武義士商人從海外運來了五十名奴隸，便在駐紮官法古哈官邸門前的海墘大草場上公開拍賣。他們還挑選了幾名聰明力壯的青年奴隸，送給法古哈及萊佛士兩人……曾經有過一時期，奴隸制度盛行在新加坡及馬來亞內地，而且都是很合法的勾當……至於萊佛士，他是有正義感的人。當他從武義士人取得此批不義之禮物，他當場痛斥法古哈允許此種貿易之不當，把奴隸收下來釋放了。不料法古哈竟反唇辯駁稱，他是在維護貿易自由的原則，難怪萊佛士不久便撤掉了他的職。
>
> （〈奴隸制度的盛行〉）

奴隸制是奴隸主擁有奴隸的制度，奴隸被視為奴隸主的財產，並無人身自由，可以任意買賣、被奴隸主強迫無報酬工作。歷史上，絕大多數國家和社會都曾經認可制度性奴隸制，古希臘、古埃及、羅馬帝國、古巴比倫、南北戰爭前的美國南方等都有奴隸制，即使到了近代，債奴、農奴、童奴、童兵、強迫婚姻、被俘家僕等亦廣泛存在，在人類歷史長河中極其悠久。階級制度的分化，滿足了有權有勢者高高在上的欲望。魯白野在以上兩篇文章中毫不吝於流露對萊佛士的敬仰，尤其欣賞其痛斥法古哈允許奴隸的交易，甚至為此而撤了法古哈的總督之職。

十九世紀時期，防火、救火、通訊等設備十分落後，因此火患是人們十分掛心的「人禍」，古裝劇裡打更人長聲念道的「天乾物燥，小心火燭」絕非多慮——

> 這兩年來，星加坡人是被祝融嚇壞了。一連好幾次的大火，使幾個有錢人，及更多的無錢人，都無形中患上了談火色變的毛病。（〈火的洗禮〉）

魯白野在此文中提及了好幾起發生在新加坡的火災，被燒壞的房子常是數以百計，甚至是燒掉整條村，一八二八年那場更是「把全個大坡差不多都燒光了」，觸目驚心。文中述及的火災原因包括小孩玩火、打翻煤油燈、祭祀火燭、玩鞭炮等，引來戲謔「大伯公無多郎」（「多郎」為馬來語"Tolong"的音譯，義為幫助）。最可怕的是火災現場還頻頻有「趁火打劫」（是事實不是修辭）的事件發生，救火之餘（「差不多全市的居民都出來救火」）又得警惕竊賊（「手執插上了刺刀的長槍列隊街上戒嚴，防備歹徒」），一場火患造成的心力之累實在難以想像。

（三）民生公務的發軔：消防、警察、郵政

為統一解決民生問題，公共事務的存在不可或缺。本卷中提及的民生公務，就包括了消防隊、警察局、郵政服務。

> 星加坡最先的一輛救火車，是用人力拉動的。那是在一八四六年的時候，負責消防工作的人，就是警務部，而拉車的工作，由犯人，軍人，及幾名志願助手（人民）合作負擔起來。水呢，是用繫著長長繩子的木桶從附近的井或河中汲取的。負責

把火災通知警局的工作，則是肯寧山砲臺執行。在白天，砲臺上便升起了各種色彩的旗幡指示失火的地點。夜間，砲臺就使用各種顏色的火藥向天鳴炮，同時民間則敲著銅鑼或挖穿了的樹杆輔助這種通知的工作……在旁觀的市民時常會被令幫忙拉車或用唧筒吸水的工作。砲兵及水手們則拿了炸藥整隊等待，預備炸掉房屋以防烈燄的發展。（〈消防隊的故事〉）

　　在希臘神話中，泰坦神族神明普羅米修斯，因不忍見到人類生活困苦而盜火，觸怒了宙斯。火能取暖煮食，亦能成災釀禍，不得不慎。如以上引文所述，火舌吞噬力驚人，必須嚴陣以待，分秒必爭，然而無論是趕到火災現場的交通工具與配備、救火人員、通訊等，都極其原始，儼然是一部驚心動魄的災難片。當時消防車還是人力拉動的，繼而用馬，一九一二年方改用汽車；在人力拉動時期，「假如失火地點過於遙遠，每當救火車到達之後，隊員皆疲乏之至，坐倒地上不能動彈，致有任全個村落焚燒之事發生。」百年之後的今天，新加坡的火災次數雖然減少了，但也時有所聞，如二〇一六年的裕廊西巴剎（Jurong West market）大火，民防部隊出動了三輛消防車、四輛紅犀牛、七輛支援車和四輛救護車前往灌救，鋪設六條水管，從不同角度同火神搏鬥了一個半小時，避免火勢蔓延。至於維持社會治安的工作方面：

　　星洲的第一支警察隊，應該是蘇丹胡新的保鏢左將軍及右將軍兩人。當時星洲人民不過三百許，根本沒有警務可辦，這兩人的工作，最多也不過是跟著蘇丹及天猛公的前後，聊盡保護之責任。（〈星洲警察的沿革〉）

　　蘇丹的「左右護法」竟是新加坡警察的雛形，令人不禁莞爾。上文的開頭，充分彰顯了魯白野引人入勝的筆法魅力，足以吸引讀者追讀。此文扼要地介紹新加坡的警察組織的完善化過程，其中有意思的是裡面亦述及了警察的貪污舞弊，例如：「一名月薪不過是四十元的警察，竟能有值二萬元的土地」、「一八七八年是警務部最黑暗的時代。全個組織不過是五五○人，但卻在一年中發生了七七○件舞弊案」。賦予警察合理的薪金，以及嚴格要求執法者的品性，乃重中之重，濫權的後果是秩序的混亂，人心的腐敗。十九至二十世紀初期，私會黨問題嚴重，而一八六四年開始實施的「驅逐出境法令」，讓「私會黨徒一聽到它便驚心破膽……使犯罪案件大大減少」，是嚴刑峻法下起到的阻遏作用。

　　眼下都市發展便利，郵政局遍布新加坡全島，若追溯至第一所郵政局的點滴是如何？魯白野〈第一間郵政局〉寫道，一八二三年「星洲郵政局便開始辦公，從萊佛士建議日算起，至籌備及開始辦公日，剛好是九天，郵政局就設在今日福勒敦大廈對面，星加坡河口的北岸。」短短九天便設好郵政局，極有效率；不過在送信效率方面，恐怕有待改進——「每次有船抵步，郵政局便先把政府文件發出，然後慢吞吞地遞送民間平郵」。此外，文中也寫出了英殖民統治者與華僑移民之間的猜忌：「本坡政府在中街八十一號店鋪添設郵政分局，接受華人信件，不料竟因此釀出暴動。這事件的幕後煽動人，顯然是本坡的匯兌業，他們散布謠言，謂華僑今後不能再有郵費寄家書的機會，英人統辦郵政，不過是增加剝削我僑之新途徑。」由此可見《左傳》〈成公四年〉裡的「非我族類，其心必異」固有觀念，放諸世界各民族皆準，尤其為了捍衛自身權益之時，不惜用謠言、暴力等方式，無所不用其極。

（四）我想和你虛度時光：攝影、賭馬

　　有人形容攝影為「光的藝術」，攝影的英語「photography」來自希臘語的「PHOTOS」（光線）與「GRAPHOS」（描繪），兩者結合意即用光描繪。在攝影術發明前，若要以圖像方式留下現實世界的面目，得仰賴最原始的畫畫，因此對畫家而言，畫功十分重要，逼真有助糊口。法國畫家達古爾（Louis Jacques-Mande Daguerre）於一八二六年和尼普絲（Joseph Nicéphore Niépce）合作，製造了世上第一架完善的攝像機。世界上第一幀職業的照片，則是在一八四〇年攝於紐約。根據魯白野〈第一個攝影師〉，新加坡第一位攝影師是從法國過來的都德郎基（Gaston Dutronquoy）。他在新加坡的初期，主要想提供人像繪製服務，不過「當年的英商只顧賺錢，那裡還有閒情逸致，任由畫家描寫」。「山不轉路轉，路不轉人轉」，都德郎基改行開旅館，後來隨著攝影術的發明，也在旅館提供攝影服務。

　　除了攝影這一門詩意的藝術，運動也是英殖民官員重要的業餘活動。「運動」（exercise）這個概念或許對文職人員有效，十九世紀時期的一般移民或當地人，多是在務農、掘礦等，已從早到晚地從事非常粗重的體力活兒。當時馬匹不常見於新馬，就算有也只是作為工具，與消閒或許壓根兒沒甚關係。不過英殖民者到此後，就把賽馬活動帶來了——「賽馬是英國的國粹，是英國帝王的運動。英人四海為家，到了任何一個地方，便要把賽馬的習慣帶去。」（〈賭馬史略〉）即使英國人在二十世紀中葉結束殖民，賽馬活動卻繼續留在新加坡數十年（新加坡克蘭芝賽馬場〔Kranji Racecource〕即將在二〇二七年被政府徵收作住房用途）。曾是英殖民地的香港，賽馬場仍是風火熱鬧。據魯白野此文，馬場上的賽項「除了人騎著跑，還有馬車競走的節目」。另外，文中有一句十分幽默——「一八七八年，英人自中國

輸入五匹中國良駒，但是，大概是因為平日受到孔子學說的渲染，竟強硬不肯聽命為賭徒服務，鬧出了許多不愉快的事情。英人只好改自緬甸採辦馬匹以代之。」賽馬深受當時領導者的歡迎，如總督、蘇丹、警察總監等可都是賽馬公會成立之初的名譽會員。

河川流動不停，腳印疊著腳印，生命也壓著生命，社會改革的腳步從未停歇。所謂「沿革」，即沿襲和變革，不懼冒險地推陳出新；如此大勢，形塑了今日獅城的面貌。

三　風物卷：百業待興「大鄉村」

細品魯白野的文筆，一如初讀迷人，文學家寫史如魯迅評司馬遷的《史記》「史家之絕唱，無韻之離騷」，說魯白野的這套《散記》系列是新馬少有的文史雙馨傑作，亦不為過。

魯白野在《獅城散記》〈風物卷〉的十一篇文章——〈新年懷古——寫一八三八年的新年〉、〈海盜〉、〈星洲的私會黨〉、〈太平天國之民變〉、〈虎語〉、〈馬來的時候〉、〈南方的馬車〉、〈馬車夫之亂〉、〈星洲的山〉、〈大鐘樓〉、〈井及其他〉中，文意可簡括為其在〈新年懷古〉的開場白——「也許有一天你會像我一樣把頭深深地埋在巨厚的古書堆裡，或是在黃昏時節跟弟妹一起圍繞著年邁的祖母，用虔篤的心情凝神靜聽她從記憶的抽屜裡拈出來的關於古星加坡的故事。」

（一）登山懷古：傾聽時針的步履

眼下時興「懷舊風」，無論是商品還是藝術創作，都充斥著種種新加坡已消失或瀕臨消失的建築、食品、物件等，撩撥著受眾的懷舊情緒。「懷舊」與「懷古」略有不同，懷舊指的是對過去的憧憬，通常是理想化而不現實的，相信過去的歲月比當下好，乃一種鄉愁感；

「懷古」則指追念古人古事，更多的是借史抒懷，像蘇東坡名作〈念奴嬌・赤壁懷古〉，就借三國典故慰藉自己「早生華髮」的「多情」。「人生如夢，一尊還酹江月」，魯白野在〈新年懷古——寫一八三八年的新年〉中，就熱情地帶領讀者們穿越時空隧道：

> 我現在要使時間倒退，我要帶你走上歷史的康莊大道，我要領你回到一八三八年的星洲去……星加坡竟是一個這麼渺小的市鎮，不，把它叫作一個大鄉村倒很適合，因為舉目所矚，只見茅屋多過磚屋，偶然有一兩輛馬車或是車輛子經過，否則，到處都是徒步的行人。（〈新年懷古——寫一八三八年的新年〉）

在作者筆下，一八三八年的農曆新年熱鬧非凡，「中國來的大眼船」多在此時抵達碼頭：

> 「元旦那天，差不多全星的市民都喜氣洋洋地湧到海墘廣場」、「馬來人與吉寧人（按：指印度人）則在海上賽舟，由華僑給獎，獎金是十圓二十圓不等。賽船過了，草場上運動會便開始了。最先是賽馬……繼續下去的是角力……在別個角落裡，舉行著種種不同的田徑賽，像賽走，跳遠等，且還有人賽放風箏及踢馬來足球……這裡的爆竹紙屑，時常積有一兩尺深，全條馬路，變成紅色，這是沒有誇張的話。孩童們愛惡作劇地把炮仗丟在馬車底下，把馬嚇得亂跳亂跑」。

由此可見，在十九世紀的獅城，各族不分你我地參與各式活動，慶祝華人新年。

在〈星洲的山〉裡，作者介紹了新加坡好幾座山的點滴，劈頭一

句為：「星加坡的面積不過是二百一十七方里，倒有三十多座小山。」
滄海桑田，愚公尚且能移山，何況在科技輔助下的人類，新加坡夷山
填海的事蹟就不曾停歇，像其中作者提到的「直得利山」（Guthrie's
Hill），海拔三十點五公尺，原位於維多利亞干船塢（Victoria Dry
Dock）之北四百餘公尺，已被夷平；「華力士山」（Mount Wallich），
原位於羅敏申路（Robinson Road）與安順路（Anson Road）之間，為
因應直落亞逸（Telok Ayer）的開發與填土工程需要，亦被夷平。至於
新加坡最高峰武吉知馬（Bukit Timah），原來在十九世紀的原始風貌是
如此的：

> 星洲開埠以後之五六年間，除了華僑之外，沒有一個歐洲人或
> 馬來人敢深入此山。當時流傳一句話：「到加爾各答比到武吉
> 智馬更加容易。」……那時候，不但長滿了密密的處女林，且
> 猛獸橫行，除了老虎蟒蛇之外，還有鱷魚及野豬作祟，有成群
> 的美麗小鹿在原野上奔馳。在今日，隨著人的開發範圍擴大，
> 這些星加坡的原來居民已經滅跡了。

　　時間不曾駐足。以前下班常常經過典雅壯麗的新加坡維多利亞劇
院與音樂廳（Victoria Theatre and Concert Hall），因此讀及作者的〈大
鐘樓〉，倍感親切。這幢一九九二年被列入新加坡國家古跡的建築，
其左右兩棟分別建於一八六二年與一九〇五年，前身分別為市政廳
（Town Hall）與維多利亞紀念堂（Victoria Memorial Hall），中間由一
棟鐘樓連接。關於這棟鐘樓，竟還有這樣的逸事：

> 我的遲到，使我不能跟隨年邁的鄧亞禮先生到維多利亞紀念堂
> 的鐘樓去看他怎樣替這星加坡最巨大的時鐘上鏈……在過去卅

八年間，鄧先生從來不曾間斷過地，每星期日都要從紀念堂的二樓再慢步經過一百七十六階的狹長的木梯到頂上去上鏈。鄧先生對這古鐘的零件非常熟稔，每禮拜他一定會到這裡來，親熱地撫弄及檢查巨鐘的零件……如果你想知道，那麼讓我告訴你，巨鐘是英商實得力貿易公司在一九○五年購贈給維多利亞女皇紀念堂的。

魯白野心細如塵，情感豐沛，尤擅長擬人，他的妙筆如一支魔術棒，輕輕一點，萬物彷彿都有了張揚奔放的生命力，產生無數跨時空的情感對話，例如：「巨鐘最怕暴風雨，因為雨絲會從屋頂上的隙縫漏進去，使機件凝結，把時間凍結。」寫得多美，詩意縈繞。

俗話說：「水能載舟，亦能覆舟」，俏皮的人可能還會多加一句「也能煮粥」。在〈井及其他〉一文裡，魯白野就談到從前水在新加坡的種種事蹟，例如人們如何利用井水滅火：「星洲消防隊初期設備是多麼簡陋不便。他們用手搖的唧筒自海吸水。如果失火地點太遠，水吸不到，他們便得把海水吸取傾倒在鄰近的井，又從此井再吸到別的井，這種拖泥帶水的連環取水救火法，真是使人傷腦筋！」此外，作者也提及旱災和水災的嚴重性，像文末：「一八九二年五月二十九日，在四小時內共下了九吋許的雨，全市氾濫，歐人都坐舢舨到萊佛士坊辦公，這些情景，是我們想像不到的。」水源一直是缺乏天然資源的新加坡的咽喉，在一九六二年水供協定下，其部分水源由馬來西亞供應，因此兩地政治的風吹草動，都足以影響此一重要的外交課題與民生議題。除了進口水供，目前新加坡的水源還包括收集雨水、淡化海水、新生水。

（二）星洲三「害」：猛虎、海盜、私會黨

十九世紀的新加坡，腥風血雨，既有海盜鬥爭、私會黨廝殺，甚

至還有老虎叼人的事件，無數的天災人禍讓每一條性命顯得脆弱不堪，每天的平安活著實在都得叩頭感恩，因此宗教信仰顯得特別重要，就像魯白野〈虎語〉一文的開場白：「十九世紀的星洲有三害，即：馬來人的海盜，華僑的私會黨，和虎。」老虎，這其中的一「害」、馬來人口中的「森林之主」（「端烏丹」／馬來語：Tuan Hutan），華人尊稱的「伯公馬」，是從何處來到島國新加坡呢？

> 一八三一年九月八日的《星洲紀年報》發表了第一篇的虎訊，
> 說一名華僑在四排坡被虎拖去吃了。虎是山中王，怎麼會走到
> 這個海島來呢？據當時的記者推想，這老虎是從柔佛游到石島
> （按：烏敏島），然後再游到星島來的。他們大概是聽到了胡
> 椒園工人工作，或伐木時發出嘈什的聲浪，而被引誘來了。
>
> （〈虎語〉）

至於現在老虎在哪兒了？在新加坡動物園還能見到。有時，人心會比猛獸毒辣數倍。弱肉強食，隨著西方列強在全球建立各自的海洋帝國，凶狠的海盜也隨之冒起：

> 南洋是世界上最多島嶼堆聚的地方，是地球上最破碎的一部
> 分。它的許多良港河流，使它成為一個很優良的海盜活動區。
> 隨著歐人的東侵，商業的繁榮，南洋的本來是漁人船夫的海洋
> 民族，竟幹起海盜勾當來了。

他們的惡行，除了危及漁人，也殃及村民──「十八世紀是海盜的黃金時代，他們不但攔劫商船，殺人越貨，他們還要洗劫小鄉村，攻擊戰艦，荷艦被海盜劫去，竟有四艘之多。」還好後來，「輪船的

出現是海盜的致命傷，且英荷海軍能夠密切合作，柔佛，馬辰，坤甸，
各蘇丹皆先後允應不再支持海盜，使他們失掉了憑依，漸漸減少了。」
（〈海盜〉）

海盜殺人不眨眼（「他們在這裡殺死擄來的人，有時因分贓不均
而自相殘殺，岸上人頭纍纍」〈海盜〉），私會黨之間的紛爭械鬥，亦
是早期新加坡嚴重的社會問題：

> 據拔克利紀午史的記載，星加坡第一宗私會黨的械鬥，遠在一
> 八二四年便發生了。其規模殊小，一瞬間便告平靜。在一八四
> 六，一名華僑私會黨魁死了，其黨徒正在籌備大事鋪張，以表
> 生榮死哀之意，不料政府命令突然傳來，出殯隨行人士不得超
> 過一百人，黨徒譁然，卒釀成暴動。（〈星洲的私會黨〉）

由此可見，政府與人民之間良好溝通的重要性。即使是今日，上
令下達仍是重要學問。根據〈太平天國之民變〉，一八五四年曾發生
一起「華僑房屋被燒掉了三百多間，人民被殺死的，也有六百人」的
事件：

> 在星洲，一些隸屬洪門的潮籍同胞，曾向閩籍僑胞募款，接濟
> 在廈門一帶潰敗下來的革命軍人。這個要求，卻為閩僑嚴詞拒
> 絕了……一位粵僑跟一位閩籍米商，因五斤米的價錢發生口
> 角，一言不合，竟互相毆打起來了……此訊很快就傳遍了星
> 洲，兩幫召集了數百人馬……只見石頭，磚塊，和木棍滿天
> 飛，一幕駭人的集體械鬥展開了……警方覺得力量薄弱，不夠
> 應付，向坡督白德浮斯要求派兵彈壓，白氏卻很不以為然，反

謂警察總監神經過敏，並獨自騎了白駒到市內視察。這時群眾
已像一窠被騷亂了的紅火蟻，怒火衝衝地四方奔跑，見到了白
氏單騎直上禧街，也不分皂白，便石頭棍子齊下，連這位長官
閣下的官帽子都被打落地下。白德浮斯才慌忙跑回公署，立即
把停泊在港內的迅速號，絲卑爾號和百合花號三戰船的皇家海
軍陸戰隊召來，協助恢復市內的治安。

作者指出，這場械鬥是由從中國南來的太平天國義士策動的，雖
然文章細節不詳，但亦為太平天國成員在外國的影響提供研究的片斷。

（三）達達的馬蹄：不是美麗的錯誤

「我達達的馬蹄，是美麗的錯誤。我不是歸人，是個過客」，臺灣
詩人鄭愁予在〈錯誤〉詩中寫道。馬兒一直是人類的好朋友，知心，耐
載，是史上重要的交通工具。像英國作家安娜・斯維爾（Anna Sewell,
1820-1878）寫於一八七七年的著名小說《黑美人》（*Black Beauty*），就
刻畫了人與馬之間的深厚情誼。至於新加坡，馬確實不是「歸人」，是
個「過客」，可是「舶來品」呢——「在一八四○年，星加坡人民首次
見到第一匹日里馬在市街上出現」（**馬車夫之亂**）。為什麼獅城需要引
進馬呢？

古時候的馬來半島本來是沒有馬的。不但是地理條件不允許馬
的生存，而且以半島的地形，馬是根本沒有用處——既沒有平
坦的原野可跑馬，也沒有馬路的存在。英國人來後，作為商業
站的市鎮如春筍一般在出現……他們便築建了一條一條的公
路……他們從鄰近的蘇門答臘的馬達山輸入了大量的馬達馬
來。（〈馬來的時候〉）

　　不過在汽車、火車等現代交通工具出現後，馬兒就功成身退，噠噠地退出舞臺——「這些馬在馬來亞歷史上已盡了最大的不可磨滅的責任」（〈馬來的時候〉）。

　　魯白野在〈南方的馬車〉裡自稱是「愛懷古感傷的僑生青年」，他在文中先指出馬來語與印尼語中指稱三輪車的"beca"是個錯誤（此為閩南話「馬車」的音譯），並相信這個錯誤不會是馬來人造成的，多半出自華人或峇峇娘惹。隨著人力車的引進，「在馬來亞，馬車早已絕跡了。星加坡最後一輛的馬車，大約在一九二三年還在被人使用，以後就不再見到了」。

　　在馬車過渡至人力車階段，曾發生「馬車夫之亂」——「一八八〇年，大批人力車從上海運到……這使馬車夫們都覺得生活受了嚴重的威脅，便在一八八一年罷市抗議，這次的『馬車夫之亂』卻是失敗的，他們不但明白罷市的無益，而且造成了人力車夫的發展機會，無奈何只好又復工了」（〈馬車夫之亂〉）。目前新加坡政府經常提到的「經濟轉型」，已致使某些行業的式微，受到波及的失業人士就像這些馬車夫，當下馬車不盛行了，但又無法對抗大勢所趨，除了轉當人力車夫，不然就得轉行了。之後的人力車夫，恐怕也是在人力車不盛行後，轉當出租車司機或轉行。在時代洪流下，糊口飯吃時時需要「山不轉路轉」的智慧。

　　著名文學評論家薩義德（Edward W. Said, 1835-2003）在《知識分子論》（*Representation of the Intellectual*）中，特別推崇「業餘者」（amateur）。他認為業餘者做某件事只是出於澎湃的喜愛和興趣，在於更遠大的景象，越過界限與障礙，拒絕被某個專長所束縛，因為專業人士會無可避免地流向權力和權威，繼而被權力直接雇用，無法成為思想自由的知識分子。單讀此「風物」一卷，彷彿就能見到作者魯白野在編輯工作之餘博覽群書、勤於寫作、編寫詞典等的孜孜身影，

以一人之力進行一籮筐的「業餘」文字大工程。香港文學巨匠劉以鬯
（1918-2018）在小說《酒徒》寫道：「記憶猶如毛玻璃，依稀有些輪
廓」、「所有的記憶都是潮濕的」，讀這位偉大「業餘者」魯白野的文
字，我們可以觸摸到這片曾潮濕不已、野獸成群的熱帶雨林的些許輪
廓，感受早期獅城百業待興的萬般洶湧。

墾出一派風光：讀魯白野《馬來散記（新編註本）》風物卷與掌故卷[*]

　　「風物動歸思，煙林生遠愁」（張九齡〈高齋閑望言懷〉），道出了景物雖不能語，卻足以撩撥思緒，尤其若身處通訊不易的古代，睹物思人之情該是常湧不已——流傳至今，人們出外或返鄉時，仍保有將當地特產饋贈親友的禮數，以這些手信（或稱伴手禮）聯繫情感。例如不少遊客遊子（回）到馬來西亞和新加坡時，總會購買咖喱粉、叻沙醬、辣椒醬、肉骨茶包等調料，一解舌尖上的愁思。

一　風物卷：歷史生活圖景

　　魯白野在《馬來散記》「風物」卷的七篇文章——〈香料的貿易〉、〈胡椒和甘密〉、〈馬來亞的錫〉、〈馬來亞膠業史的發展〉、〈米的生產〉、〈船的故事〉、〈陸上的交通〉中，談論馬來亞經濟開發史，從「改變世界歷史」（彌爾頓〔Giles Milton〕語）的香料，到當時經濟命脈——錫礦和橡膠，再到海陸交通工具等，內容翔實，鋪展一幅在西方殖民統治下，馬來亞人民在這塊豐饒土地上糊口營生的生活圖景。

---

[*]　本文刊於：魯白野著，周星衢基金編註：《馬來散記（新編註本）》（新加坡：周星衢基金，2019年），頁231-235、273-277。

（一）為味蕾遠征：香料港、稻米田

世界史是一部舌尖史。再上好的食材，若烹調得索然無味，不啻是糟蹋。西方國家如葡萄牙、荷蘭、西班牙、英國等在十五至十九世紀向東航行的目的，除了傳教，也包括尋寶，其中一「寶」莫過於香料，不少歷史學者即認為香料是「地理大發現」的催化劑。香料乃熱帶作物，西方國家位處溫帶，長香草而不長香料；距原產地愈遠，則愈有吸引力，激起情趣與異國情調，這是澳洲學者作家傑克・特納（Jack Turner）在二〇〇四年著作《香料傳奇：一部由誘惑衍生的歷史》（*Spice: The History of a Temptation*）提出的「奇異性遞增律」（the law of increasing exoticism），其直言：「香料貿易為什麼得以存在？這一切都源於欲望。」

生於馬來亞的魯白野，深諳香料貿易的「誘惑力」對東南亞歷史與東西方交流史的重要性，為文兩篇──〈香料的貿易〉與〈**胡椒和甘密**〉：

> 什麼是香料？這是印度尼西亞盛產的胡椒、丁香、豆蔻、肉豆蔻之類，在西方世界還沒有發明如何儲藏冬季乾草，供給家畜作飼料的辦法之前，在沒有雪藏冰箱的發明之前，歐洲人只好用香料作肉類的防腐加味劑……東方與西方最先發生接觸，原來都是為了香料！……印度人在印尼地方建立了三佛齊及滿者伯夷王國，都是為了香料。如果不是因為香料的誘惑，回教不會接踵而來，擊破了印度王國而霸占了印尼及馬來亞；葡萄牙人、荷蘭人及英國人，也不會先後攻略了馬六甲。（〈香料的貿易〉）

香料，少量足以興奮，過量則將麻痹感官。「當時一磅胡椒的價值，等於三頭羊的價值」，香料可謂當時西方貴族餐桌上的身份象徵，於是閃光的發財夢推著大批探險家到岸邊，前仆後繼地遠渡重洋，不畏大浪、熱帶瘧疾及種種未知。

> 胡椒是蔓生的⋯⋯榨取了甘密膏的樹葉，正好是培養胡椒的最上肥料，因此，凡是開闢甘密園的頭家，一定把胡椒也種在一起⋯⋯在一八三六年，星洲每年已能出產兩萬多擔的甘密，又一萬擔的胡椒，時甘密每擔可賣三元⋯⋯甘密有一個弱點：這就是它只能有十多年的壽命。過了十五年，土壤竟成貧瘠，甘密樹便不能繼續生存，無疾自枯暴斃。（〈胡椒和甘密〉）

魯白野的一大寫作特點，即是冶文學、史實、數據於一爐，具有「學者散文」特徵，令人長知識之餘又有趣味可嚼，如上述的甘蜜樹「無疾自枯暴斃」，一下就以生動的擬人法潤澤了硬邦邦的數據。「曾經有一個時期，胡椒和甘密是星洲和柔佛的生命線」，是的，如今發展迥異的新加坡、柔佛一帶，均曾經充滿「港」字地名，如新加坡尚存地名「蔡厝港」、「楊厝港」、「林厝港」；柔佛的「陳厝港」（Kangkar Tebrau）、「德興港」（今名為哥打丁宜 Kota Tinggi）、「武吉港腳」／「利豐港腳」（Bukit Kangkar）等。一八三三年，柔佛廖內王朝統治者天猛公達因依布拉欣（Temenggung Daeng Ibrahim）創立港主制度，鼓勵華人前來墾荒，以種植甘蜜和胡椒為主，甘蜜產量更曾冠全球。

即使至今，人們對香料的狂熱未曾消失——像風靡世界的飲料可口可樂（Coca-Cola），就含有桂皮和肉豆蔻呢。不過「皮之不存，毛將焉附」，香料再魅終究為副角，主食不可或缺。馬來亞人民是米飯民族，但「他們寧願參加有厚利可圖的樹膠生產，而把種稻的工作放

棄了」（〈米的生產〉）。憂國憂民的魯白野試圖振聾發聵：「在馬來亞增
加開墾稻田，的確是一件很迫切的事情……希望用樹膠及錫賺來的錢
去購買外米，也不是辦法，因為錫與樹膠的前途，不見得會有永遠花
好月圓的好景。由自己增產，才是解決本邦糧食的基本辦法。」誠如
斯言，「花無百日紅」，橡膠與錫礦確實隨後跌價沒落了。而二〇一八
至二〇一九年馬來西亞的稻米自給自足率約為百分之七十二（政府目
標為百分之八十），尤其僅能種植旱稻的東馬地區更是得仰賴進口。

（二）獨霸半壁山：錫礦湖、橡膠樹

馬來亞曾是錫礦與橡膠王國，魯白野十分肯定華人在這方面的貢
獻，但其不是那種胸無點墨而大發厥詞的種族主義者，而是利用史實
與數據說話：

> 據《倫敦經濟時報》載，在一九四八年及一九五〇年之間，英
> 國殖民地及附屬國一共賺了七億五千萬美元，其中有六億五千
> 萬美元是以馬來亞生產的樹膠和錫換來的……馬來亞錫業能夠
> 上軌道，還不是因為華僑在一八三九年開始參加生產，才有進
> 步。一八四八年，華僑在馬六甲計擁有五十處錫礦……熱心經
> 營錫礦的華僑，可說是已擴展到整個馬來亞各州去了……在一
> 八九〇年，馬來亞內地已有十萬華僑礦工。翌年又有九萬華工
> 的入口。他們最先到內地大力開荒的功勞，永遠在馬來亞歷史
> 上吐著光榮的光輝。（〈馬來亞的錫〉）

陪母親回她的老家霹靂州怡保（Ipoh）時，車窗外是一汪一潭的
廢礦湖，今已多發展成旅遊業或養殖業。一九二〇年代霹靂近打河
（Sungai Kinta）流域的錫礦產量幾占全馬的百分之八十，「錫都」怡

保、華都牙也（Batu Gajah）、督亞冷（Tanjung Tualang），四處都是礦場。當時的采錫法，包括英國公司常用的鐵船法、華人公司的沙泵法，還有露天法、礦井法，以及最原始的琉琅法等等。一般洗琉琅的多為女性（「琉琅女」），她們頂著烈日，在礦湖裡彎著腰，用平底凹形木盆「琉琅」，一遍遍地不斷淘走沙礫與黑色的錳，留下亮灰色的錫，也淘走了自己的青春。二〇一二年設於金寶（Kampar）的「近打錫礦工業（沙泵）博物館」，就記載了「錫」日輝煌的故事。

至於馬來亞的橡膠開發，一般印象是英殖民政府率先領頭，但其實首掀篇章的是生於馬六甲的陳齊賢（1870-1916）：

> 沒有樹膠及錫的生產，也許就不會有馬來亞在今日的繁榮。比方在一九五二年的生產總計，馬來亞一共生產了五八四，〇〇〇頓的樹膠，剛好是世界樹膠生產總和的一半……英人著作關於膠業之研究的專門書籍當然是很豐富的，但卻很少提起陳齊賢開業的汗馬功勞。（〈馬來亞膠業史的發展〉）

陳齊賢在社會改革家林文慶醫生、星洲植物園園長李德利（Henry Nicholas Ridley）等的鼓勵下，勇敢地向「前不見古人」的路徑邁出第一步：「他從星洲植物園（當時叫作經濟植物園），取得了免費供給的樹膠種子，便在馬六甲郊外先行試植。過了三年，成績的優秀給他莫大的鼓舞，他才在武吉亞沙漢開始大規模種植膠樹，一共種了三千畝地。」

工業革命後，橡膠需求穩定增長，用以製作墊片、閥（機器調節裝置）、皮帶、電線絕緣、輪胎、靴子、雨衣、保險套、吊襪帶等。栽種在馬來亞土裡的一顆小小的橡膠種子，因為「巴西的膠樹都患上了落葉病而全部枯萎絕跡了」，順勢崛成帝國，當時的新加坡取代巴

西城市貝倫（Belém）成為世界首要的橡膠出口港。不過，之後人造膠（合成橡膠）的發展導致天然膠需求銳減，馬來西亞橡膠王國隨之瓦解。此外，自一九八五年十月二十四日國際錫市崩潰後，馬來西亞錫礦業一落千丈。「錫」陽工業，一「膠」難起，曾是馬來亞大部分人民職業的「膠工」與「礦工」，化為博物館裡的蠟人。

（三）出行之必要：紅頭船、多輪車

古今中外的許多移民，為了溫飽或精神召喚而出行。在飛機尚未騰雲駕霧的年代，人類往往僅能倚靠船隻漂向遠方，如魯白野〈船的故事〉所述：「初，是中國人乘了瞪著大雞眼的木造船，英國人乘著三桅的飛剪號，乘風破浪匯集在此地來了」，來到新加坡。文中記錄了新加坡海港的繁忙──「星洲是一個海洋之都，每天都有兩三百艘大大小小的船來自遠方，停泊靠近紅燈碼頭的海上」，並從輪船的發明史談起，再述及馬來亞的輪船公司。結尾「星華航業確實有過一段輝煌歷史，惜以後受到淡風的摧殘，且本身組織不夠嚴密健全，終至被外商排擠及淘汰了」，置於今日語境，仍是中肯的提醒。

〈陸上的交通〉一文則展現當時馬來亞車水馬龍的熱鬧情景。早期主要車輛以動物車為主，如馬車、驢車、牛車等，也有手推車、獨輪車等。自從十九世紀腳踏車在德國發明並傳到歐洲各國後，是怎麼在新馬一帶傳開的呢？

> 一八六六年……一位在洋行辦事的英人湯申，特從英國購入一輛三輪式的腳踏車，每天自實利達踏到市內工作，他的社會地位竟因此提高了……過了幾年，一位華僑看見了兩輪腳車的模型，也照樣製成了幾輛，每天與同僚一同騎著到丹絨巴葛去作活。

　　那是新事物層出不窮的年代，人們以生猛的欲望竭力求新。一八八六年德國工程師本茨（Karl Friedrich Benz）發明車子後，風行世界，「輪」到馬來亞時：

> 《新市紀年史》作者拔克利在一八九六年買了第一輛在新加坡上岸的汽車，可是，他在本坡汽車史上卻沒有奧雲夫人那麼著名……它從老遠的英國跑到此地來，以後又歷經馬來亞、爪哇、歐洲、英倫及蘇格蘭，共走了六萬九千里路。是為當年的最高紀錄。

　　現代常有女性不善駕駛的刻板印象，殊不知最早擁有汽車、並以此車締造馬來半島最長車程紀錄的，卻是女性——奧雲夫人（即恩梭，Annie Dorothea Caroline Earnshaw），而且「伊還把駕車技術授給了馬來人夏山，成為本坡第一名馬來人車夫」，是一種可貴的不藏私分享。

　　作者在文末寫道：「如果不是因為世界政治的紊亂及分了家的原故……希望總有一天能夠在新加坡上車，風塵僕僕地經由伊斯坦布爾或是西伯裡亞抵達倫敦車站下車，或是到更近的新德里、北京及堤岸」，並期許世界大同。此書出版一甲子後的二〇一七年，直通中國浙江義烏市和英國倫敦的一萬兩千餘公里長的貨運鐵路啟用了，被譽為「新絲綢之路」。然硬件易臻，軟件難及，大同夢方面……尚需深耕。

　　此卷內容貌似經濟掛帥，實則內蘊無數人與人、人與自然之間的微妙關係。國家歷史脈絡一般涵蓋開埠、擴張、致富、自私、自滿到頹喪等階段，開埠後的新馬如何免於頹喪深淵，延續先輩開墾的風光？或許老子《道德經》裡的「人法地，地法天，天法道，道法自然」，會是一句力透紙背的答案。

二　掌故卷：無數的「我不知道」

　　世界都市的面容已隨著全球化資本主義發展，益發相似。不過從前從前，並不至此，一段又一段的逸聞軼事，將人與土地的關係，一椿又一椿地夯實——隅隅角角，各有風華，足以讓人們每至一處，便可坐擁源源不絕的話題，與親友剪燭西窗，說三道四。在《馬來散記》「掌故」卷中，魯白野的七篇文章〈勞動的象〉、〈蛇年談蛇〉、〈南方的牛〉、〈馬來劍〉、〈馬來劍的神話〉、〈芙蓉的神話〉、〈石船山〉，就向我們娓娓道來一闋闋至今已鮮少耳聞、外地人甚至連當地人都得自認「我不知道」的故事。

（一）動物動情：開埠象、君子蛇、怒目牛

　　曾經，我們和動物的關係如斯親密，牠們不只是作為食物，而且還是人類的夥伴，崇敬的對象。

> 十九世紀的呫叻，還是以象為主要的（已經是平民化）交通工具。王都瓜拉江沙，在二十世紀初葉，還是充滿了象。一八九七年，森州、彭亨、雪蘭莪及呫叻聯合舉行盛會慶祝聯邦制度的成立，在瓜拉江沙集合了一百頭以上的象，可說是創市內的最高紀錄。（〈勞動的象〉）

　　曾在史書上翻見幾幀十九至二十世紀初霹靂州人民騎象的照片與郵票，頗有感觸，今日我在迅即的地鐵裡搖搖晃晃，從前的人兒則在象身上徐徐晃行。象同志入得了水塘，出得了山林，實乃當時的行路佳選。在當時尚未完全開發的野生原始環境，人類若無野生動物的協助可不行。〈勞動的象〉文末「為了一對象牙，要弄死一頭象，不是

太過殘忍及不合理麼？」彰顯一九五〇年代的作者魯白野展現的愛惜動物精神，十分可貴。此書出版逾一甲子後的今天，大象慘遭屠殺的消息仍不絕於耳，更已被列入瀕危物種之一，儘管一九八九年國際間早已嚴禁象牙交易。

　　我們經常聞蛇色變，可是早期馬來亞的每一戶家庭幾乎都會不時見到蛇的蹤影。讀及以下內容時，實讓人嘖嘖稱奇：

> 檳城在一八九四年曾經鬧過蛇患，結果由政府出榜捕蛇，每條給予賞金五角一元不等。十尺長的蛇每條可得一元半，超過十尺長而在十五尺以下的，可得賞金五元。於是，每天早晨都可以看到居民絡繹帶了形形色色的蛇到警察署領獎金。（〈蛇年談蛇〉）

　　建於一八七三年的檳城峇六拜萬腳蘭蛇廟遠近馳名，活蛇盤繞在廟內各處，可是原來百餘年前，活蛇是盤繞於民間各處，英殖民政府就曾出臺懸賞蛇只以解決蛇患的的創意手段。您是否可以想像居民們攜蛇進出警局的熱鬧情景？除了在〈蛇年談蛇〉一文中介紹蛇的傳說，作者魯白野更是直呼蛇為「君子」，認為毒蛇咬死人的消息不多，人陷害人卻天天可見，並對蛇致敬道：「我覺得蛇的精神是可貴的，比方它的不阿附權貴，這一點就足以令人欽敬的了。」作者在狀物敘事時往往不時抒發人世感懷，因此讓其作品文情並茂。值得注意的是，當時或許在引用他人文章時學術規範不那麼嚴謹，其實此文相當大部分的內容，尤其是關於蛇的馬來傳說、甚至購買蛇石的故事皆與英國人類學家斯基特（Walter William Skeat）一九〇〇年出版的《馬來魔法：馬來半島民間傳說與風俗信仰簡介》（*Malay Magic: An Introduction to the Folklore and Popular Religion of the Malay Peninsular*）的第三〇三至

三〇四頁的內容雷同，極有可能是作者直接從此書翻譯過來，不過卻未注明。這也反映出當時華文寫作面貌的一個側面，此種情況若置於今時，定被指責染有抄襲之腥。

> 溫莎公爵還是威爾斯太子的時候，曾在柔佛王宮看過老虎與水牛的格鬥。這種玩意兒曾經盛行在爪哇的王宮中。萊佛士遠征爪哇成功之後，也曾看過這種表演。據溫莎公爵說：這是他終生難忘的又血腥又恐怖的險惡鬥爭。說來也奇怪，在這種搏鬥中，往往是水牛勝利。不過，這位勝利者，也往往在過了三四天之後便因為受傷太重，流血過多而死去了。唉，好一個壯烈的結局！（〈南方的牛〉）

倘若請您描寫一頭牛，您會寫些什麼？作者在〈南方的牛〉就洋洋灑灑地寫了近三千字，從介紹印度人對牛的崇敬，到在印尼蘇拉威西發起大屠殺而有「殺人王」之稱的雷蒙‧威斯特林（Raymond Westerling, 1919-1987）遭遇的水牛咆哮怒目，再到中國苗族的「牛打架」民俗活動與馬來亞吉蘭丹的鬥牛活動等，古今中外的關於牛的歷史傳說乃至傳統風俗熔於一爐，旁徵博引，盡顯博學，令人不得不佩服作者在編輯路上耕耘經年而累積的厚實功力。

（二）傳奇傳神：馬來劍、石船山

> 馬來人使用「基利斯」，始自十三世紀的滿者伯夷王朝……關於滿者伯夷劍的傳說是太多了，佩帶此劍入山，凶惡猛獸便會機警地走避，否則只有死路一條。此劍既能熄火，也能在夜間飛出千里外取人頭顱；它能使主人成為銅皮鐵骨，刀槍不入；也能在盒中自作長鳴，預先發出危險將臨之警告。
>
> （〈馬來劍〉）

　　作者在〈馬來劍〉與〈馬來劍的神話〉中介紹了馬來劍的種種傳說。所謂「基利斯」即馬來語或印尼語"Keris"的音譯，今多譯作「格里斯劍」、「克力士劍」，或稱「馬來短劍」、「馬來匕首」等。從前的馬來劍文化意象寬泛，而眼下馬來西亞的馬來劍是可憐的，經常淪為政客用以宣稱馬來主權的工具——過往數年的各式政治集會中，領袖們不厭其煩地使用舉劍挑起民族情緒的路數，甚至在一九八七年「茅草行動」中有畫著馬來短劍並寫上「以華人的鮮血染紅它」的極端布條——不知何時成了傷害族群感情的利器。

　　如此「新穎」的文化象徵，不僅令熱愛和平的民眾生厭，更令歷史學家不滿，例如著名學者法立諾（Farish Ahmad-Noor）就曾指責如此做法將馬來短劍的多元文化、跨國界的歷史淵源窄化成馬來人主權與伊斯蘭文化象徵，可是馬來短劍早在伊斯蘭教傳播至馬來亞前經已存在，具有濃厚的印度教與佛教元素（詳見氏著《老師沒有教你的事》〔*What Your Teacher Didn't Tell You*〕第一章馬來短劍的歷史、用途和意涵）。歷史學家一般相信馬來短劍首次出現在印尼婆羅浮屠的一幅壁畫，上面刻有興都教神哈努曼（Hanuman）率領猴子兵作戰的場面，手持短劍。在深受興都教毗濕奴神和濕婆神信仰的影響下，印尼－馬來群島當時的劍柄就充滿了崇拜興都教和英雄色彩的設計，之後的設計更與中國與日本美學掛鉤。如魯白野在文章所述，馬來短劍乃源自滿者伯夷王朝，這可是十三世紀時東爪哇的一個印度教王國。

　　相信如此深愛文史並致力於文化交流的魯白野若還在世，或許會飽受驚嚇，因為馬來劍已經不僅是他在文末感歎的「徒供遊客購作珍玩」，竟還淪為政客的工具。

　　在下一篇〈馬來劍的神話〉中，魯白野提到了不能用劍指人，以及各種劍的傳說，例如「飛劍」的部分就寫得很生動：

據說，古代瓜拉比拉、芙蓉、波德申及阿羅加牙的拿督及拉也，都保有這類飛劍。如果他們要刺殺遠在千里外的仇敵，他們盡可把劍拉出鞘來，念念有詞，這把劍便會飛至千里外，取人頭顱，而又飛歸原主。像我上次提起的滿者伯夷雌雄劍，如果其中有一把失蹤了，它是會飛回來的，除非主人是個沒有道德的壞人；假如是這樣，那麼，僅存的一把劍不久也會飛去，另覓良主。這一段道理，讓我們意味起來，倒很像戰國時代盛傳的哲理。（〈馬來劍的神話〉）

作者從馬來短劍的另覓良主，聯想到中國戰國時期「良禽擇木而棲，賢臣擇主而事」的情景，想像力亦如飛劍般引人入勝。文末處更是一絕：

最可笑的，就是有一種能夠熄火的馬來劍。如果有辦法，我倒要弄一把送給本坡的消防局；這總比弄一把胡亂殺人的馬來劍好得多哩！（〈馬來劍的神話〉）

歷史典故或傳說軼事，倘若述說功力不強，容易教人乏悶生困，可是作者的文筆卻令人讀來津津有味。他幽默地總結道，在諸多馬來短劍傳說功能之中，最喜歡的是滅火功能，還表示想送一把給消防局，勝於讓劍見血，趣味中展現人道精神，可謂神來之筆。

瞭解了「馬來劍」後，您聽過「石船山」的故事嗎？「關於芙蓉的化石船的故事，只是一個米南加保民族從蘇門答臘移民過來時帶來的神話。」在這篇〈芙蓉的神話〉中，作者將這則不孝子不認母因而化成石頭的傳統故事描寫得甚是生動，例如這一段：「『我是你母親喲！』老太婆看見情形不佳，很謹慎地再補充一句。青年人的臉色一

陣青、一陣白地在變動，他粗暴地高聲嚷道：『誰認得妳這又老又醜的東西？滾開！快滾開！』」寥寥數句盡顯戲劇張力。

　　作者對這則故事相當鍾情，另也寫了〈石船山〉一文補充相關傳說，兩篇文章中除了細述芙蓉沉香山（Bukit Jung）的石船山典故，也提到汶萊河上的岩石露頭絨峇都（Jong Batu）、柔佛班地山（Gunung Panti）、查寧山（Gunung Janing）等地有關石船山的故事。這些類似傳說，其實源自印尼著名的馬林坤當（Malin Kundang）神話。目前西蘇門答臘省的巴東（Padang）的甜水灘（Pantai Air Manis）就有狀似一個人跪爬在地的「馬林坤當石」。故事流傳到各地，並還有各自版本，猶如花果飄零，靈根自植，正如作者在〈芙蓉的神話〉裡所說的：「森州本來就是蘇西的米南加保人的第二故鄉，他們不但把民情風俗習慣原樣地搬過來，連土地法、神話，也搬移過來了。」隨著科學發展，如今神話故事似已不怎麼誕生和盛行了。在作者提到的霹靂州巴登峇當（Batang Padang）的故事中：

> 熱滾滾的錫液，如泉水一般流進船中。貪婪的船長，在心花怒放，過了一句鐘，還是沒有半點要停止的意思，裝滿了錫的木船，終於連人連貨，都沉到海底去了。（〈石船山〉）

　　這些版本的神話故事均帶有警惕色彩，引人向善，存孝心，而這個巴登峇當版本則提醒人們不可貪心。在馬來西亞民間傳說的華文傳播工作方面，馬來西亞資深兒童文學家年紅（1939-，原名張發）作過不少努力，如編寫與譯介了《馬來亞寓言故事集──黃瓜公主》（1962）、馬來西亞民間故事《魔瓶》（1990）、《石船山：馬來西亞民間傳說》（1990）等故事給華文小讀者。

　　感謝魯白野通過文字，讓這些傳說典故不至於沉於海底，可以一

一浮現，供當地後輩或外國人瞭解馬來半島的故事，告訴世人──這
裡不只是蒼白空洞的經濟土地，讓我們從無數的「我不知道」，可以
多說一些「我知道」。至於作者為何如此博學呢，秘訣即在行萬里路
與讀萬卷書中追溯歷史：

> 我到芙蓉，剛好又碰到連綿的雨季，沁涼了我從赤道線上
> 帶來的一顆熱噴噴的赤心。我很悵惘，不能依照原來的計劃，
> 到郊外去躑躅、去考古，我只能再躲在屋裡，像書蟲在古書中
> 鑽動。(〈芙蓉的神話〉)

檳城的話說從頭：讀鄺國祥
《檳城散記（新編註本）》
史話掌故卷與沿革風物卷*

　　檳城是個饒有故事的地方，中國詩人、作家郁達夫（1896-1945）在檳城逗留不久就念念不忘，稱這個「東方花縣」是「沉靜、安閒、整齊、舒適的小島」，「你且聽一聽這洗岸的濤聲，看一看這長途的列樹，這銀色的燈光，這長長的海岸堤路。」[1]

一　史話掌故卷：在地情懷與寫作潮流

　　檳城位處海上要道，多少文人墨客、知識分子、殖民官員等，都曾在此留下足跡。如此一個文史底蘊深厚的地方，若能多瞭解其歷史文化，日後初次或再次訪檳時，一定別有滋味。《檳城散記（新編註本）》首卷「史話掌故」收錄了鄺國祥的六篇文章，即〈**檳島春秋**〉、〈**檳榔嶼開闢史**〉、〈**如是我聞之檳城傳說**〉、〈**黃花崗之役與檳城**〉、〈**清代的檳城華僑**〉、〈**檳榔嶼的馬來人**〉，多是綜述文章，有助於讀者對檳城歷史背景有初步瞭解，之後細讀其他微觀文章，事半功倍。

---

* 本文刊於：鄺國祥著，周星衢基金編註：《檳城散記（新編註本）》（新加坡：周星衢基金，2023年）。

1　郁達夫：〈檳城三宿記〉，郁達夫著，秦賢次編：《郁達夫南洋隨筆》（臺北：洪範書店，1978年）。

（一）各路移民：開闢淵藪檳城

據馬來西亞著名作家、編輯溫梓川（1911-1986）為《檳城散記》所寫的序言，本卷的〈檳島春秋〉一文是他向鄺國祥邀稿後，鄺國祥交上的第一篇文章。「春秋」是古代史書的通稱，如《吳越春秋》、《十六國春秋》等，春秋戰國諸子的著作也有以此為名的，如《晏子春秋》、《呂氏春秋》等，鄺國祥專欄的開篇文章〈檳島春秋〉以此命名，十分大氣，洋洋灑灑五千餘字，濃縮了檳城歷史精華，從英國殖民者開埠前後、地名典故、地理概況、歷史古跡、人口發展、基礎設施、華人社團與報紙、極樂寺、檳城領事、當地名人等展開，點到為止，有興趣的讀者或研究者可從中繼續探索。

〈檳榔嶼開闢史〉則闡述了檳城地理、歷史上的檳城、萊特（Francis Light，1740-1794）開闢檳城的經過等，其中一段提到英國政府起初並不特別在意檳城，萊特費盡心思才獲得檳城的統治權，並勉力開闢發展：

> 當十八世紀中葉，英法殖民地戰爭結束之後，英國東印度公司，重興東來之念，一向遠東發展，一向澳洲開基……本嶼開基人萊特大佐，知道英政府有這個意思，遂自告奮勇，憑其老謀勝算，歷盡許多折磨，終為英國取得檳榔嶼。大體上說，佔領檳榔嶼，是英國當局的國策，然而當時的英國執政者，卻十分顢頇，他們猶疑不決，首鼠兩端的態度，我人今日說起這些故實，覺得甚是好笑。然而在萊特方面，委屈求全，逆來順受，竭知盡忠，也不能得當局的信任，以致開闢檳榔嶼的計劃，一延再延，直至一七八六年，大功才告完成。

「傳說」一般是人們利用口耳相傳等方式描述的事件，由於傳遞

者的知識有限，加上難以正確回溯當時場景，因此內容往往會經過主
觀修改，或加入虛構情節，真實性難以考證。在歷史研究上，應避免
引用傳說為實，不過若置於文學研究，相關傳說的背後動因和機理、
闡述的內容和方式，就極有意思，是為文筆和想像力的表現。

　　每個地方都有各種傳說掌故，經歷幾代人耕耘才有今日成就的檳
城，自然也有無數傳說，跨時代地藏在街頭巷角，有些可能已經被遺
忘了，〈如是我聞之檳城傳說〉一文就相當有趣，記錄了好幾則傳
說，如：

> 工人們都望著當時尚未闢為市區的「樹海」興嗟，趑趄不前，
> 因為那時候尚未成為現在市區的一帶地方，都是古木參天，濃
> 蔭蔽日，低窪的地面，復又積潦滿盈，原是蟲蛇毒物的淵藪，
> 於是一班披荊斬棘的工人們，未免有些膽怯不敢踴躍樵伐，開
> 闢工程依然擱淺。又以開闢之初，瘴癘之氣特盛，害病的人極
> 多，醫藥又十分缺乏，只好聽天由命，任其自然，於是死亡率
> 很高，工人們兔死狐悲，未免望而卻步，開闢事業，益見困
> 難。好在萊特氏，富於機智，想出了另一種鼓勵引誘工人伐木
> 開荒的方法，宣布開放銀砲，儘管的把雪白的銀餅當砲彈，向
> 著濃蔭的密林轟發，人為財死，鳥為食亡，這方法馬上見效，
> 工人們眼睜睜地看見雪白的銀餅打進樹林裡去，為著要拾銀
> 子，無不精神百倍，把一切死亡疾病，都忘掉了，個個都爭先
> 恐後地努力翦伐，不久的時間，就完成了附近關仔角一帶地方
> 的工程。

　　此段描寫，既道盡了先輩們披荊斬棘之艱辛，可歌可泣，也展現
了一部人為財死的荒誕劇，令人無可奈何的貧富差距。另外，中國移

民早在萊特船長之前抵達檳城，鄺國祥將之與英殖民政府的行為進行
對比，如是總結：「惟我華人向無政治觀念，也無領土野心，華人之
飄洋過海，探索荒區，無非為著個人或一家的衣食吧了」。

　　至於〈黃花崗之役與檳城〉一文，則聚焦於現代中國史與檳城之
間的關係。眾所周知辛亥革命和東南亞的華僑，尤其是檳城和新加坡
的華僑關係密切，孫中山（1866-1925）就曾多次親赴檳城，呼籲華
僑支持革命。鄺國祥在此文羅列出一九一一年逝於廣州黃花崗起義的
「黃花崗七十二烈士」的名字後，附上按語：

> 羅仲霍和周華均為粵籍，是本城的華僑，前者為惠陽人，僑
> 生，畢業本嶼師範學堂，曾任時中學校前身的崇華學校教員，
> 後者則為東安人，本城革命同盟總會的書記，本城光華報創辦
> 時，亦曾多方參與擘劃。

　　如此一來，能讓讀者更清楚檳城華僑在辛亥革命的貢獻，甚至有
不少人為此犧牲。

　　〈清代的檳城華僑〉則述及早期華人移民在檳城的經濟情況、服
裝飲食等，趣味十足，其中寫到檳城的顯赫人物是隨著檳城的逐漸發
展才得以施展抱負的：

> 本嶼自乾隆末年開闢以至清末……一向都保持著故步自封的狀
> 態……而本嶼僑胞，則不獨在國內寂然無聲，就在本城裡面，
> 也未見有煊赫一時的人物……直到清末，張弼士戴欣然等崛起
> 炎荒，服官中外，吳世榮黃金慶等奔走革命，立功國家，本嶼
> 華僑才漸漸兒有露頭角的。

至於本卷末篇〈檳榔嶼的馬來人〉，可謂一篇難得的文章，以華人角度書寫和介紹檳城的馬來人，體現族群之間的重視，有的資料甚至是他親自訪問馬來文化人士而來，或是引述自馬來文刊物。鄺國祥身為從中國到馬來亞的第一代移民，抱持開放的心態融入當地，瞭解當地族群，具有文史工作者應有的胸襟。當然這也或許與他是一校之長有關，無論是工作或日常生活，必然得接觸各界人士，華語、方言、馬來語、英語兼通，無形中也開拓了他的眼界，讓他可直接引用一手資料，無需翻譯。另外，馬來亞聯合邦於一九五七年八月三十一日獨立，《檳城散記》出版於一九五八年，作者在一九四〇至一九五〇年代寫就這些文章，那時正是風起雲湧、各族群急需相互瞭解和團結建國的時代。這一深層意義，希冀年輕讀者莫失莫忘。

（二）文獻回顧：形成中的「檳城學」

> 本城未開闢之前，全島到處荒涼，人煙稀少，那時島上居民，僅有少數的中國人和馬來人，總計人數才五十八名……他們大都居住在丹絨道光一帶，過著孤島單調的捉魚生活。他們再也夢想不到榛莽荒廢的島嶼，百數十年之後的今日，會變成這麼繁華的熱鬧都會，東方的樂園。（〈檳島春秋〉）

檳城於一七八六年在英國船長萊特的帶領下開埠，比萊佛士（Thomas Stamford Bingley Raffles, 1781-1826）到新加坡開埠的一八一九年還早了三十三年。隨著經濟發展，移民湧入檳城，學校、宗教場所、報館、宗族會館等也如火如荼地建立起來，傳播知識和思想，文化氣息在流動。

檳城豐富悠久的文化歷史，使之成為地志研究的代表之一，百餘年來吸引無數學者從中探討東南亞當地人民與文化和中國、西方殖民

者等之間絲絲縷縷的關係。如中國的北京和上海，已有「北京學」和「上海學」的學術領域，日本的「東京學」與「京都學」也令社會學者津津樂道，蔚為典範。當城市特色已經鮮明得自成一格，足以構成一門學問，猶如文學世界中的「紅學」（《紅樓夢》研究）、「張學」（張愛玲研究）。而碩果累累、後繼有人的檳城研究著作，都為儼然成形的「檳城學」增磚添瓦。

其中的奠基作，當屬一九四三年姚枬（1912-1996）、張禮千（1900-1955）的《檳榔嶼志略》，鄺國祥的多篇散記文章就常引用此書。更早的檳城相關著作還有十九世紀末清代力鈞（1855-1925）的《檳榔嶼志略》、印度尼西亞華僑企業家張煜南（1851-1911）的《海國公餘輯錄》（1900）等。

至於近期的檳城相關著作，值得關注的包括：張景雲（1940-）的《炎方叢脞：東南亞歷史隨筆》[2]，收錄〈檳榔嶼早期傳奇人物：緞羅申〉、〈檳榔嶼英制司法的濫觴〉、〈檳城天主教神學院〉、〈布朗家族與牛汝莪園坵〉、〈潮州人開發威省甘蔗園〉、〈萊特智賺檳榔嶼〉、〈檳榔嶼老地名故實〉等，行文具有早期文人的雅致古風。

地理學家白偉權（1986-）的《赤道線的南洋密碼：臺灣@馬來半島的跨域文化田野踏查志》[3]，收錄〈與國父共建民國的馬來亞華僑們〉、〈派衍海國：大航海時代中的新江邱氏族人〉、〈棉蘭－檳城－板橋：蘇門答臘客家張氏兄弟在檳城〉、〈丹絨端：東南亞海洋及晚清歷史舞臺中的「絕島」〉、〈華夷交融的拿督公信仰〉等，將檳城置於跨地域跨領域的更大脈絡下進行論述，讓讀者感受到檳城在全球史中的閃亮光芒。

2　張景雲：《炎方叢脞：東南亞歷史隨筆》（吉隆坡：魚弓書舍，2021年）。

3　白偉權：《赤道線的南洋密碼：臺灣@馬來半島的跨域文化田野踏查志》（臺北：麥田出版社，2022年）。

　　檳城研究專家、本書顧問杜忠全（1969-）的多部論著更是不能繞過，包括《老檳城‧老生活》、《老檳城‧老生活：口述生活記憶（改版）》、《老檳城的娛樂風華（老檳城‧老生活Ⅱ）》、《我的老檳城》、《喬治市卷帙》、《山水檳城》、《戀念檳榔嶼》、《老檳城路志銘：路名的故事》、《老檳城路志銘：路名的故事（改版）》、《島城的那些事兒》、《老檳城‧老童謠：口傳文化遺產》、《檳城三書》等。到底是要有多少情懷來為一個地方書寫十餘部書籍？也許每冊可視為作者獻給檳城的一封封情書[4]。

　　畢生致力於檳城文史研究的張少寬（1941-），著述包括《檳榔嶼華人寺廟碑銘集錄》、《檳榔嶼翰墨緣》、《檳榔嶼華人史話》（與續編）、《孫中山與庇能會議：策動廣州三、二九之役》、《檳榔嶼舊聞》、《檳榔嶼叢談》、《南溟脞談：檳榔嶼華人史筆新集》等，以一己之力進行田野行腳，埋首故紙堆，成果頗豐，受到學術界的重視，被譽為檳城華族史權威之一。

　　檳城幫派和宗親會館研究專著不少，如：吳龍雲《遭遇幫群：檳城華人社會的跨幫組織研究》；黃賢強、廖筱紋、鄧宇《中國與東南亞客家：跨域田野考察與論述》；陳景熙《故土與他鄉：檳城潮人社會研究》；陳耀威文史建築研究室《認識與欣賞：龍山堂邱公司》；朱自強、陳耀威編《檳城龍山堂邱公司：歷史與建築》；陳劍虹《檳榔嶼潮州人史綱》；王琛發《檳城惠州會館180年：跨越三個世紀的拓殖史實》；謝詩堅《客家研究檳城華人座談與學術報告會論文集》；Wong Yee Tuan 的 *Penang Chinese Commerce in the 19th Century: The Rise and Fall of the Big Five*（黃裕端《19世紀檳城華商五大姓的崛起與沒落》）等。當然也包括各會館紀念刊的文章。

4　如馬來西亞作家楊邦尼稱杜忠全為「檳城之子」，見楊邦尼：〈崩壞與修復：杜忠全的《戀念檳榔嶼》〉，《南洋商報》「讀書人專欄」，2012年9月12日。

　　檳城華人研究成果豐富，如：陳劍虹、黃賢強主編《檳榔嶼華人研究》；陳耀威《從慎之家塾和海記棧看甲必丹鄭景貴的心態》；黃賢強《跨域史學：近代中國與南洋華人研究的新視野》；陳雪薇《伍連德研究：經驗、認同、書寫》；唐利群《辜鴻銘：東西之中》；Jean Elizabeth DeBernardi 的 *Penang: Rites of Belonging in a Malaysian Chinese Community*。檳城族群研究方面，如：Nadia H. Wright 的 *The Armenians of Penang* 等。

　　檳城與康有為（1858-1927）、孫中山的關係向來是學術熱點，專著如：蘇慶華《中山先生與檳榔嶼》；邱思妮《孫中山在檳榔嶼》；莫順宗編《孫中山在海外》；張克宏《亡命天南的歲月：康有為在新馬》；顏清湟著，李恩涵譯《星、馬華人與辛亥革命》等，以及海量論文。

　　檳城的殖民式開埠始於十八世紀，各語言源流的教育史可追溯到數百年前，是為資源寶庫，研究成果包括：李陌齋《檳城華僑早期之教育》；葉鍾鈴《檳城鍾靈中學史稿（1917-1957）》；陳榮照主編，王慷鼎、葉鍾鈴、陳聞察等著《檳城鍾靈中學校史論集：1917-1957》等。檳城各校紀念刊也值得關注。

　　檳城多元宗教盛行，和諧共存，著述包括：陳秋平《移民與佛教：英殖民時代的檳城佛教》；帥民風《馬來西亞檳城大伯公文化藝術研究》；陳劍虹《廣福宮與檳城華人社會》；Cheu Hock Tong 的文章 "The Datuk Kong Spirit Cult Movement in Penang: Being and Belonging in Multi-Ethnic Malaysia" 等。當然也不能忽略各廟宇的紀念刊文章等。檳城文化研究方面，如：陳瑞明、劉庚煜、符幼明、周盈貞、王可欣《檳城布袋戲：演變中的文化遺產》，以及各文化機構出版的刊物等。

　　檳城早期歷史與考古研究，如：Muhammad Haji Salleh 編，

Leelany Ayob & Ng Wai Queen 譯的 *Early History of Penang* 等。檳城與地域關係，包括：Yeo Seng Guang, Loh Wei Leng, Khoo Salma Nasution & Neil Khor 編的 *Penang and Its Region: The Story of an Asian Entrepôt*。檳城的當代發展情況，如 Francis E. Hutchinson & Johan Saravanamuttu 編的 *Catching the Wind: Penang in a Rising Asia*。

檳城文人輩出，文學研究包括：楊松年《〈檳城新報〉文藝副刊與早期馬華文學》等，當然也應關注個別作家的作品，如陳政欣的「武吉三部曲」，以及選集如辛金順主編的《母音階：大山腳作家文學作品選集（1957-2016）》等。另外，也有多部早期檳城的圖片集出版，如：Cheah Jin Seng 的 *Penang 500 Early Postcards*；陳劍虹《檳榔嶼華人史圖錄》等，提供「一圖勝千言」的深意，畢竟任何文字都難免受到一定程度的意識形態的影響。生於檳城、或曾定居檳城的作家包括辜鴻銘（1857-1928）、溫梓川、蕭遙天（1913-1990）、溫祥英（1940-）、鄭浩千（1948-）、梅淑貞（1949-）、朵拉、小黑（1951-）、傅承得（1959-）、方路（1964-）、呂育陶（1969-）、陳團英（1972-）、周天派（1982-）等，多不勝數。近幾年檳城也主辦「喬治市文學節」，由檳城州政府資助，檳城會議與展覽局策劃，是馬來西亞最大的文藝活動之一，廣邀世界各地的作家到檳城交流。已出版數年的檳城民間雜誌《城視報》及其團隊也在促進喬治市社區的文化生活與意識。

（三）旁徵博引：將歷史「故事化」的鄺國祥

戰後，馬華文藝獨特性的創作口號在殖民政府緊急法令頒布後，幾乎更澄清了馬華文學必然得拋開僑民意識的路向。及時創建本地文化就成了馬華書寫積極的意義，進步的作家，歷史學家，批評家都強調獨特的馬來亞經驗，使「1945年的一代」幾

乎成為馬華（新）文學黃金的一代。（馬來西亞學者黃琦旺[5]）

　　鄺國祥在《檳城散記》系列的文章，是他定居檳城約二十年後寫就的，為此他自言：

> 「『人是地之子』，我們對這恩深覆載，和氣如春的『慈母』，不期然而然地發生出自然孺慕的深情，爰不揣煩瑣，篡竊陳篇，搜集本島零星史跡，並周咨父老，採錄遺聞。」（〈檳島春秋〉）

　　需指明的是，鄺國祥的諸篇文章不是學術論文，因此當他引用他人成果時，有時注明，有時未注明，不過某些陳篇今已難尋，而且他身體力行地去「搜集本島零星史跡」，其中有些資料是訪問當時當地文人而來（今難複製），如：

> 今年（一九五七年）六月十日檳城歷史學會副主席阿比珍氏（Zainul Abidin. S. M.），在東南亞歷史學家代表會中，講述檳城早期的馬來人歷史。氏為檳城巫總主席，曾任視學官，及法蘭西萊特學校校長，對檳城掌故甚有研究。不佞為寫上文，曾承華民政務司署特級官員黃存燊先生書函介紹，偕同陳之光先生往謁阿比珍氏於其私邸，氏出其演講稿一紙，並言我所欲知者盡在此中矣，歸而讀之，蓋即報上所發表的〈檳城馬來人傳記也〉。茲節錄其大意如後……（〈檳榔嶼的馬來人〉）

5　黃琦旺：〈現實與身份認同：論魯白野的馬來亞敘事〉，《臺北大學中文學報》第27期（2020年），頁145-182。

　　因此，儘管其文或有不嚴謹之處（書中提到的史實，請讀者務必查證），一些學者如顏清湟認為鄺國祥的「著述缺乏科學研究的方法」[6]，但其著有一定的參考價值和文學意義則是公認的，尤其是他引人入勝的文筆，將歷史「故事化」，可讀性頗高，時有「講古佬」風範，多數檳城文史論文的參考資料都會出現其著，甚至啟迪了下一代的歷史學家[7]，怪不得溫梓川在序言裡說鄺國祥：

　　　　他每每講述歷史或故事，不但學生喜歡靜聽，就是同事，也往往會不知不覺凝神靜聽，他講述時的逸興湍飛，手舞足蹈，的是痛快淋漓；繪影繪聲，又彷彿是他自己曾親歷其境，目擊一切的樣子。

　　例如〈**檳榔嶼開闢史**〉的這一段，猶如他「親歷其境」：

　　　　在西人方面最先到檳榔嶼的，根據史乘為英人蘭開斯忒爵士，這位爵士，和我們想像的戴著高帽子，穿著燕尾服，道貌岸然的英國爵士，有些不同。他是一位粗眉大眼，膽量過人的十八世紀英雄人物。他於一五九二年率領三艘大船抵本嶼。他在本

6　顏清湟：〈第七章：東南亞歷史上的客家人〉，顏清湟：《海外華人世界：族群、人物與政治》（新加坡：新加坡國立大學中文系、八方文化創作室，2017年），頁154。

7　例如新加坡歷史學家柯木林：「歷史本來就不是一門容易吸引人的學科，更何況在當今經濟至上，實用主義掛帥的情況下，研究歷史更是鳳毛麟角。以個人的經驗而言，我對歷史的興趣，源自普及讀本。除許雲樵的《馬來亞叢談》（1961年出版）外，魯白野的《獅城散記》（1953年出版）及鄺國祥的《檳城散記》（1958年出版）這兩本書都是我愛讀的。當年流行用散記做書名，這兩本用散文體裁所寫的歷史文章，描述了當時獅城與檳城的人與事，至今讀之，仍有一番感受……均能深入淺出，把歷史事件與人物故事娓娓道來，引人入勝。」柯木林：〈序〉，吳華著，安煥然主編：《吳華文史選集》（士古來：南方大學學院出版社，2017年）。

嶼勾留了一些時間，然後出海巡邏。倒霉的葡萄牙，正由馬六甲駛來三艘貨船，載滿了胡椒珠寶等物，西航返國的，這位爵士，一見來船，便放出他的英雄本色，一而二，二而三的，把他們一齊劫掠過來，然後駛回檳榔嶼，居然把檳榔嶼當作他們的巢穴。這次的收穫，只是搶得一千多噸的香料。聰明機警的爵士，馬上率領一班英雄，滿載而歸英倫去，自有分數，只因這麼一搶，卻搶出一個檳榔嶼來了，而他自己呢，也由此一搶，而搶出名來，這正如中國古人所說，「竊國者侯，竊鉤者誅」。

其實鄺國祥本來就是一位小說家，他的首本著作即為章回小說《桃李春風》[8]，展現了說故事的本領。當然，書寫史話掌故不易，「弱水三千，只取一瓢」，手上若無龐大資料，恐難織文成卷。鄺國祥在本卷引用的檳城相關研究材料就包括：

1　東南亞資料
　　張煜南：《海國公餘輯錄》，1898年。
　　姚枬、張禮千：《檳榔嶼志略》，1947年。
　　《南洋雜誌》，1946-1948年。
　　阿比珍氏（Zainul Abidin. S. M.）〈檳城馬來人傳記也〉。

2　中國資料
　　汪大淵：《島夷志略》，1349年。
　　《福建通志》，1620-1871年。
　　茅元儀：《鄭和航海圖》（全名《自寶船廠開船從龍江關出水

8　鄺國祥：《桃李春風》（檳城：馬來亞出版社，1953年）。

直抵外國諸番圖》，又稱《茅坤圖》），《武備志》，
1621年。

《大清會典》，1690-1899年。

謝清高口述，楊炳南整理：《海錄》，1820年。

魏　源：《海國圖志》，1843年。

薛福成：〈請豁除舊禁招徠華民疏〉，1893年。

馬建忠：《適可齋記行》，1894年。

黃　興：〈廣州起義報告書〉，1911年。

侯鴻鑒：《南洋旅行記》，1920年。

梁紹文：《南洋旅行漫記》，1924年。

胡去非：《孫中山先生傳》，1928年。

陳文圖（陳新政）：〈華僑革命史〉，《陳新政遺集》，1929年。

馮自由：《華僑革命開國史》，1947年。

蔣星德：《國父孫中山先生傳》，1948年。

3　其他外國資料（如：西方殖民地檔案、英國東印度公司文
件、外國學者研究等）

Sulayman al-Tajir, *Ancient Accounts of India and China*, 880.

The Travels of Marco Polo, c.1300.

Series IOR/G/34, India Office Library Factory Records: Straits
Settlements, 1726-1830, Subseries 1. Miscellaneous Original
and Copy Papers and Reports, 1726-1806, Records of the East
India Company.

Subseries G/34/2-8, Bengal Proceedings Relating to Penang,
1786-1787, Bengal Proceedings (1786-1795).

India Office Records, G/34/1, SS, Miscellaneous Papers, *Report of Captain Kyd*, 1 September 1787.

"A Letter from Captain Light to Lord Cornwallis, dated 20th June 1788," *Journal of Malaysian Branch of the Royal Asiatic Society*, Vol. 16, Issue 1, 1938, p.118.

"Journal of Captain F. Light," J.R. Logan (ed.), "Notices of Pinang," *The Journal of the Indian Archipelago and Eastern Asia*, Vol. 4, 1850, pp.629-632.

Ferdinand von Richthofen, *China, Ergebnisse eigener Reisen und darauf gegründeter Studien* (China: The Results of My Travels and the Studies Based Thereon), 1877-1912.

Bookworm (A.H. Lancaster) compiled, *Penang in the Past* (1925).

書蠹編，顧因明、王旦華譯：《檳榔嶼開闢史》，1936年。

（四）地靈人傑：明珠般的檳城

「因為土地均屬花崗岩質，山嶺雖多，但沒有商業上有價值的礦物，如錫米等的出產，與馬來半島其他各地不同。」（〈檳島春秋〉）儘管檳城不以礦產聞名，不過因為開埠甚早，加上曾有不少文人墨客路經或定居，致使其文明程度在當時馬來亞屬較高的地區，留下許多珍貴的古跡與文藝作品給後人，喬治市也於二〇〇八年被列入聯合國世界文化遺產區。鄺國祥長居於此，對土地日久生情，深以檳城為榮，他在文中列舉諸多生於檳城的傑出人物，慷慨歎言：「其他熱誠社會國家的富紳，懷璞守真的士子，或鋒芒初露的後起之秀，尤更僕難數，這又非我這枝禿筆所得盡而言啊！」（〈檳島春秋〉）

另外，作者也相當遺憾鄭和（1371-1433）下西洋時未到檳城：「我們今日談檳榔嶼的歷史，深惜這些和尚和鄭和一班人馬，都沒有

到過檳榔嶼的紀錄，由此可知道檳榔嶼在當時確為一四無人煙的荒涼島嶼」（〈**檳榔嶼開闢史**〉），不然就能如馬六甲般有更多故事可以述說。

本卷的敘述主要以華人或中國第一代移民視角展開（如在文章裡稱中國為「我國」、「故國」等），關於其他族群的故事，可惜只有一篇〈**檳榔嶼的馬來人**〉，少了印度人、峇峇娘惹或其他族群相關的深入篇章，這一點和祖母是娘惹、因避二戰而曾流亡印度尼西亞的馬來語專家魯白野（1923-1961）的《獅城散記》（1953）與《馬來散記》（1954）有所不同[9]。當然由於寫作年代相近，以及均懷著對馬來亞土地的深厚感情書寫，因此閱讀這三部散記時，還是能體會到許多共通之處。在當時屬大型出版社的世界書局，在一九五〇年代出版這幾部散記，可以想見一方面是對文史工作者的肯定，一方面也體現了當時的寫作潮流與風氣。

檳城作為孫中山革命的重要基地之一，促進中國歷史的轉折，成功開展辛亥革命，從而有「華僑是革命之母」的讚譽，蘊含了第一代檳城華人移民對中國政治與前程的關心。鄺國祥身為第一代移民，又任華文學校校長數十年，關心華教發展（曾任檳城華校教師會主席），積極參與會館事務（曾任檳城客屬公會文書），可以理解他為何有如此的行文色彩與取材方向，展現有別於曾留學西方的檳城作家，或者是第二代和第三代移民的檳城作家的本土關懷面向。

「要忘卻是異常困難，要回憶它倒甚容易，這就是我遠離了檳榔之嶼才感覺到的一個難堪卻又甜蜜的可愛印象。」這是新馬作家魯白野〈檳榔的島〉的開頭，也適合作為本文的結尾。文章千古事，《檳城散記》讓在地情懷借由前人文字一代一代傳承下去——「情懷」這詞兒，人工智能暫時還感受不來。

9　有關魯白野的敘事策略研究，可參見廖萱茵：〈論魯白野《馬來散記》及其續集中的身份認同與敘事策略〉（金寶：拉曼大學中華研究院榮譽學士論文，2020年）。

二　沿革風物卷：檳城沿革話當年

對於寫作人而言，文化歷史豐富的檳城無疑是個寶地，實在有太多題材供下筆。像是本卷「沿革風物」，相信如果要求作者鄺國祥再寫上數十篇也不成問題。此卷收錄作者的十三篇文章，即〈本嶼華人風俗談〉、〈百年前本嶼的物價〉、〈百餘年前的私會黨〉、〈曩昔的結婚禮服談〉、〈一百七十餘年的老藥店〉、〈本嶼的屠場〉、〈本嶼的防癘設備〉、〈三個典雅的校名〉、〈聖尼古拉盲童院〉、〈聾童學校〉、〈本嶼最長命的樹〉、〈柳絲松〉、〈麵包樹〉，文筆生動，旁徵博引，從中也可看出作者對哪方面的課題別有興趣。倘若邊讀這些文章，邊搭配有「檳城土地公」之稱的古跡修復專家陳耀威[10]（1960-2021）的檳城攝影文集，相信更是餘韻無窮。

（一）相愛也相殺的人性

民俗是由人類創造和傳承的生活文化，涉及節日、禮儀、民間傳說、姓氏文化等多方面的內容。各民族都有自己的特有習俗，這些民俗受到經濟生活、社會結構、民族心理、宗教信仰、藝術、語言等影響和制約，從中能反映人性。

作者的〈本嶼華人風俗談〉與〈曩昔的結婚禮服談〉，都與華人的婚禮習俗有關，其中前者著重介紹檳榔嶼華人婚禮中的「上頭」儀式，並與中國進行對比，發現：

---

10 陳耀威是檳城文史及遺產保存工作者，從事東南亞華人建築研究，畢業於臺灣成功大學建築系。曾參與檳城韓江家廟、魯班古廟、福德正神廟等的修復工作，著有《檳城龍山堂邱公司：歷史與建築》（與朱志強合編，2003）、《甲必丹鄭景貴的慎之家塾與海記棧》（2013）等。2021年病逝。《寫照檳城：陳耀威圖文集》於2023年1月出版。因一生投入檳城的古蹟保護工作，有「檳城土地公」之稱。

古代冠禮，並沒有規定在結婚之前一夕，現代的故國同胞，似乎已很少人再注意這些禮節了，而我華人之在海外者，則到今仍有施行者，足證吾華人士的保守性，實比故國同胞為堅強呢。

讀及此句，想起不久前有一位中國朋友對我說過在新馬過年似乎比中國還熱鬧，更紅彤彤、更傳統。可見過了半個世紀，身處於多族群社會的華人，仍有保留自己的「華人性」的韌性，熱衷於維護華人文化傳統。後文則回應梁紹文（生卒年不詳）在《南洋旅行漫記》（1924）將檳榔嶼的古式迎親禮視為「古古怪怪的華僑風俗」的說法，作者認為這是：

> 我華人保守性的表現，不獨遠隔祖國的華人如此，即國內通都大邑的同胞也有一樣守舊的……又雲南親迎禮，也有與本嶼往日相似者……寧波新嫁娘照片，其新郎新娘以及嬪相等，都穿明代服裝，與戲臺上的戲子一般無二，可見行古禮，著古裝，國內外也還有之，非獨檳城如是，說不得為檳城華人的奇風異俗呢。

「私會黨」貌似不光彩的名目，卻是述及檳城歷史時不能迴避的關鍵詞，不少足以形塑檳城歷史面貌的大腕，即為私會黨的頭目，他們大情大性，既爭利打鬥，也汲汲行善，幾乎將所有人性面貌集於一身。〈百餘年前的私會黨〉一文就提到他們常因礦業利益而起衝突：

> 本城的私會黨分成四派：義興，和成，海山，華生……他們之間尚未見發生什麼爭執或械鬥……到了十九世紀中葉，這四派會黨……成為兩大對敵派，一為義興，一為海山。這兩派常常

發生爭執，常相械鬥。他們械鬥的原因，並不是起於檳城，實
起於今之太平，由太平而轉移到檳榔嶼的……兩黨為爭礦場，
常常發生械鬥。

（二）流動的生活氣息

作者鄺國祥身為一校之長、資深的教育家，對於檳城的各種社會
機能的發展也頗為關注，像是學校、藥店、屠宰場、醫療設備等都專
文論之。

檳城的仁愛堂設於一七九六年，有指是東南亞現存最古老的中藥
行之一。作者在〈一百七十餘年的老藥店〉一文中認為仁愛堂之所以
能世代相傳多年，是因為：

他們的子孫，永遠地保守著祖國的遺風，換句話說：即是永遠
地保存著，唐山阿叔的習氣……古家子弟之在南洋的，絕無洋
化者……和初到番邦的人士，一般無二。這是古家特異之點，
也許就是仁愛堂能維持久遠的原由吧！

如今古氏家族已不再經營仁愛堂，由當年的夥計張日良醫師經營
打理。

一般人見到帳簿，也許就只是粗略翻過，然而精研文史多年的作
者深具歷史意識，在仁愛堂第四代掌門人古國耀、古國鈞（均生卒年
不詳）兩兄弟向他出示仁愛堂在一八四五年的帳簿後，他不辭勞苦，
一一抄錄，可見非常明白帳簿上的每條記錄對日後的歷史研究價值，
認為比較今昔物價饒有趣味：「上列的物價，比較現時市價如何，讀
者不妨自己考查，這也是一種甚饒興趣的玩意兒啊。」（〈百年前本嶼
的物價〉）

〈**本嶼的屠場**〉是我翻閱原版《檳城散記》的第一篇文章，特別鍾愛有生活氣息的文章，而且此篇格外體現作者的真性情，他將參觀檳城「七條路」屠宰場的心情與觀察躍然紙上，讓我們徹底感受到「鄺國祥」這個人。結尾相當幽默：

> 說也奇怪，領導我們參觀的波爾醫生，在屠場指導我們參觀之後，尚毫無倦容，猶賈餘勇，要帶我們到獸醫院去參觀。探問之下，才知這屠場和獸醫院，都是屬他一人管理的，他好像形成了本嶼惟一的操著牲畜「生死權」的「強人」，這雖是獸醫官的職責，原當如此，然而總不免教人起了一種特殊的感覺，好像殺生過多，做做救濟畜牲生命，藉以懺悔平生呢。

這位波爾醫生，即獸醫保羅（S.T. Paul，生卒年不詳），他在擔任半年的檳榔嶼代獸醫官（Acting Municipal Veterinary Surgeon）後，於一九五〇年八月十日升任獸醫官（Municipal Veterinary Surgeon），是檳城首位亞裔獸醫官，接替退休的斯坦霍普（R.B. Stanhope，生卒年不詳）。要不是作者將這位獸醫寫下來，後代可能會或多或少忽略了早期專業移民對馬來亞的貢獻，他們的到來在某種層面上，不僅改善了民生，也傳播了先進的科學知識與技術，栽培當地的專家。

瘧疾是人類史上最致命的疾病之一，是一種會感染人類及動物的全球性寄生蟲傳染病，其病原瘧原蟲借由蚊子散播，迄今約有百分之四十的人口仍生活在瘧疾流行區，它也是非洲大陸最嚴重的疾病之一，每年約有一億人具瘧疾臨床症狀，死亡人數超過兩百萬，世界衛生組織在二〇二一年批准了全球首款疫苗。作者在另一篇很接地氣的文章〈**本嶼的防瘧設備**〉，著重與讀者分享新知，吸引讀者跟著他的文筆開眼界：

讀者諸君，也許以為市區溝邊，山麓水道，常見吉甯工友噴射殺蟲劑，便是「防瘧工作」了。殊不知此乃治標之法，非根絕瘧蚊之道也。不佞嘗參加本城教育當局舉辦的衛生訓練班，參觀防瘧設備，茲將所見報導如下，是亦常識之一端也……陳衛生官解說至此，要當眾試驗給我們看，叫吉甯工人，把壩壁上的小洞塞住，不上幾分鐘水滿閘內，忽從壩外河底空穴，噴起流泉，激起白波，洶湧萬狀，確似山洪驟至，循著河床下瀉，澎湃有聲。上述的防瘧設備，據工程局人言，建築於一九三三年，檳城人每年在重陽前登千二層的必經其地，卻不為人所注意……這小小的設備，看來甚是簡單，但也用上千元的建設費。英人有來參觀的，也很讚許。本嶼防瘧設備，為全國之冠雲。

文末引用歷史教科書，告訴我們羅納德・羅斯（Ronald Ross, 1857-1932）爵士發現了瘧疾原來是由瘧蚊傳播的，他也憑此研究成果於一九〇二年獲頒諾貝爾獎。作者的文章通讀下來，充滿說書人活靈活現的口吻，這樣的敘述方法似乎在當代華文文學中比較鮮見了。

（三）有教無類，耳聰目明

作者身為時中學校的校長，〈三個典雅的校名〉一文即與作者有著密切關係，這三個校名分別是鍾靈學校、麗澤學校、時中學校。「鍾靈」曾出現在〈五嶽諸名山總敘〉：「尼阜鍾靈，泗源萃氣，乃元聖之所生，實誕育之闕里」；「麗澤」出自《周易》〈兌卦〉：「《象》曰：『麗澤，兌。君子以朋友講習』」；「時中」則曾在多部古代經典出現，如《禮記・中庸》：「君子之中庸也，君子而時中」。作者寫道：

南洋華人學校的校名，有許多出自古籍，典雅非凡的，如：星

洲的端蒙，道南，吉隆坡的循人，麻六甲的培風，太平的修齊
等，均有本有源，甚是典麗，本城為全馬最早設立學校之地，
其校名之典麗喬皇者比比皆是……大都出自古籍，亦典亦雅，
而含義恰切深長，猶其餘事，只因命名十分典雅，難以顧名思
義，不獨年輕的學生們茫無所知，即僑胞們也許有許多不知其
出處。

　　另兩篇令人感興趣的文章是〈聖尼古拉盲童院〉與〈聾童學
校〉。所謂盲目不盲心，耳聾心不聾，在作者的文章中有很好的體
坦。聖尼古拉盲童院（St. Nicholas' Home）於一九二六年由聖公會醫
療事工（The Medical Mission of the Anglican Church）在馬六甲吉里
望（Klebang）創立，一九三一年遷至檳城，至今仍是活躍的非營利
和非政府機構，提供社會及教育服務，其建築印有英文"Faith Not
Sight"與馬來文 "Aman Bukan Penglihatan"，《聖經》就有一句「我們
行事為人，是憑著信心，不是憑著眼見。」（We walk by faith, not by
sight.）作者在〈聖尼古拉盲童院〉記下盲童院校長給予他們這些參
觀者的「警語」：「盲人尚讀書識字，學習工藝，冀求一技之長，不為
社會之累；而身無缺陷者，若不知刻苦力學，這不是如入寶山空手回
嗎？」令人心有戚戚焉。
　　〈聾童學校〉指的是檳城聯邦特殊教育學校（Sekolah Kebangsaan
Pendidikan Khas Persekutuan），成立於一九五四年四月一日，是馬來
西亞最早的聾啞學校之一。初以捐款經營，由英國全國保健服務
（British National Health Service）提供助聽器，後獲得馬來西亞教育
部的支持。文中提到的校長希克士（Joyce Hickes, 1927-2020），生於
英國，在曼徹斯特大學受訓成為聾啞兒童教師，一九五四年抵達檳
城，協助設立馬來亞第一所聾啞學校，擔任校長七年半。

這兩篇文章讓我們看到檳城早期特需教育的發展，只要社會有考慮特需人士在內的健全教育體制，有教無類，有志者都有望闖出一片天，像是作者在文中列出的視障名人如音樂家王湘元（1910？-？）、俄羅斯詩人與翻譯家愛羅先珂（Vasili Eroshenko, 1890-1952）等，心清目明，心靜智生。

（四）人逝矣，樹仍在

一般樹木比人類長壽太多，像加利福尼亞的狐尾松（Pinus longaeva）就已近五千歲，可能等於人類六十幾代了。儘管樹不能言，但是人與樹的關係十分親近，相傳釋迦牟尼即得道於菩提樹下，涅槃於娑羅樹下。南北朝時期文學家庾信（513-581）曾作〈枯樹賦〉云：「樹猶如此，人何以堪」，樹身層層疊疊的皺褶，隱藏著多少歲月，容易撩動文人感懷時光的思緒。

儘管作者已離世逾半個世紀，但是他筆下的〈本嶼最長命的樹〉還在，這棵植於檳城的非洲猴麵包樹（*Adansonia digitata*），就位於中路（Macalister Road）和二王厝路（Residency Road）之間，圍著籬笆，以鐵架支撐樹身，有指此樹由英國探險家、前檳榔嶼警司崔斯坦·斯皮迪（Tristam Charles Sawyer Speedy, 1836-1910）於一八七一年所植。作者會寫起這棵樹，緣於「月前在某晚會上，T 先生問我，本嶼太子路端，參政司路頭，交通圈旁，有一棵大樹，樹幹斜生，上繫鐵索的，究為何樹？這樹確屬奇趣」。懂得將朋友的提問放在心上，為文述之，想來當時的作者也是奇趣之人。

按作者的生卒年，其曾經歷日軍侵占馬來亞的二戰時期，雖未直陳其苦，不過身為張弼士（1840?-1916）侄孫女婿的他，曾在這段期間遷至「藍屋」避難，並以麵包果樹（*Artocarpus altilis*）的果實來果腹：

記得在本嶼淪陷期間，舉家移居蓮花河張弼士大廈，晝無所
事，輒覺饑腸轆轆，因常拾張宅屋後巨樹上所落下的大果子，
燒而食之，它的味道略似芋頭，張宅諸人叫它為「番芋頭」，
食之可以療饑，但不明其物性，未敢多吃……年來偶然涉獵南
洋植物，才知往日所常吃的「番芋頭」，乃屬南洋珍奇植物之
一，它的名字叫做「麵包樹」。（〈麵包樹〉）

　　除了非洲猴麵包樹、麵包樹，作者也寫了木麻黃。清末政治家康
有為（1858-1927）為木麻黃取名「柳絲松」，賦詩曰「勁幹參雲百尺
長，垂條細葉嫋悠揚」，並表示相當喜愛：「檳嶼多柳絲松，乃數百年
物，吾南蘭堂有六株，皆七八十尺，勁幹如松，垂條似柳，剛柔合德，
篩月戞雲，吾顧而愛之。」作者也對康有為的創意命名讚賞有加：

　　足見康氏富於創造性，而名物之工也……康氏往年避難寄居本
　　嶼時，常在柳絲松下著述。這樹之葉細小似松葉，高聳天空，
　　若具著至大至剛之氣；而仰望之，葉細如毛，微風蕩漾，又似
　　柔情婉轉，若依依之垂柳，但其枝葉卻不低垂。這也可說得其
　　剛似松，其柔似柳。名之為柳絲松，十分恰切。

　　作者也愛木麻黃，認為其可「絲絲成蔭，將益增本嶼江山之美，
非僅供遊人納涼而已也」（〈柳絲松〉）。木麻黃也許在一般新馬人眼裡
只是普通的存在，然而在作者和康有為的好詞好句加持下，倍添詩意
了，以後經過時不妨多望幾眼。英國作家毛姆（1874-1965）也曾在
一九二六年出版過小說《木麻黃樹》（*The Casuarina Tree*），收錄關於
馬來亞的短篇小說。
　　可惜作者在出版這一系列檳城掌故文章後，忙於各項事務，無暇

寫作，不然按照如上主題寫作，可能會衍生出如《檳城的植物》、《檳城的華人風俗》等著問世也說不定，從散記到專記。當然這些都是後話了，身為後輩讀者的我們也就得一本如得萬利吧，且讀且珍惜。

鳴謝

本書文章歷經十五年（2008-2023）完成，如今得以順利結集出版，首先得感謝出版社對拙稿感興趣，願意注入心力出版發行。

在新加坡南洋理工大學中文系就讀榮譽學士與碩士課程期間，承蒙導師高虹教授（瑞典隆德大學語言學博士、加拿大多倫多大學心理學博士後）的悉心指導，本書即有三篇文章與高教授合著，特此致謝。

感謝參與研究的學校與被試、鄭錦全院士、游俊豪教授、關詩珮教授、衣若芬教授、潘秋平教授、蘇新春教授、吳俊雄教授、Nayoung Kwon 教授、王偉博士、王皓舒博士、《臺灣東南亞學刊》匿名評審與臺灣暨南國際大學東南亞研究中心潘婉綺編輯、二〇一〇年第十一屆與二〇一一年第十二屆漢語詞彙語義學研討會匿名評審、《語文建設通訊（香港）》編輯部、碩士論文兩位匿名評審教授、二〇〇八年第十屆與二〇〇九年第十一屆新加坡大專文學獎評審、曹蓉董事、潘家福博士、仇莉蓮編輯、郭穎軒編輯、葉歡玲編輯、沈遠安編輯、沈時菁同學、張珮瑜同學等，曾對本書收錄的文章提出寶貴意見與協助。

也感謝南洋理工大學和新加坡國立大學的圖書館、新加坡國家圖書館管理局、新加坡周星衢基金，提供研究資源。

最後，感謝家人與良師益友在我學術研究道路上的支持，喜歡這一段清靜充實的旅程。

文學研究叢書・華文文學叢刊 0811004

一粒地球，少用水草：新馬華語研究與文學評析

作　　　者	郭詩玲
責任編輯	林涵瑋
特約校稿	林秋芬

發 行 人	林慶彰
總 經 理	梁錦興
總 編 輯	張晏瑞
編 輯 所	萬卷樓圖書股份有限公司
	臺北市羅斯福路二段 41 號 6 樓之 3
	電話 (02)23216565
	傳真 (02)23218698

發　　　行	萬卷樓圖書股份有限公司
	臺北市羅斯福路二段 41 號 6 樓之 3
	電話 (02)23216565
	傳真 (02)23218698
	電郵 SERVICE@WANJUAN.COM.TW
香港經銷	香港聯合書刊物流有限公司
	電話 (852)21502100
	傳真 (852)23560735

ISBN　978-986-478-990-0

2023 年 11 月初版一刷

定價：新臺幣 480 元

如何購買本書：

1. 劃撥購書，請透過以下郵政劃撥帳號：
   帳號：15624015
   戶名：萬卷樓圖書股份有限公司

2. 轉帳購書，請透過以下帳戶
   合作金庫銀行　古亭分行
   戶名：萬卷樓圖書股份有限公司
   帳號：0877717092596

3. 網路購書，請透過萬卷樓網站
   網址　WWW.WANJUAN.COM.TW

大量購書，請直接聯繫我們，將有專人為您
服務。客服：(02)23216565 分機 610

如有缺頁、破損或裝訂錯誤，請寄回更換

版權所有・翻印必究

Copyright©2023 by WanJuanLou Books CO., Ltd.

All Rights Reserved　　　　**Printed in Taiwan**

國家圖書館出版品預行編目資料

一粒地球,少用水草：新馬華語研究與文學評
析 / 郭詩玲作. -- 初版. -- 臺北市：萬卷樓圖
書股份有限公司, 2023.11
　面；　公分. -- (文學研究叢書. 華文文學叢
刊；811004)
ISBN 978-986-478-990-0(平裝)
1.CST: 漢語　2.CST: 語言學　3.CST: 文學評論
4.CST: 馬來西亞　5.CST: 新加坡
802　　　　　　　　　　　　　112016031